나나
너나
할 수 있다

나나 너나 할 수 있다

저자 금나나

1판 1쇄 인쇄 2004. 7. 29
1판 9쇄 발행 2004. 9. 3

발행처 김영사
발행인 박은주

등록번호 제406-2003-036호
등록일자 1979. 5. 17

경기도 파주시 교하읍 문발리 출판단지 514-2 우편번호 413-834
마케팅부 031)955-3100, 편집부 031)955-3250, 팩시밀리 031)955-3111

저작권자 ⓒ 2004, 금나나
이 책의 저작권은 저자에게 있습니다. 저자와 출판사의 허락 없이
내용의 일부를 인용하거나 발췌하는 것을 금합니다.

COPYRIGHT ⓒ 2004 by Keum Na Na
All rights reserved including the rights of reproduction
in whole or in part in any form. Printed in KOREA.

값은 표지에 있습니다.

ISBN 89-349-1632-x 03810

독자의견 전화 02)741-1990
홈페이지 http://www.gimmyoung.com
이메일 bestbook@gimmyoung.com

좋은 독자가 좋은 책을 만듭니다.
김영사는 독자 여러분의 의견에 항상 귀 기울이고 있습니다.

하버드로 간 미스코리아 금나나

나나 너나 할 수 있다

김영사

Prologue

나는 달린다, 그러므로 존재한다

하늘은 높았다. 햇살은 투명했다. 파란 하늘에는 만국기가 재잘대듯 펄럭였다. 운동회는 서서히 절정을 향해 치닫고 있었다. 곧 달리기 시합이 있을 거라는 선생님 말씀에 우리들은 일곱 명씩 줄을 맞춰 섰다.

예닐곱 살 아이들이 흥분과 긴장으로 떠들어댔다. 나의 흥분은 다른 아이들보다 더했다. 중학교 선생님이어서 매일 학교로 출근하느라 나보다 일찍 나가시는 엄마가 오늘은 특별히 시간을 내 나의 운동회를 지켜보시러 와주셨기 때문이다.

내 인생 최초의 운동경기가 시작될 참이었다. 그것도 엄마 앞에서. 자녀들의 경기를 지켜보려는 엄마들도 흥분되기는 마찬가지였다. 멀리서 딸과 눈을 맞추며 무언의 파이팅을 보내는 엄마가 있는가 하면 아예 용감하게 우리들이 줄지어 있는 곳까지 뚫고 들어와 아들의 등을 두드리며 파이팅을 외치는 엄마도 있었다. 엄마는 나를 보고 싱긋 웃더니 우리들의 목적지, 곧 결승지점을 향

달리는 것은 언제나 나를 매료시켰다, 특히 맨 앞에서.

해 걸어가셨다. 엄마의 손에는 카메라가 들려 있었다. 그러니까 엄마는 미리 가서 내가 도착하는 장면을 찍으시겠다는 거였다.

가슴은 더욱 콩닥거리며 뛰었다. 잠시 후 나의 어떤 모습이 엄마의 카메라에 찍힐까? 이왕이면 테이프를 가장 먼저 끊는 모습이고 싶었다.

곧 우리 차례가 되었다. 선생님의 호각 소리와 함께 손에 들린 깃발이 공중을 가르는 것을 신호로 우리 조 일곱 명은 일제히 앞으로 뛰어나갔다. 양 옆에 늘어선 사람들이 손을 흔들며 응원하는 모습이 보였다. 그러나 내 귀에는 아무 소리도 들리지 않았다. 단지 내 심장의 박동소리만 들릴 뿐, 사람들의 움직임도 내게는 영화 속의 슬로모션처럼 비현실적으로 보였다.

얼마가 흘렀을까. 바로 눈앞에 가로로 드리워진 하얀 띠가 클로즈업되는 순간 나는 깨달았다. 저 하얀 띠를 끊을 사람은 바로 내가 될 거라는 것을 . 아무도 내 앞에서 달리는 사람은 없었다. 비로소 사람들의 함성이 들리고, 바로 앞에서 미소 지으며 카메라 셔터를 눌러대는 엄마의 모습이 눈에 들어왔다. 나는 활짝 웃으며 하얀 띠로 뛰어들었다. 그렇게 해서 나는 내 인생 최초의 달리기 시합에서 1등을 했다. 그리고 그 나이에 나는 달리는 것의 흥분과 쾌감을 맛보았다.

이후로 달리기는 늘 나를 흥분시켰다. 나는 항상 나 자신을 힘껏 내

달려야 하는 상황 속으로 몰아왔다. 달리기는 내 인생 최대의 이벤트가 되어버린 것이다. 타고난 천재가 아니라면 만들어진 천재라도 되겠다며 시험에 매달리던 어린 소녀, 머리에 원형탈모증이 생기도록 공부 스트레스를 받았던 과학고등학생, 운동복을 세 벌씩 겹쳐 입고 실제로 하루 두 시간씩 죽어라 달리기를 했던 다이어트 전사, 그리고 다니던 의대를 포기하고 하버드를 목표로 모든 것을 올인했던 무모한 수험생….

하나의 달리기가 끝나면 다음 달리기가 나를 기다리고 있다. 지금 나에게는 하버드에서의 생존이라는, 새로운 과제가 남아 있다. 아직 달려야 할 길이 많이 남아 있는데, 겹겹이 쌓여 있는 산들을 눈앞에 두고 책을 쓰려니 두렵고 걱정되었다.

나중에 이 책을 들여다보고 부끄러워질 일이 생기면 어쩌지? 오늘의 나는 내일의 나를 비추는 거울이라고 한다. 이 책을 채찍삼아 나는 또 달릴 것이다. 이제 나는 꼼짝없이 내가 가겠노라고 다짐한 길을 가야 하는 것이다.

2004년 7월

차례

Prologue 4
나는 달린다, 그러므로 존재한다

A **A new Access** 13
하버드 문을 들어서며

B **Beginning of the history** 19
냉면집에서 시작된 역사 / 원형탈모증과 폭식증에 걸린 과학고등학생

C **Carpe Diem!** 33
만남, 그리고 터닝포인트 / 하버드에 가기엔 제가 너무 예쁜가요?

D **Do or Die!** 47
5개월의 올인

E **Explode** 58
합격의 순간은 폭발의 순간

F **Facts** 64
헤이, 나나 스타일! / 공주가 아니라 하녀였어요

G **Girl's memory** 71
염소똥을 주워먹던 아이 / 여자는 전교회장 하면 안 되나요?

H Hope has a place — 77
타고난 천재가 아니라면 만들어진 천재가 되리라

I I will be… — 86
내가 의사였다면

J Just do it! — 90
우주 끝까지라도 보내줄게 / 엄마 아빠, 모자라게 키워주셔서 감사합니다

K Korean vs. American — 101
나의 하버드 친구 데이빗

L Lady blues — 108
다이어트를 왜 숨겨요?

M More than you think… — 120
2003 파나마 쇼크 / 안티 미스코리아와 미스코리아는 친구가 될 수 있다

N No doubt — 132
너희가 내 체력을 아느냐? / 잊지 못할 선생님들

O Oops! — 145
미국 대학 가기 난리부르스 / 공부보다 힘이 센 것

P **Power in me** ——————————————— 155
명상은 도인만 하나요? / 선생님의 피가 끓는 소녀

Q **Questions** ——————————————— 161
수준별 학습에 반대하나요? / 대입시험제도, 바꾸면 안 될까요? /
외국 대학 가는 게 두뇌 유출인가요?

R **Really?** ——————————————— 176
나의 백만 불짜리 노트 필기법 / 책상 위의 컴퓨터를 치워라

S **Story of Science** ——————————————— 191
수학에도 스토리가 있다

T **True or false?** ——————————————— 197
나의 첫사랑은 누구인가 / 할머니는 나의 베스트 프렌드

U **Universe inside me** ——————————————— 205
옛날 옛적 내가 태어나기 전에

V **Veloce Vivace!** ——————————————— 209
자유 위에 자유 있다 / 무소의 뿔처럼

W **What's up?** ——————————————— 220
아빠는 사고뭉치

X　**X-tra family story** ——————— 224
　　수다 패밀리

Y　**Younger brother** ——————— 228
　　누나, 나랑 놀아줘! / 사랑하는 동생 종학이에게

Z　**Zero** ——————————————— 237
　　부석사에 가는 마음 / 이제 꿈에 대해 말하지 않을래요

　　플러스 알파 · 특별기고 ———————— 242
　　너나 나나 할 수 있다!

나나의 A부터 Z까지

그것은 새로운 세계와의 접속이었다. 파워를 켜고 마우스를 클릭하여 프로그램을 열고, ID와 패스워드를 입력한 후 나는 드디어 그 세계에 연결되었다.

하버드 문을 들어서며

하버드 대학교의 교문 중 하나인 존스톤 게이트(Johnston Gate)는 그리 크지 않다. 폭은 두 사람이 손을 잡고 양팔을 쭉 벌리면 양쪽 기둥에 닿을 만큼 좁지만, 기둥의 높이는 굉장히 높다. 한 12미터 쯤 될까? 위로는 아치형 굵은 창살 철문이다. 교문이라기보다 어느 고풍스러운 교회의 정문 같은 느낌을 준다.

나는 단숨에 들어가기가 아쉬워 걸음을 멈췄다. 키 큰 단풍나무와 은행나무 몇 그루, 그리고 초록의 잔디 사이로 난 넓지도 좁지도 않은 길이 보인다. 눈으로 길을 쭈욱 따라가니 그 유명한 하버드 홀이 시야에 들어온다. 하나하나 손으로 만들어 장작불에 구웠다는 붉은색의 하버드 벽돌, 아치형의 흰색 창문, 뾰족한 삼각 지붕, 양 옆에 귀엽게 솟아 있는 굴뚝 두 개…. 조금 있으면 저 건물 안에서 입학설명회가 열릴 것이다.

나는 크게 심호흡을 하고 안으로 들어섰다. 나로선 정말 힘들게 들어온 학교인데, 문턱을 넘는 것이 이렇게 쉽다니 너무 싱겁다는 느낌마저 들었다.

지난 열 달 동안 이 교문을 넘기 위해 얼마나 힘겹게 싸웠던가. 지금 나는 하버드 대학교 교문 앞에서 꿈을 꾸고 있는 걸까? 아니면 열 달 동안의 그 시간이 꿈이었던 걸까?

나는 그동안에 겪었던 초조, 땀, 열정을 두 발에 모두 신고 한 발짝 한 발짝 하버드 땅을 꾹꾹 눌러 밟았다. 가슴 가득 통쾌함이 번졌다. 열 달 전 이 길을 걸었을 때 나는 그저 관광객에 불과했다. 그때 학생식당에 들어가서 밥 한끼 먹으려다 학생이 아니라는 이유로 쫓겨났다. 그때 교정을 거니는 하버드 대학생들이 얼마나 부러웠는지…. 그때 나는 존 하버드 동상의 발을 만지면서 행운을 빌었다.

"저도 이 학교에서 공부할 수 있게 해주세요."

그때의 기도가 응답을 받은 것일까? 이제 나는 예비 신입생 자격으로 당당하게 캠퍼스를 걷고 있다. 언제든 학생식당에 들어가서 밥도 먹을 수 있다. 오늘 하루는 기숙사에서 잠도 잘 것이다.

설명회장으로 들어가니 30여 명의 학생이 모여 있었다. 하버드 대학교에는 매년 2만 명 정도가 지원을 해서 그 중 1600명 정도만 입학을 한다고 한다. 나는 널찍한 대강당에 수천 명이 모여서 무대 위 마이크 소리에 귀를 기울이는 우리식 신입생 오리엔테이션을 생각했다. 그런데 그 자리에 모인 학생은 고작 30명. 알고 보니 하버드의 입학설명회는 늘 이렇게 소그룹으로 나뉘어 진행된다고 한다. 자신을 입학심사관 (Admission Officer)이라 소개한 사람이 2박 3일 일정의 프로그램 진행표를 나눠주면서 원하는 곳에 자유롭게 참가하라고 말했다. 캠퍼스 투어, 학부모 토론회, 학장과의 만남, 기숙사 설명회, 동아리 박람회, 리서치 참가, 대여섯 개의 샘플 강의들…. 프로그램은 매우 다양했다.

시간표를 짜고 있는데 그 입학심사관이 다가와서 "나나 양?" 하며 말을 걸었다.

"당신이 나나인가요? 에세이를 정말 재미있게 읽었습니다. 제목이 〈무소유〉였지요? 굉장히 독특한 주제여서 모두들 감동했답니다."

갑작스러운 말에 나는 당황했다. 그 많은 학생들의 에세이 중에서 내 것을 기억해주다니. 나는 얼굴이 새빨개져 그저 고맙다는 말밖에 할말이 없었다.

그는 내 옆에 앉은 학생에게도 말을 건넸다.

"포트폴리오의 아이디어가 아주 돋보였습니다. 매우 정성스럽게 만들었더군요."

또 다른 학생에게는 이렇게 말했다.

"선생님 추천서에 아주 독특한 에피소드가 있더군요. 우리 모두 당신을 학생으로 받아들이길 바랍니다."

원서접수에서 발표까지 무려 4개월이 걸리는 하버드 입시. 지원자 한 사람 한 사람의 서류를 얼마나 꼼꼼히 보고 또 보면 저렇게 달달 외울 정도가 될까? 게다가 그의 태도에서 권위의식 같은 것은 전혀 찾아볼 수 없었다. 정작 하버드에 입학하게 된 것이 너무 영광스러운 사람은 우리들인데 그는 오히려 "당신들을 신입생으로 받아들인다면 하버드는 무한히 영광스럽겠다"며 고개를 숙이고 있었다.

곧이어 진행된 학장과의 만남에서도 똑같은 인상을 받았다. 그는 문 입구에 서서 들어오는 학생들과 일일이 악수를 하면서 인사말을 건넸다. 나에게는 "나나 양, 미스코리아인 당신을 만나게 되어 무척 반갑습니다. 보내주신 에세이는 정말 흥미로웠습니다"라고 말했다.

나는 학장의 연설에 귀를 기울였다.

"여러분, 하버드는 처음부터 하버드가 아니었습니다. 여러 학생들의 노력, 도전, 의지가 360년이란 세월에 걸쳐 쌓여 지금의 하버드가 되었습니다. 하버드의 과거, 현재, 미래는 모두 여러분에게 달려 있습니다. 여러분 자신을 하버드의 틀에 맞추려 하지 말고 여러분의 틀에 하버드를 맞추어 마음껏 바꿔주십시오. 하버드는 여러분을 위해 존재합니다. 여러분의 꿈을 이루기 위한 발판으로 이용해주십시오!"

갑자기 내가 지금 하버드에 와 있다는 게 실감나기 시작했다.

미국의 대학을 가겠다고 결심할 무렵, 나는 도대체 왜 하버드라는 대학을 세계 최고라고 하는지 궁금하여 인터넷 검색을 해보았다. 검색 결과 여러 답변을 볼 수 있었다.

미국에서 가장 오랜 전통을 가진 대학이기 때문에, 많은 예산을 들여 아낌없이 투자를 하는 곳이기 때문에, 입학도 어렵지만 졸업은 더 어려운, 수준 높은 커리큘럼 때문에, 세계적 석학들이 가르치기 때문에 등 다양한 의견이 있었다. 하지만 내가 정답이라고 생각한 건 하버드 법대생이라고 밝힌 한 학생의 답변이었다.

"하버드의 진짜 파워는 학생들에게서 나옵니다. 이들은 그저 책만 파는 공부벌레들이 아닙니다. 사회에 대한 참여의식과 문제의식을 가지려 노력하고 봉사정신 또한 기본이며, 한 분야에서 최고가 되겠다는 치열함을 가지고 있습니다. 나 자신도 하버드에 다니고 있지만 저는 교실 안의 수업에서보다 주변 학생들의 모습을 통해 더 많이 배웁니다."

여행 중에 뉴욕에서 만난 한 택시기사는 내가 하버드 예비 신입생이

라고 하자 깜짝 놀라는 표정을 짓더니 "나에게도 딸이 있는데 내 손가락을 잘라서 그 아이가 하버드에 갈 수 있다면 그렇게라도 기꺼이 하겠다"며 수선을 피웠다. 그 아저씨가 왜 그렇게 흥분을 하는지 그때는 이해할 수 없었는데 직접 와서 하버드의 일면을 보고 나니 이제는 알 것 같았다.

그렇다면 지금 나는 이곳에 무엇 때문에 와 있는 걸까?

처음에는 동경에서 출발했다. 세계의 수재들이 모인다는 학교에서 나도 한번 그들과 겨뤄보고 싶었다. 그런데 그 꿈이 현실이 되었다.

막상 하버드의 예비 신입생이 되어 교정을 밟으며 학생들을 바라보니 설렘과 더불어 그보다 더한 긴장이 온몸에 전기가 흐르듯 지나갔다. 이제부터 진짜 싸움이 시작된 것이다.

나는 다시 한번 존 하버드 동상의 발을 쓰다듬었다. 이번에는 행운이 아닌 용기를 부탁하면서.

Beginning of the history

모든 역사의 시작은 소박하다. 그것은 영주에서 가장 맛있는,
부드러우면서도 쫄깃쫄깃한 냉면 한 그릇 앞에서 시작되었다.

냉면집에서 시작된 역사

나는 고등학교 3학년 늦가을에 수시모집으로 경북대학교 의예과에 합격했다. 합격을 하고 나니 마땅히 할 일이 없었다. 과학고등학교라서 벌써 절반 이상이 카이스트 합격으로 빠져나갔고 수험생이라곤 전교에 28명이 전부였다. 다들 입시 때문에 바쁜 시간을 보내는데, 더 이상 수험생이 아니었던 나는 혼자 뭘 하며 시간을 보내야 할지 몰랐다. 그저 '시간아 빨리 가라' 하며 날짜만 세고 있었다.

어느 날 학교 기숙사에서 아빠와 전화통화를 하면서 심심하고 무료하다고 말했더니, 한 가지 제안을 하셨다. 살을 한번 빼보라는 것.

나는 솔깃했다. 그렇잖아도 아빠는 내가 집을 떠나 포항에 있는 과학고등학교에 간 이후로 앉아서 공부만 하느라 뚱보가 되었다며 여러 번 속상한 마음을 드러내셨다. 한 달에 한 번씩 집에 갈 때마다 오동통

살이 오른 내 모습에 한번은 "가만히 앉아서 밥만 먹는 씨암탉 같구나" 하며 놀리기도 하셨다.

　아빠는 체육 교사여서인지 건강과 몸매에 예민하시다. 내가 5살 어린 나이에 무용을 배우기 시작한 것도 아빠 때문이었다. 외할머니가 나를 키워주시면서 늘 업고 다니는 바람에 다리가 약간 휘었는데 아빠는 그걸 그냥 보아넘기지 못하셨다. 며칠 동안 알아보신 끝에 영주시 전체에서 하나밖에 없는 무용학원을 찾아내시고는 나를 거기에 보내신 것이다. 처녀 시절에 통통했던 엄마도 아빠와 결혼하신 후 아빠의 권고로 살을 빼셨다고 한다. 지금은 엄마 스스로 더 철저하게 식사량을 체크하고 테니스장에 다니면서 운동을 하신다. 중학교 때까지는 나도 두 분을 따라다니면서 트레이닝을 받았는데, 포항의 경북과학고등학교로 진학하는 바람에 그런 '체계적' 관리에서 벗어났던 것이다. 아무리 먹어도 말리는 사람 없고, 운동하자며 끌고 다니는 사람 없으니, 어느새 나는 포동포동한 꽃돼지가 되어 있었다.

　고2 겨울방학 때 가족들과 함께 하와이 여행을 갔을 때의 일이다. 사진과 비디오 촬영을 유난히 좋아하시는 아빠는 이번에도 '찍사'를 자청하셨다. 그런데 아빠의 표정이 뭔가 못마땅한 듯했다. 반바지 차림으로 카메라 앞에 선 내 장딴지가 엄마의 허벅지보다 더 굵었던 것이다. 또 한번은 수영복을 입고 카메라 앞에 선 내 모습을 보고 붉으락푸르락 화가 난 얼굴로 아예 사진을 찍지도 않고 저만치 성큼성큼 가버리신 일도 있다. 아무튼, 아빠는 여행 내내 딸 몸매 때문에 상당히 스트레스를 받으신 것 같았다. 그러나 나는 아빠의 불편한 심기에도 아랑곳없이 신나게 먹기만 했으니 아빠는 더 기막힐 노릇이었을 것이다.

'다이어트? 한번 해볼까? 살 빠져서 예뻐지면 아빠 소원도 풀어드리고, 남자친구도 사귀고, 대학생활을 재미있게 보낼 수 있겠지?'

나는 갑자기 할 일을 찾게 되어 신이 났다. 당시 내 몸무게는 172센티미터의 키에 62킬로그램. 나는 당장 한 달 안에 10킬로그램 정도를 빼겠다고 했다. 그러자 아빠는 체력관리 전문가답게 이렇게 권하셨다.

"그렇게 급하게 뺐다가는 몸이 상해서 안 된다. 심하게 굶지 않으면서 운동과 병행하여 서서히 살을 빼는 다이어트가 좋겠다."

시중에 많이 나와 있는 다이어트 약을 먹는 것은 나도 내키지 않았다. 이것저것 찾아보다가 한 인터넷 다이어트 사이트의 프로그램이 괜찮은 것 같아서 아빠와 의논 끝에 회원으로 가입했다. 목표는 100일 동안 10킬로그램 감량.

때마침 겨울방학이 되어 집에 가니 아빠는 이미 만반의 준비를 갖추어 놓으셨다. 헬스클럽 쿠폰을 끊어놓고, 아령이며 체중계 등도 꺼내서 거실에 놓아두셨다. 그리고 엄마와 동생에게 "나나가 다이어트 하는 동안 과자 같은 건 절대로 집에 들이지 말라"고 경고까지 하셨다.

이렇게 해서 나의 100일 다이어트가 시작되었다.

시작도 그랬지만 내 다이어트 성공의 일등공신은 단연 아빠였다. 추운 겨울날에도 아빠는 일찌감치 일어나셔서 자동차에 시동을 걸어놓고 나를 깨우셨다. 그리고 헬스클럽에 데려다주시고는 내가 사우나를 간다고 하면 싱글벙글 웃는 얼굴로 "땀 많이 빼고 하루 종일 있다 와라" 하시며 등을 토닥여주셨다.

다른 식구들 또한 매끼마다 내 다이어트 식단에 맞춰 식사를 하면서도 불평 한 마디 안했다. 가족은 내 다이어트의 응원자이자 무서운 감시자였다.

초등학교와 중학교 시절만 해도,
내가 아버지한테서 '씨암탉' 소리를
듣게 될 줄은 몰랐다.

고2 겨울방학 때 하와이 여행중
찍은 가족사진.

2002 미스코리아 대회 직후,
나를 응원해주러 서울까지 올라온
고등학교 동기, 후배들과 함께.

이렇게 온 가족의 전폭적인 지지를 받으며 다이어트를 한 덕분에, 100일이 되던 날 나의 몸무게는 목표했던 대로 정확히 10킬로그램이 빠져 52킬로그램이 되었다.

시간이 흘러 봄이 왔고 온 천지에 꽃이 만발했다. 그 사이 나는 대구에 가서 대학 신입생으로 한 달 남짓 보내면서 나머지 다이어트 기간을 무사히 마치고 주말에 영주로 내려왔다. 아빠는 다이어트 성공을 축하한다며 냉면을 사주셨다.

100일 만에 먹는 물냉면에 감동해서 눈물이 날 지경이었다. 한창 먹고 있는데 아빠가 뜬금없이 이렇게 물으셨다.

"나나야, 너 미스코리아 대회에 한번 안 나가볼래?"

나는 아빠의 제안이 너무 엉뚱해서 까르르 웃었다.

"아빠, 내가 무슨 미스코리아야?"

"아니다, 나나야. 너 지금 살 빠져서 예뻐. 한번 나가볼 만하다."

아빠는 내가 아주 어릴 적부터 이 다음에 커서 미스코리아에 나가라고 말씀하시곤 하셨다. 중학교 때까지도 가끔 하셨던 것 같은데, 내가 워낙 공부에 욕심을 보였고, 과학고등학교에 가면서 뚱뚱해지는 바람에 그 말이 쏙 들어가 버렸다. 아빠에겐 미스코리아에 출전했던 제자들이 몇 명 있었다. 그 중에는 미스 경북에 뽑힌 제자도 있는데 아빠는 학생들과 피켓까지 만들어 응원하러 가셨었다. 그때 아빠는 내가 저 무대 위에 서 있고 자신은 열심히 응원하는 장면을 머릿속에 그리셨다고 한다.

"글쎄, 한번 해볼까?"

아빠의 설득에 나는 못 이기는 척 대답했는데, 아빠는 급히 여기저기 몇 통의 전화를 거시더니, 곧바로 내 손목을 잡고 뛰셨다.

"지역 예선대회 마감 하루 전이란다. 빨리 원서 접수하자!"

우리는 그 길로 미용실에 가서 원장과 의논하고 머리 손질과 메이크업을 한 뒤 사진촬영까지 끝내버렸다.

엄마는 이 얘기를 듣고 황당해하셨다.

"금씨 둘이 사고를 쳤으니 금씨끼리 알아서 해결해요."

하지만 결국엔 모든 뒤치닥거리를 엄마가 도맡아해 주셨으니, 사고는 아빠가 치시고 수습은 엄마가 하신 셈이 되었다.

순전히 무료해서, 그리고 대학에 들어가서 멋진 남자친구를 사귈 마음에 시작하게 된 다이어트가 이렇게 뜻하지 않은 일을 불러들였고, 그 결과 나는 2002년 미스코리아 진에 뽑히는 엄청난 경험을 하게 되었다. 뒤이어 진행된 미스 유니버스 대회 참가는 하버드 대학의 도전으로까지 이어졌으니, 미스코리아는 분명 내 인생에 큰 획을 긋는 계기가 아닐 수 없었다.

당선된 후 여기저기서 많은 제의를 받았다. 광고 제안도 있었고, MC를 제의하는 방송국도 있었다. 하지만 나는 나를 잘 안다. 방송 일은 내 적성에 안 맞고 재능도 없다. 미스코리아 대회 출전은 나에게 잠시 동안의 즐거운 나들이 같은 것이었기에 나는 다시 학교로 돌아가서 평범한 학생이 되었다.

아빠는 지금도 나의 미스코리아 사진을 자주 들여다보시며 혼자 흐뭇해하신다. 컴맹이던 아빠가 딸의 기록을 남기기 위해 디지털 사진의 도사가 되셨고 인터넷 검색의 달인이 되어 딸에 관한 기사나 사진이라면 모조리 다운을 받아 컴퓨터에 저장해놓으신다. 이렇게 모은 자료를 가끔 학교에 들고 가서 제자들에게 자랑도 하시는 것 같다. 같은 교사이신 엄마가 "학교에서 자식 자랑하는 선생만큼 바보 같아 보이는 사람은 없다"며 말리지만, 아빠는 그래도 좋으신 모양이다.

이번에 하버드로 가기 위해 짐을 싸면서 미스코리아 사진은 집에 남겨두기로 했다. 그 추억은 나에겐 즐거운 소풍이었고, 아빠에겐 딸이 선사한 잊지 못할 '효도관광'이었으니.

원형탈모증과 폭식증에 걸린 과학고등학생

중학교 배치고사를 볼 때의 일이다. 영주에는 총 6개의 중학교가 있었는데 어느 초등학교 학생이 배치고사에서 1등을 하느냐가 늘 그해의 관심거리였다. 나는 엄마에게 꼭 1등을 해서 영일초등학교의 명예를 빛내겠다며 큰소리를 쳤다. 하지만 엄마는 1등은 쉽지 않으니까 너무 무리하지 말라고 하셨다.

엄마, 아빠는 교사로, 나와 내 동생은 학생으로 네 식구 모두 아침 일찍부터 서둘러야 했으므로 일찍 자고 일찍 일어나는 게 우리 집의 불문율이었다. 그런데 겨우 13살 된 딸이 공부한다며 새벽 1시까지 잠을 자지 않으니 부모님은 한편으로는 기특해하면서도 다른 한편으로는 걱정을 많이 하셨다. 하지만 나는 이미 몇 명의 친구들과 1등을 놓고 경쟁이 붙어 있는 상태라 조금도 방심할 수가 없었다.

방학 중에 부모님은 호주로 여행을 떠나셨다. 그때 나는 막 치아 교정을 시작해서 막니 네 개를 뽑고 잇몸이 아파 밥도 제대로 못 먹을 지경이었다. 할머니가 갈아주시는 배즙만 겨우 먹으면서도 틈만 나면 공부를 해서 그때 풀어낸 문제집만 14권이었다.

드디어 나는 1등을 했다. 그리고 영광여자중학교에 입학했다.

1등을 했다는 것은 나에게 큰 의미가 있었다. 우선, 입학한 후에도 그 자리를 지켜야 한다는 다짐이 나 자신을 긴장하게 만들었고, 눈에 보이지 않는 경쟁상대를 인식하는 계기가 되었다. 적어도 우리 학교에서는 1등이니 이제 밖으로 나아가 다른 학교, 다른 도시 아이들과 겨뤄볼 차례였다. 그것도 가장 어렵고 힘겨운 상대와 싸우고 싶었다. 이러한 생각은 나에게 자연스럽게 외국어고등학교에 대한 꿈을 품게 했다.
　그런데 3학년에 올라가면서 생각이 바뀌었다. 새 담임 선생님이 수학을 가르치셨는데 어찌나 재미있게 수업을 하시는지 칠판에서 눈을 뗄 수가 없었다. 그때까지만 해도 나는 인문계가 내 적성에 맞다고 생각했다. 적성검사 결과도 인문계가 자연계보다 높았다.
　문과 과목과 달리 수학, 과학 등은 나 혼자 시도하고 풀어야 할 부분이 훨씬 많았다. 절대로 안 풀릴 것 같은 문제들과 씨름하다 마침내 답을 이끌어냈을 때의 쾌감은 말로 표현하기 힘들었다. 이렇게 수학과 과학의 매력에 푹 빠지면서 나는 점점 과학고등학교 쪽으로 마음이 끌리게 되었다.
　과학고등학교에 입학하려면 중학교 3년 동안의 수학과 과학 성적이 상위 3퍼센트에 들거나, 올림피아드나 도교육청 주최의 수학과학경시대회에서 은상 이상의 수상 경력이 있어야 한다. 전자는 일반전형으로, 후자는 특별전형으로 입학할 수 있다. 나는 그동안 주로 영어경시대회에 참가했고, 수학경시대회는 한 번밖에 참가한 적이 없기 때문에 특별전형은 기대할 수 없었다.
　포항에 있는 경북과학고등학교를 점찍어놓고 원서를 준비하는 나에게 선생님이 말씀하셨다.
　"영주에 있는 여자 중학교는 물론이고 영주 전체를 통틀어서 과학고에 지원하는 아이는 너밖에 없다. 지금 제도가 바뀌어서 특목고에 가면 내신이 불리해질 텐데, 그래도 가고 싶니?"

"예. 저는 과학고에 가겠습니다."

"정신 바짝 차려라. 포항은 영주랑은 다르다."

어떻게 다를까? 두려움 반 기대 반으로 나는 책과 옷을 싸들고 포항으로 내려갔다. 나이 열여섯에 집을 떠나 독립을 한 셈이었다.

경북과학고는 한 학년이 46명으로 기숙사 학교였다. 기숙사 생활은 생각보다 재미있었다. 교풍도 마음에 들고 식당 밥도 꿀맛이었다. 그런데 학생들이 무서웠다. 울산·포항·구미 등의 도시에서 난다 긴다 하는 아이들이 다 모여들었으니 영주 같은 소도시 출신인 나는 아무것도 아니었다. 금방 따라잡겠지 하고 생각했는데, 워낙 뛰어난 아이들이 많다 보니 그게 생각처럼 쉽지 않았다.

5월은 잔인한 달이었다. 첫 시험을 보았는데 화학 점수가 67점이 나왔다. 나는 울면서 집에 전화를 했다. 엄마는 너무 조급하게 생각하지 말고 천천히 따라잡으라고 위로하셨고, 아빠는 "딴 아이들은 미리 보약을 먹듯이 선행학습을 하고 과외도 해서 지금 기운이 펄펄 나는 거지만 곧 약발이 떨어질 것이고, 이제 공부를 시작한 너는 곧 기운이 펄펄 나고 약발도 오래 갈 것이니 조금만 참고 기다리면 된다"고 용기를 주셨다.

과학 과목 성적 올리기에 집중하느라 암기 과목에는 더욱 소홀해졌다. 사회·국사·윤리 등의 과목은 신경쓸 겨를이 없었다. 마음이 불안했지만, '시험 보기 전에 한 번만 읽고 보면 괜찮을 거야' 하고 애써 나를 위로했다.

하지만 1학기 기말고사가 다가왔을 때 나는 아무런 대책 없이 교과서 한 번 읽지 않고 국사시험을 보아야 했고, 그 결과는 46명 중 42등이었다.

기분이 최악이었다. 내가 이러려고 부모님을 떠나 이곳까지 온 것일까? 이러다가 영원한 패배자로 주저앉고 마는 것은 아닐까?

밤마다 부모님께 울먹거리며 전화해서 위로 받고, 울다가 잠이 들고, 새벽에 일어나서 공부하는 생활이 계속되었다. 초조해서인지 눈만 뜨면 뭔가가 먹고 싶었다. 식당에서 먹는 세 끼 밥으로는 성에 차지 않아 시간이 날 때마다 교문 밖으로 나가 빵, 떡, 김밥 등을 사먹고 그것도 모자라 캐러멜, 초콜릿, 과자까지 한아름 사들고 왔다. 그때 집에서 한 달에 15만 원의 용돈을 받았는데 12만~13만 원이 군것질에 들어갔다. 공부를 하다가 기분이 가라앉으면 이것저것 잔뜩 먹고, 다시 공부에 몰두했다. 심리적인 스트레스가 폭식증으로 나타난 것이었다. 피부도 성할 날이 없었다.

어느 날 새벽, 혼자 일어나 세수를 하고 머리를 만지는데 이상한 느낌이 들었다. 머리 한가운데가 텅 빈 듯했다. 거울에 비춰보니 정수리 부근에 백 원짜리 동전만한 구멍이 뚫린 게 아닌가.

나는 하얗게 질렸다. 내가 왜 이러지? 대머리가 되려나? 무슨 큰 병에 걸린 건 아닐까?

날이 밝자마자 나는 울면서 기숙사 사감인 화학 선생님을 찾아갔다. 엄마 같은 느낌이 들어 내가 무척 따르던 분이었다. 선생님은 큰 병이 아니라 원형탈모증이라며 위로해주셨다. 선생님은 내 손목을 잡고 피부과에 데려가셨다. 의사는 내 두피에 비타민 E 주사를 놔준 뒤 스트레스를 받지 말라고 했다.

'스트레스를 받지 말라니. 어휴, 그게 내 맘대로 되는 일인가요?'

스트레스를 푸는 방법은 딱 하나, 먹는 것뿐이었다. 원형탈모증에 걸린 후로 나의 폭식증은 도가 더 심해지고 말았다.

6월이 끝날 무렵 나는 어려운 과학고등학교 생활에 제법 적응해나갔고 7월에 접어들자 성적도 많이 올랐다. 그제야 겨우 한숨 돌리면서 마음이 안정되자 원형탈모증도 나아갔다. 다만 구멍이 났던 부분에 머리카락이 삐쭉삐쭉 잔디처럼 솟아올라서 그걸 가리느라 애를 먹었다. 당시 찍은 사진을 보면, 2대8 가르마를 타고 옆머리를 가능한 한 많이 끌어모아 머리가 빠진 부분을 가린 뒤에 실핀을 꽂은 모습을 하고 있다. 이렇게 반 년 정도 고생을 했다.

그러나 원형탈모증이 사라진 뒤에도 폭식증은 여전했다. 먹지 않으면 스트레스를 받고, 스트레스를 받으면 공부가 안 되었으므로, 나는 막무가내로 먹어댔다. 내 허리는 30인치를 육박했고 어깨는 떡 벌어졌다. 덩달아 키도 쑥쑥 자랐다. 한마디로 기골이 장대한 '여장부'가 바로 내 모습이었다.

아빠는 이런 나를 보며 고민하셨겠지만, 내겐 더 큰 고민거리가 있었다. 과학고에 들어오기 전, 중3 때 담임 선생님이 경고하신 것이 현실로 다가온 것이다.

당시 교육부 장관이었던 이해찬 씨는 "뭐든지 하나만 잘하면 대학에 들어갈 수 있게 하겠다"며 수능의 비중을 크게 낮추고, 대신 내신과 논술의 비율을 높였다. 당시에는 과학고에 들어가고 싶은 마음에 그 문제에 대해선 크게 신경을 쓰지 않았는데, 막상 입시가 다가오자 큰일 났구나 싶었다. 카이스트에 진학하는 학생들은 내신에 크게 구애받을 필요가 없었으나, 나는 의대로 진로를 잡아둔 터라 좋은 내신성적이 절실했다.

특목고 학생들이 내신 때문에 입시에 불리해지는 상황이 되자 우리 학교의 일부 선배들은 아예 자퇴를 해버리고 내신 없이 수능 성적만으로 서울대에 들어갔다. 친구들과 나는 모이기만 하면 자퇴를 하고 검정고시를 볼 것인지 계속 학교를 다닐 것인지 고민했다.

하지만 어렵사리 들어와 힘들게 공부를 따라잡으며 정이 든 학교였던 만큼, 나는 이 학교 졸업장을 꼭 받고 싶었다. 1학년 초에 헤매기는 했어도 그후로 점점 성적이 향상되어 내신이 상위권으로 회복되었다. 그리고 여러 경시대회에서 입상도 했고, APEC 청소년과학축전에 한국 대표로 출전하기도 했으니 이런 경력들이 반영되면 불가능하지는 않으리라 생각했다. '하나만 잘해도 대학 가게 해주겠다'고 약속했으니 믿어도 되지 않을까 생각했다. 나는 모든 것을 운명에 맡기고 3학년으로 올라갔다.

하지만 운명은 나의 편이 아니었다. 내신은 결국 굴레가 되어 나의 발목을 계속 잡고 있었으며, 이런 내신으로는 어렸을 때부터 내가 가리라 마음먹었던 서울대에 갈 수 없었다. 중학교 때 나와 1, 2등을 다투던 친구는 일반 고등학교에 진학했는데, 그 친구가 서울대에 원서를 쓴다는 말을 듣고 나는 눈물을 흘렸다.

'차라리 나도 그냥 영주에 남아 있을 걸.'

서울대 포기는 나에게 큰 실망을 안겨주었다. 하지만 언제까지 그러고 있을 수만은 없었다. 빨리 다음 대책을 세워야 했다.

담임 선생님과 상담한 끝에 8월 2학기 수시모집 때 연세대·고려대·이화여대·아주대·울산대·경북대, 이렇게 여섯 군데에 지원서를 냈다.

1차 합격자 발표가 9월이었는데, 제일 먼저 고려대로부터 불합격 통지를 받았다. 나로서는 살아오면서 처음으로 받아본 불합격 통지여서 충격이 컸다. 하지만 이것은 시작일 뿐이었다. 얼마 뒤 연세대에서도 불합격 통지가 날아왔다. 며칠 후, 이화여대와 울산대가 똑같은 비보를 전해왔다. 나에겐 사망선고처럼 들렸다. 내가 가장 만만하게 생각했던 게 이 두 학교였는데…. 왜냐하면 나는 울산대에서 주최하는 과학경시대회와 이화여대에서 주최하는 과학경시대회 모두에서 상을 받았기에 가산점수가 반영되면 이 두 곳에서는 되지 않을까 생각했던 것이다.

도대체 내신이 뭐기에 내 앞길을 이리도 막는 걸까? 그날 나는 하루 종일 넋나간 사람처럼 있었다. 현실 속의 불행은 영화나 소설보다 훨씬 과격하게 온다는 말이 있다. 며칠 후 아주대에서도 같은 소식을 들었다. 더 이상 충격을 받을 기운도 남아 있지 않았다.

'결국 내신 때문에 나는 아무 데도 못 가는구나. 그렇다면 정시모집에 다시 도전해도 마찬가지겠지, 내신이 나쁘니까. 아니 재수를 해도 마찬가지겠구나, 내신이 나쁘니까.'

이런저런 생각으로 몸과 마음이 지쳐 있는 중에 마지막으로 경북대에서 합격 통지가 날아왔다. 경북대에는 특목고 전형이라는 특별제도가 있어서 붙을 수 있었던 것이다.

부모님은 드디어 우리 딸이 국립대 의대생이 되었다며 싱글벙글 하셨다. 하지만 나는 산전수전 다 겪은 뒤라 그런지 별로 기쁘지도 않고 허탈하기만 했다. 오히려 부모님이 좋아하시는 모습에 부아가 날 지경이었다.

'엄마 아빠는 나한테 그 정도밖에 기대를 안 하셨나?'

12월에 최종 합격통지서를 받아들고, 나는 섭섭함을 깨끗이 털어버렸다.

'국립대학에 들어가서 적어도 부모님께 등록금 걱정은 덜어드린 셈이니, 이것도 효도라고 생각하자. 이제 멋진 대학생이 되는 거다!'

돌이켜 생각해보면, 만약 내가 그때 원했던 대학에 붙었다면 과연 오늘의 결과가 있었을까 싶다. 만약 그랬다면 나는 그것에 만족하고 학교생활과 공부에 열중하느라 미스코리아에 한눈을 팔지도 못했으리라.

어제의 좌절이 오늘의 도전과 변화를 불러들인 것이다. 그렇게 생각하니 그때의 실패가 새삼 고맙게 느껴진다. 인생은 알 수 없는 일들의 연속이다.

Carpe Diem!

사람과 사람의 만남이 기회를 낳는다. 꿈을 키운다.
내 인생 최대의 변화를 일으킨 한 사람과의 만남이 있었으니,
그는….

만남, 그리고 터닝포인트

미스코리아 당선 이후 홍보대사, 각종 자선공연과 행사 등으로 바쁜 한해를 보내고 2003년 봄, 나는 다시 평범한 대학생으로 돌아갔다.

똑같이 반복되는 단조로운 일상에 무료함을 느끼기 시작할 무렵, 한국일보에서 전화가 왔다. 때가 되었으니 미스 유니버스 대회에 나갈 준비를 하라는 통보였다. 한편으로는 그동안 긴장이 풀어져서 생각도 없이 먹어댔는데 큰일이라는 걱정이 들면서도 다른 한편으로는 뭔가 새롭게 매달릴 일이 생겼다는 게 반가웠다. 머릿속은 이미 대회에 입고 나갈 드레스와 헤어스타일을 구상하느라 분주하게 돌아갔다.

세계 미인대회는 미스 유니버스·미스 월드·미스 인터내셔널·미스 어스·미스 아시아퍼시픽 등이 있는데, 대개 유니버스에는 진이 나가고 월드에는 선, 인터내셔널에는 미가 나간다. 세 대회의 뚜렷한 차

이는 없지만, 미스 유니버스가 가장 오래된 대회 중 하나이고 미모는 물론 지성과 개성, 다양한 자기 표현력이 요구되는 대회라고 한다.

나는 국제대회인 만큼 당연히 모든 것을 지원해주는 것으로 생각했다. 그런데 한국일보 측에서는 비행기 티켓과 약간의 현금 외에는 지원이 힘들다고 했다. 드레스와 민속의상은 협찬사가 정해져 있지만, 그 외 대회기간 동안 입을 캐주얼복과 화장, 헤어, 인터뷰, 무대연습 등은 모두 혼자 챙겨야 한다는 것이었다. 그냥 형식적으로 참가하는 것이니 그 이상의 지원은 불필요하다고 생각하는 듯했다.

명색이 국제대회인데 워킹을 지도해줄 사람 하나 구할 수 없었다. 궁여지책으로 자료라도 있으면 달라고 했더니 화질이 매우 안 좋은 몇 년 묵은 비디오 하나와 2002년 비디오 단 두 개가 전부였다. 그걸 반복해 보면서 아무리 궁리해도 혼자서는 답이 안 나왔다.

'그래. 화장과 헤어는 혼자 한다고 치자. 그런데 인터뷰 준비는 어쩌지?'

미스 유니버스 대회 인터뷰는 미스코리아 대회와는 많이 다른 것 같았다. 우선 굉장히 스피디하고, 상상력을 요구하는 황당한 질문도 많았다. 평소의 순발력으로 버틸 수도 있겠지만, 동네 잔치도 아닌 국제대회에서 그렇게 허술하게 대답할 수는 없지 않은가. 한국을 대표해서 나가는데 국위선양은 못할망정 망신은 당하지 말아야겠다는 생각이 들었다.

나는 한국일보 대구지사 본부장님을 만나 이런 고민을 털어놓았다. 그분은 나의 심정을 이해하겠다면서 다른 건 몰라도 영어 인터뷰 준비는 확실하게 할 수 있도록 도와주겠다고 했다.

그렇게 해서 소개받은 분이 에기스(Aggies)라는 유학원을 운영하는 손희걸 선생님이었다. 미스 유니버스 대회와는 전혀 상관없는 분이 도와주신다니 얼마나 고마운가. 자원봉사나 다름없는 일을 선뜻 맡아주신다는 말에 나는 열심히 하겠다는 다짐으로 부모님까지 모시고 함께 인사를 드리러 갔다.

그런데 그 남자 선생님의 첫인상이 너무 차가워서 나는 바짝 얼고 말았다. 사람들은 보통 미스코리아라고 나를 소개하면 속으로야 어떻게 생각할지 모르지만 겉으로는 초면이라도 친절하게 대해준다. 그냥 지나칠 사람들도 한 번 더 쳐다봐주고 신경써준다. 하지만 그분은 처음부터 '네가 미스코리아이거나 말거나' 하는 식이었다.

"너는 영어를 공부하겠다고 여기 온 거니까, 미스코리아 티 내지 말고 모자 푹 눌러쓰고 와서 공부나 열심히 해라."

순간 나는 무시당한 것 같아 아무 대답도 안했다. 방안에 정적이 흐르는데 옆에 있던 엄마가 "걱정 마세요. 우리 나나도 그런 걸 더 좋아합니다"라고 말해서 썰렁한 분위기가 겨우 무마되었다. 나는 속으로 칼을 갈았다.

'두고 보자. 열심히 해서 진짜 내 모습을 반드시 보여주고 말 거야.'

다음날부터 시작된 영어공부는 뜻밖에도 아주 힘든 코스였다.

손 선생님은 우선 나의 영어화법에 대해 신랄하게 지적하셨다. 뜻은 통하겠지만 국제대회에서 사용할 만큼 세련된 문장은 아니라며 한 문장 한 문장 말할 때마다 그냥 넘어가는 법이 없으셨다.

'네이티브가 아닌데 그 정도 실수는 할 수 있는 거 아닌가?'

나는 속으로 불만을 품었는데, 영어에 관한 한 그분의 입장은 단호했다.

"적어도 한국 대표로 세계무대에 설 사람이라면 머릿속에 언어 스위치 하나는 만들어둬야지. 스위치를 누르면 영어가 좔좔 나와야 하고, 또 스위치를 누르면 한국어로 자동전환되어 나와야 한다."

수업이 끝나자 선생님은 50여 개의 단어와 숙어를 주면서 "내일까지 다 외워와라" 하고는 항의를 할 틈도 안 주고 나가버리셨다.

나는 죽기 살기로 단어를 외워갔다. 그랬더니 이번에는 60개를 내주면서 또 외워오라고 하셨다.

"50개를 외울 수 있으면 60개도 외울 수 있어."

60개를 외워갔더니 70개를 내주셨다. 외워야 할 단어의 수는 점점 늘어났고 수업은 점점 길고 어려워졌다.

이렇게 보름 정도를 공부하고 나자, 나를 대하는 손 선생님의 태도가 달라지는 것을 느낄 수 있었다. 그동안 그분이 나에 대해 편견을 가지고 있었다는 걸 나는 알고 있었다. 아마 대충 시간만 때우다가 며칠 만에 그만둘 거라고 짐작하셨던 것이다. 그런데 대회가 점점 다가오는데도 미용실에 피부관리 받으러 간다며 꽁무니를 빼기는커녕 영어 숙제에 매달리고 있으니 '어, 내가 생각하던 아이가 아니구나' 하고 느끼신 것이다.

사실 달라진 건 나도 마찬가지였다. 처음엔 말 그대로 인터뷰 준비 정도로만 생각했다. 그런데 선생님과 자꾸 대화를 나누면서, 세계의 대학으로 가기 위해 땀 흘리며 공부하고 준비하는 어린 학생들의 모습을 보면서, 내가 너무 우물 안 개구리로 안이하게 살았다는 자각을 하게 됐다.

특히 입구 벽에 잔뜩 붙어 있는, 미국 학교에 합격한 학생들의 사진이 나를 자극했다. 스미스·다트머스·웨슬리언·듀크·스탠포드·프린스턴·MIT·하버드…. 불과 13, 14살의 아이들이 내가 전혀 몰랐던 세상에서 이런 큰 꿈을 품고 분주하게 뛰고 있었다니, 부인하고 싶어도 주눅이 드는 건 어쩔 수 없었다. 그 아이들이 부러웠다. 왜 나는 그런 꿈에 대해 생각조차 하지 못했을까?

손 선생님은 한국이 부강한 나라가 되려면 인재들이 세계로 많이 나가서 힘있는 위치에 올라가 한국을 위한 발언권을 가져야 한다는 이야기를 자주 하셨다. 그러기 위해서는 한국의 대학만을 가려 애쓰지 말고 세계로 눈을 돌려 하버드·예일·스탠포드 등 세계 최고의 우수한 두뇌들이 모인 대학에 도전하여 당당하게 이겨야 한다고 강조하셨다.

"한국은 땅도 좁고 강대국인 일본이나 중국에 비해 인구도 적고 자원도 부족한 나라인데, 그나마 학생들의 머리가 좋으니 얼마나 다행인가. 더 큰 세계로 나갈 수 있는 자질이 충분한 아이들이 여기서 우물 안 개구리로 주저앉는 게 너무 안타까운 생각이 든다."

그런 생각의 연장선이었을까? 선생님은 보름 정도 나를 강훈련시키며 테스트를 해보시더니, 이왕 미스 유니버스 대회에 참가하는 거라면 꿈과 목표를 갖고 제대로 도전해보자고 하셨다.

후원사 측에서는 가볍게 여행하는 기분으로 놀다오라고 했고, 그래서 나도 '망신만 당하지 말자'는 식으로 편하게 생각했는데, 손 선생님을 만난 이후로 예상치 못한 방향으로 생각이 바뀌어갔다.

"미스 유니버스 대회 같은 국제대회에서 한국이 1등을 하면 그것도 국위선양이다. 일년내내 공장 돌려서 운동화를 수출해도 아직 코리아란 나라에 대해 모르는 사람이 많다. 네가 미스 유니버스 대회에서 1등을 하면 하나의 기업이 하는 것 이상으로 한국이라는 나라의 이미지를 높일 수 있다."

내가 미스 유니버스를! 나는 가슴이 두근두근 뛰었다. 사실 미스코리아조차 재미삼아 나갔던 나였는데 선생님의 이런 이야기를 날마다 들으니, 내 안에서 점점 한국 대표로서의 책임감, 긍지 등이 새록새록 솟아올랐다. 미스 유니버스 대회에서 한국은 민속의상상을 여러 번 탔고 준결승, 결승에도 몇 번 올라간 적이 있지만 아직까지 타이틀을 쥔 적은 없다. 과연 내가 할 수 있을까?

손 선생님의 조사에 의하면 미스 유니버스 대회가 최근 들어 아프리카 국가와 아시아 국가 후보에게 우호적이기 때문에 인터뷰 점수가 잘 받쳐주면 미스 유니버스 타이틀이 전혀 가망이 없는 건 아니라는 것이다. 벌써 '금나나 미스 유니버스 만들기 프로젝트'란 제목의 기획서까지 꼼꼼히 짜고 계셨다.

마침내 전략이 드러났다. 어차피 동양인인 내가 체격조건을 보는 수영복과 드레스 심사에서 서양 미인이나 남미 미인들을 따라잡기는 힘들다. 그리고 개최국이 파나마인 만큼 남미 국가들에 유리하게 채점이 될 수밖에 없다. 그러니 수영복과 드레스 심사에서는 9.2 정도를 목표로 하자. 대신 인터뷰 심사만큼은 9.9를 받자. 이렇게만 해낸다면 파이널 안에 들 수 있을 것이고, 그러면 1위에도 도전할 수 있을 것이다!

그날부터 모든 준비를 인터뷰에 집중했다. 인터넷을 뒤져 미스 유니버스 대회가 실린 기사란 기사는 죄다 갈무리하여 인터뷰 예상질문 100여 개를 뽑았다. 대답은 너무 심각하지 않게, 솔직하게, 그리고 위트와 유머를 살려서 하는 것을 원칙으로 하되 생각이 얕아서는 결코 안 된다. 영어구사는 네이티브처럼 완벽할 수는 없겠지만 최대한 군더더기가 없게, 어려운 단어보다는 쉬운 단어로 의미와 어감을 살려서, 무미건조하기보다는 감동을 주는 것이 좋겠다고 판단했다.

우리는 질문을 하나씩 짚어가면서 어떤 답변이 가장 좋을지 계속해서 토론을 했다. 그런데 여기에 함정이 있었다. 토론이 길어지면서 우리의 대화는 자꾸만 딴데로 새어버리기 일쑤였다.

한번은 "What do you want to become in 10 years?"라는 질문을 받았다. 내가 "I want to become a great surgeon"이라고 대답하자 선생님은 즉시 "Why do you want to become a great surgeon?" "What is the real meaning of a great surgeon?" 등의 질문을 날렸다. 앞의 질문은 대답하기 쉽지만 뒤의 질문은 깊게 생각해보지 않은 질문이었다. 머뭇머뭇거리고 있자 선생님은 또 "Do you know how to become a great surgeon?" "Are you satisfied with just being a great surgeon in Korea? How about being the greatest surgeon in the world?"라는 질문을 퍼부었다.

이런 일이 계속되면서 우리의 인터뷰 준비는 완전히 난상토론이 돼버렸다. 쉴새없이 떠들다 보면 배가 무척 고파지곤 했다. 나는 손 선생님을 만나러 갈 때면 으레 먹을 거리를 잔뜩 사가는 게 버릇이 되었다. 토론이 끝나고 나면 만두며 김밥이며 우리 둘이 먹은 흔적이 테이블 위에 수북이 쌓였다. 대회는 다가오고, 날마다 땀을 빼며 몸매관리를 해도 시원치 않을 판에 나는 오히려 살이 오르고 있었다.

하지만 살이 찌는 것이 문제가 아니었다. 선생님과 나의 토론에는 뭔가 특별한 것이 있었다. 그리고 그것은 내 안의 뭔가를 마구 충돌질했다.

'더 큰 세상으로 나가고 싶다! 더 큰 사람이 되고 싶다! 내 안의 틀을 깨고 싶다! 더 큰 무대에서 공부하여 세계 최고의 외과의사가 되고 싶다!'

하지만 이런 생각을 하면 할수록 괴로움도 커졌다.

'나는 이미 의과대학 2학년생. 당장 내 앞에 닥친 일 열심히 하며 흔들림 없이 앞으로 나아가야 할 상황에서 처음부터 다시 시작한다는 건 너무 무모한 짓 아닐까? 설사 외국 대학에 합격을 한다 해도 그 비싼 학비와 생활비는 또 어쩐단 말인가? 맞벌이 중학교 교사인 부모님께 어떻게 그런 부담을 드릴 수 있겠는가?'

이성적으로 생각하면 유학은 당연히 품어서는 안 될 꿈이었다. 하지만 안 되기 때문에 더욱 미련을 버릴 수가 없었다.

이런 생각에 사로잡혀 있던 어느 날이었다. 그 날은 유난히 선생님과 상담하러 온 학생이 많았다. 나와 토론을 하시던 손 선생님은 상담 때문에 자꾸 자리를 비우셔야 했다. 들락거리는 손 선생님과 학생들의 얼굴이 언뜻언뜻 눈에 들어오면서 나는 갑자기 눈물이 나기 시작했다.

방으로 돌아온 선생님은 내가 우는 모습을 보고 깜짝 놀라셨다.

"나나야, 왜 우니?"

나는 한 5분 동안 아무 대답도 못하고 펑펑 울기만 했다. 선생님은 휴지를 주면서 나를 달래셨다.

"그만 울어라. 눈물 닦고 얘기를 해야지."

간신히 울음을 그치고 뱉은 첫 마디는 "사실, 내 꿈은 이게 아니었어요"였다. 나는 선생님께 내가 정말 가고 싶은 학교가 있었지만 내신 때문에 어쩔 수 없이 그 꿈을 포기할 수밖에 없었다고 말씀드렸다. 그리고 이제 그보다 더 큰 꿈을 품게 되었는데 현실적으로 걸리는 게 많고, 그렇다고 포기하기엔 너무 속상하고, 그래서 눈물이 난다고 말씀드렸다.

선생님은 가만히 내 얘기에 귀를 기울이셨다. 그리고 한참 동안 생각에 잠긴 듯 말이 없으셨다. 그 모습이 내게는 너무나 침착해 보였는데, 사실은 굉장히 당황했고 내심 기특하다는 생각도 하셨다고 한다. 그냥 평범한 미스코리아인 줄 알았는데 시키는 대로 공부 열심히 하고, 이런 큰 꿈까지 품고 있으니 말이다.

드디어 선생님이 말문을 여셨다.

"나는 네가 유학가고 싶어하는 거 100퍼센트 이해한다. 그리고 갈 수 있으면 가야 한다고 생각한다. 절대로 늦지 않았다. 그리고 경제적인 문제는 장학금이나 다른 여러 가지 방법을 알아보면 되지 않겠니?"

이 말을 들으니 가슴이 쿵쾅거리기 시작했다. 손선생님은 절대로 빈말을 하실 분이 아니다. 그렇다면 현실적으로 가능한 꿈일 수도 있다는 얘기 아닌가.

뒤이어 선생님은 이렇게

2003 미스 유니버스 대회 기간 중 파나마의 일간지에 실린 나에 관한 기사.

41
Carpe Diem!

말씀하셨다.
"일단 지금 우리 목표는 미스 유니버스 대회에서 좋은 성적을 거두는 거다. 유학은 그 다음 목표로 정하고 전략을 짜보자."
머리가 빙글빙글 돌았다.
'당장 영주로 가서 엄마 아빠게 유학 결심을 말씀 드리자.'
내 인생이 급브레이크를 밟으며 전혀 다른 각도로 급회전하는 순간이었다.

하버드에 가기엔 제가 너무 예쁜가요?

그해 4월, 나는 휴학을 했다. 표면적인 이유는 유니버스 대회 준비를 위해서였고 숨은 이유는 그 이후에 미국 유학에 도전하기 위해서였다.
하지만 두 가지 이유를 액면 그대로 이해해주는 사람은 드물었다. 미스코리아도 휴학 없이 버티며 해냈는데, 당선 가능성도 전혀 없는 미스 유니버스 대회, 그것도 보름 정도면 끝나는 대회를 뭣 때문에 휴학까지 하면서 준비하느냐는 시선이 지배적이었다.
유학에 대해서도 마찬가지였다. 미스코리아가 공부를 해봤자 얼마나 하겠느냐는 시선을 충분히 느낄 수 있었다. 내 앞에서 말은 "그래, 열심히 해봐"라고 하지만 표정은 '설마' 하며 믿지 않는 사람이 대부분이었다.
나보다 더 힘든 건 손 선생님이었다. 그날 내가 그렇게 갑작스럽게 울음보를 터뜨린 이후 손 선생님은 나의 적극적인 후원자가 되어 인터뷰 준비뿐만 아니라 미스 유니버스 대회 준비 전반을 총지휘하기 시작하셨다. 맨몸으로 부딪치려던 나로서는 든든한 지원군을 얻은 셈이었다. 하지만 몇몇 사람들은 선생님의 이런 결정을 이해하지 못했다. 그들에게 금나나는 미스코리아일 뿐이고, 미스코리아가 하버드에 도전하는 것은 있을 수 없는 황당한 일이었던 것이다.

처음에는 사람들을 이해시키려고 열심히 설명했지만, 나중에는 포기했다. 편견의 벽은 마음이 닫힌 사람일수록 두꺼운 법이다. 우리에게는 절실한 꿈이 남들에게는 터무니없는 욕심으로 받아들여질 수 있으니까.

아무도 믿어주거나 응원해주지 않는 꿈. 외로운 싸움이 시작되었다. 한 달 동안의 인터뷰 강훈련을 마치고 5월에 파나마행 비행기에 홀로 몸을 실었다.

'목표는 한국 최초의 미스 유니버스! 최선을 다해 반드시 해내자!'

그러나 이런 나의 꿈은 합숙소에 도착하는 순간부터 와장창 깨지기 시작했다.

방 배정 자체가 북미와 유럽 출신은 그들끼리, 남미는 남미끼리, 아시아는 아시아끼리이기 때문에 나는 자연스럽게 미스 태국과 한방을 쓰게 되었다. 불만스러웠지만 진행상 어쩔 수 없는 부분이라 이해는 할 수 있었다. 하지만 이렇게 대륙별로 인종별로 그룹이 갈리면서 서양인과 남미인은 주류로, 동양인과 흑인은 비주류로 취급되는 인상을 지울 수 없었다.

물론 아시아에도 관심과 배려를 기울이긴 하지만, 그것은 죄다 일본과 중국의 몫이었다. 한국에까지 그 몫이 돌아오기엔 우리나라의 국제적 인지도가 너무 낮았다. 게다가 스폰서 회사와 총 디렉터, 메이크업 아티스트, 디자이너, 원어민 영어교사 등을 동반하고 조직적으로 움직이는 일본 대표나 이제 막 미인대회의 중요성에 눈을 뜨기 시작해 정부로부터 엄청난 지원을 받고 있는 중국 대표와 비교해볼 때, 화장도구와 옷가방을 혼자서 메고 다니면서 하나부터 열까지 힘겹게 해내고 있는 미스코리아 금나나는 너무 초라한 존재였다.

대회 내내 나는 자존심을 지키면서 당당하게 행동하려고 애썼지만 이런 초라함에서 벗어나기가 힘들었다. 나는 15위 안에만 들어도 그걸로 만족하겠다고 나를 달랬다. 그러나 결과는 그것조차 역부족이었다. 5위 안에 든 미스 일본이 무대 위에서 기뻐하는 모습을 바라보는데 울컥 속이 상했다. 나는 깨달았다. 국제 미인대회는 미를 겨루는 대회이기 이전에 국력을 겨루는 대회라는 것을.

그마나 한 가지 위안이 된 것은, 손 선생님의 강훈련 덕분에 나는 인터뷰 심사에서 72개 국가 중 최고 점수인 9.80을 받았다는 것이다. 그래서 최고의 인격과 인간성, 세련된 대화술을 갖춘 사람을 칭하는 '미스 퍼스낼리티'로 선정되었다.

그 사이에 한국에서는 내가 현지에서 유력한 당선 후보로 입에 오르내리고 있다는 기사가 나갔다고 한다. 그 기사를 보고 손 선생님은 "거봐라, 나나는 다르다!"며 흥분하셨지만, 결과는 참담했다.

나는 파나마에서 선생님께 전화를 드렸다.

"많이 애써주셨는데 결과가 이래서 죄송해요."

선생님 역시 실망한 목소리였지만 내게 용기를 북돋우며 이렇게 말씀하셨다.

"미인대회는 내 분야가 아니어서 어쩔 수 없는 부분이 많았다. 하지만 교육은 내 분야니 나를 믿어봐라. 이번엔 미국 대학에 도전하자!"

나도 목소리에 힘을 주어 대답했다.

"최선을 다해서 꼭 해낼게요."

우리는 LA에서 만나기로 했다. 거기서부터 미국 대학 투어를 시작하기로 한 것이다.

처음 찾아간 곳은 UC 버클리 캠퍼스. 가장 가능성 있는 대학으로 꼽아둔 곳이었다. 서부의 최고 명문대이고 특히 공과대의 명성은 하버드와 어깨를 나란히 하는 데다 의과대학은 독립법인이어서 연구와 투자가 매우 활발하다고 들었다.

기대를 잔뜩 품고 캠퍼스에 들어섰는데, 학교 건물도 그다지 멋지지 않고 교정도 볼품이 없어 조금 실망스러웠다.

서부에서는 버클리 대학 외에도 스탠포드와 유타 대학을 둘러보았다. 스탠포드 교정은 그야말로 내가 바라던 분위기였다. 그리스 신전을 보는 듯한 웅장한 건물에 잘 관리된 조경, 청명한 기후 등 최고의 면학 분위기였다. 나는 조심스럽게 스탠포드를 마음에 품어보았다.

그러나 동부로 와서 컬럼비아·NYU·예일·MIT·하버드를 차례로 둘러보면서 나는 이곳의 분위기에 더 끌렸다. 동부 학교의 학생들은 서부 학교의 학생들에게서 느껴지는 밝고 쾌활한 분위기는 없지만, 왠지 더 치열해 보였고 자신이 가야 할 방향을 정확히 알고 있는 사람 특유의 진지함이 묻어나왔다.

하버드 교정은 특히 나를 매료시켰다. 잔디밭에 누워서 책을 읽는 사람조차도 그렇게 멋있어 보일 수가 없었다. 건물 계단에서, 벤치에서, 아무렇게나 앉아서 열띤 토론을 벌이고 있는 교수와 학생들, 국제 기아 구호를 위해 모금활동을 벌이는 학생들, 작은 공연을 준비하는 학생들, 근로장학생으로 복도를 청소하고 있는 학생도 보였다. 모두들 뭔가에 미쳐 있는 모습, 즐거운 얼굴로 최선을 다하는 모습이었다.

서울로 돌아오는 비행기 안에서 나는 선생님께 선언을 했다. 이왕이면 하버드로 목표를 정하겠다고. 선생님은 아주 기뻐하면서 이렇게 말씀하셨다.

"내가 먼저 하버드를 가라고 말하면 너에게 강요하는 게 되는데, 오히려 네가 먼저 가겠다고 말하니 정말 잘됐다."

비행기가 서울에 도착했을 때는 초여름으로 접어드는 7월 초였다.

처음 서울을 떠나 파나마로 갈 때만 해도 그저 미국의 대학을 두드려 보겠다는 생각이었던 것이 미국을 거쳐 다시 서울로 돌아올 때는 아이비리그, 그 중에서도 하버드에 도전하겠다는 결심으로 바뀌어 있었다.

Do or Die!

일생에 적어도 한 번은 죽을 각오로 모든 것을 걸어야 할 때가 있다.
승산이 아무리 적더라도 해야만 할 때가 있다.
왜냐하면, 내가 원하는 것이 바로 그것 하나뿐이므로!

5개월의 올인

미국 여행중 라스베이거스에 들렀을 때의 일이다. 손 선생님과 나는 가장 크고 유명하다는 벨라지오 호텔 카지노로 들어가서 100달러짜리 지폐 한 장을 50달러짜리 두 장으로 바꾸어 나눠가졌다. 선생님은 룰렛 쪽으로 가셨고, 나는 초보답게 동전으로 교환해서 슬롯머신 앞에 앉았다.

체리, 토마토, 바나나, 수박, 작은 종, 그리고 숫자 7의 조합. 가로로 된 3개의 칸에 각각 6개의 그림이 그려져 있다. 왼쪽에서부터 오른쪽으로 3개의 스핀 버튼을 차례대로 각각 눌러 회전이 멈추는 순간 그림이 일치해야 잭팟이 터진다.

순간적으로 고등학교 때 배운 확률이 떠올랐다. 6개의 그림 중 똑같은 그림이 3칸으로 된 가로줄에 나란히 나타날 확률은 '$6/(6 \times 6 \times 6)$'.

그렇다면 슬롯머신의 수익구조는 $(1/6)^2$의 확률에 기대를 거는 게임자들의 기대심리에 있다(이것은 당시 내가 앉았던 기계의 잭팟 확률이다. 나중에 안 일이지만 잭팟이 터지는 경우의 수는 기계마다 다르다고 한다). 가능성은 적지만, 어느 카지노라도 매년 한두 번은 잭팟이 터진다고 한다. 해보지 않으면 인생은 모르는 거다.

25센트 동전을 연거푸 네 번 넣고 레버를 당겼지만, 그림은 계속 빗나갔다. 바나나 3개가 한 라인을 그리려다 말고, 숫자 7이 계속 사선으로 비껴갔다. 다섯 번째 코인을 넣으려고 하는데, 카지노 직원이 다가와서 나이가 몇 살이냐고 물었다.

그때 내 나이는 만 열아홉. 20살 생일이 몇 달 남은 상태였다. 패스포트를 보여주니 그가 20살 미만은 게임을 하면 안 된다며 나를 쫓아냈다. 하는 수 없이 선생님을 찾아서 룰렛 게임이 벌어지는 쪽으로 갔다.

선생님은 벌써 많이 잃으셨는지 10개 정도의 칩밖에 갖고 있지 않으셨다. 그런데 속상해하지도 않으시고 여유만만한 표정으로 웃고 계셨다. 돈을 따려고 게임을 하는 것이 아니라 게임 자체를 즐기는 모습이었다.

"나나야, 네가 한번 다 걸어봐라."

보통은 승부 확률을 높이기 위해 칩을 보드 위에 여기저기 흩어서 건다. 하지만 나는 평소에 전부 아니면 전무, 즉 'All or Nothing'을 부르짖는 성격답게 아무 생각도 없이 그냥 숫자 11이 눈에 들어왔고 거기에 칩을 몽땅 걸었다. 깜짝 놀란 손 선생님이 거기서 반을 빼서 5에다 거셨다.

딜러가 휠을 돌렸다. 뱅글뱅글 돌던 구슬이 멈칫 멈칫 하더니 정확히 11에서 멈추는 것이 아닌가!

보드 위에 있던 칩이 1달러짜리 5개였고, 덕분에 37배에 달하는 185

달러를 챙길 수 있었다. 우리는 그 돈으로 라스베이거스에서 큰 인기를 누린다는 '사하라' 라는 한국 식당에 가서 오랜만에 푸짐하게 갈비를 뜯었다.

인생도 가끔은 도박이 아닐까? 한 순간 한 순간, 하나의 목표에 모든 것을 올인하는 것. 잘못될 수도 있다. 엄청난 걸 잃어버릴 수도 있다. 하지만 올인하지 않으면 아무 것도 얻지 못할 때가 있다.

하버드를 가겠다는 내 말에 엄마 아빠의 반응은 "그래?"였다. 열심히 하라고는 하셨지만, 그래도 불안하신 것 같았다. 그래서 엄마는 한 가지 센스 있는 안전장치를 제안하셨다.

"끝까지 최선을 다하되, 결과가 좋지 않을 때에는 조금의 미련도 남기지 말고 다시 경북대로 돌아갈 것."

왜냐하면 그때 나는 이미 휴학중이었기 때문에 다음 학기에 복학을 하지 않으면 자동퇴학이 되는 상황이었다. 잘못하다가는 하버드의 꿈도 이루지 못하고 경북대에서도 쫓겨나는 신세가 될까 봐, 엄마는 그거 하나만큼은 다짐을 받아두셨다.

그렇다면 나에게 주어진 시간은 단 5개월뿐이었다. 적어도 12월 중순까지는 모든 시험을 끝내고 원서를 써야 하니까. 그리하여 5개월 동안의 나의 올인이 시작되었다.

대구로 돌아와서 내가 가장 먼저 한 일은 책꽂이에 꽂혀 있던 전공서적을 모조리 치우고 SAT와 토플 교재로 대체한 것이다. 그리고 문구점으로 달려가서 영어·수학·과학 공부에 쓸 노트와 색색의 볼펜을 여러 자루 구입했다.

교재를 대충 훑어보고 8월 1일 처음으로 SAT I 모의고사를 치렀다. 결과는 각각 800점 만점에 수학(Math Part)은 640점, 영어(Verbal

Part)는 360점. 합계 1000점!

사실 나는 SAT가 어떤 시험인지, SAT의 문제 경향이나 유형은 어떤지에 대해 전혀 알지 못하는 상태였다. 수학은 조금만 하면 따라잡을 수 있을 것 같았지만 영어는 도무지 알 수가 없었다. 백지에 까만 점처럼 깨알같이 박힌 영어 지문들, 엄청난 길이에 문제는 겨우 4~5개, 그리고 전혀 들어본 적도 없는 어려운 단어들. 게다가 SAT 언어 영역인 영어시험은 토플과는 달리 답이 틀리는 것에 대해 감점을 당하고, 틀렸다는 이유로 또 감점을 당한다. 하나가 틀릴 때마다 점수가 뭉텅뭉텅 빠져나가는 것이다.

하버드에 지원하는 학생들 중 SAT가 만점인 학생만 모아도 신입생 모집정원을 넘는다는 말을 듣고 나는 비명을 지르고 싶었다. 첫 모의고사에서 내 점수는 겨우 1000점에 불과했으니 앞이 캄캄했다.

무엇보다 나를 더욱 두렵게 만든 것은 손 선생님의 냉담한 평가였다.

"영어란 언어이기 때문에 시간이 요구된다. 두 달 후면 정식 시험을 치러야 하는데 지금 상태에선 450점 이상을 받기 힘들 것 같다."

두 달 동안 아무리 노력해도 100점 상승은 힘들다는 진단이었다. 그렇다면 수학을 만점 받는다 해도 SAT I 총점은 1250점밖에 기대할 수 없다는 뜻이었다. 그럼 하버드는 불가능하단 말인가?

몹시 실망스러웠지만, 나는 애써 나 자신을 위로했다.

'나나야, 할 수 있어. 너는 솔직히 수능시험 끝난 이후로 제대로 공부를 한 적이 없잖아. 다이어트 하랴, 미스코리아 활동하랴, 유니버스 대회 나가랴, 2년 동안 놀았으니 머리가 녹슬 만도 하지. 그래도 지금부터 기름칠하면 예전처럼 빨리 돌아갈 수 있을 거야. 힘내!'

나는 곧바로 반 배정을 받았다. 나의 SAT 영어 선생님은 미국의 명문 사립고 밀튼 아카데미 2학년에 재학중인 한국계 미국인 윌리엄. 함께 공부할 학생은 토플 만점자로, 나보다 4살 어린 현진이었다.

담담한 마음으로 수업에 임하려고 노력했다. 하지만 점수가 매겨진 시험지만 보면 마음이 부대꼈다. 온통 ×표 투성이인 나의 시험지와 달리 ○표만 있는 현진이의 시험지가 어찌나 부럽던지. 두 사람에겐 의문의 여지조차 없는 문장과 해설들이 나에겐 의문투성이였다. 순간 앞이 뿌옇게 흐려지더니 곧 눈물이 뚝뚝 떨어지기 시작했다. 정말 울지만은 않으려고 했는데, 이미 나의 눈물샘은 통제 불능이었다. 얼른 자리에서 일어나 화장실로 달려가 펑펑 울었다.

나보다 나이가 어린 애들한테 배우는 것이 수치스러웠던 건 아니다. 원래 나는 나이에 관계없이 배울 것이 있다면 당연히 배워야 한다고 믿기에 동생들보다 못하는 것은 전혀 문제가 되지 않았다. 다만 2년 동안 너무 편안히 놀기만 했던 바보 같은 나 자신이 미웠다.

그래도 한 번씩 울고 나면 기분이 풀리는 것 같았다. 차가운 물로 세수를 하고 난 뒤 거울 속의 나를 보며 주먹을 불끈 쥐었다.

"여기서 무너지면 나나가 아니다!"

본격적인 수험생활의 막이 올랐다. 나는 새벽 6시로 기상시간을 정했다. 곧바로 헬스클럽으로 직행하여 2시간 정도 정신없이 운동을 하기로 했다. 사실 헬스클럽을 가기 전에 맑은 정신으로 단어를 외울까 생각했지만, 격렬하게 운동하는 동안 외웠던 단어들이 다 날아가버릴까 봐 바로 운동을 선택했다. 흠뻑 땀을 내서 샤워를 하고 나면 기분이 이보다 더 좋을 수 없었다. 공부를 하기에 최적의 상태가 되는 것이다.

나는 될 수 있는 한 학원에서 살기로 했다. 말이 학원이지 분위기는 어느 가정집의 공부방 같았다. 동생들과 함께 있으면 모르는 걸 물어

보기도 편하고 적당히 긴장도 되어 나는 이곳이 좋았다.

　보통 2주에 3번 정도 모의고사를 쳤는데, 볼 때마다 점수가 올라갔다. 어떤 때는 점수가 아주 크게 올라 이 정도면 애초에 손 선생님이 얘기했던 1250점보다 더 높은 점수를 받지 않을까 하는 즐거운 생각이 들기도 했다.

　하지만 점수가 항상 상승곡선을 그리는 건 아니었다. 쭉 올라가는 듯싶다가도 한동안 정체기가 계속되었다. 그걸 딛고 극복해야만 다시 상승곡선이 시작되었다. 이것이 바로 선생님이 말씀하시던 '시간'이라는 거였다. 적어도 언어(영어) 분야에서 기적은 없었다. 투자를 한 만큼 거두는 것이 언어였다. 그런데 나에겐 투자할 시간이 턱없이 부족하다는 것이 문제였다.

　하지만 그게 다가 아니었다. 수학은 800점 만점을 자신하며 시험을 쳐도 채점을 하고 보면 꼭 한두 문제를 틀렸다. 경솔한 판단에서 오는 실수였다. 나는 끊임없이 노력했지만 영어의 한 계단을 오르지 못하고 수학의 함정도 해결하지 못한 채 10월에 처음으로 정식 SAT I 시험을 치렀다.

　대구 미군부대 안에서 치러지는 시험. 부대 안 외국인고등학교의 학생들도 시험을 보러 왔다. 흥미롭게도 시험을 잘 치려고 안달인 것은 한국 학생들뿐이었다. 미국 학생들은 자다가 세수도 안 한 얼굴로 슬리퍼를 질질 끌고 와서는 근심 하나 없이 그야말로 천하태평하게 시험을 치렀다. 심지어 대충 풀고 잠을 자는 아이도 있었다.

　첫 시험은 쉬운 것 같기도 하고, 어려운 것 같기도 했다. 나는 애써 편안하게 생각했다. 어차피 처음은 서툴 수밖에 없지 않은가.

　그러나 결과를 기다리는 2주 동안 나는 안절부절 못했다. 점수가 궁금해서 공부가 손에 잡히지 않았다. 나의 큰 장점이자 단점 중 하나가 한 번에 한 가지 일밖에 못한다는 것. 'One time, One thing'이다. 한 가지 일만 집중적으로 파고든다는 점에서는 굉장한 에너지를 발휘하지만, 지금처럼 공부에 집중해야 할 시기에 노심초사 갈피를 못 잡고 있는 것은 분명 시간 낭비였다.

드디어 성적이 발표되었다. 수학 760점. 만점이 아니었다. 영어 역시 손 선생님이 처음 예상했던 점수보다는 높게 나왔지만, 이 정도론 어림도 없었다. 각오는 했지만 이렇게 나쁠 줄은 몰랐다. 선생님은 나를 위로하셨다.

"생각보다 많이 나쁘진 않네. 수학은 다음에 만점 받는 거 보여주려고 일부러 760점 맞았지?"

나중에 선생님은 그때 정말 크게 실망했다고 털어놓으셨다. 하지만 한없이 기가 꺾여 있는 나를 나무랐다가는 큰일날 것 같아서 내색하지 않으신 거였다. 선생님의 격려 덕분에 나는 다시 힘을 추스렸다.

'그래, 위기는 기회가 될 수 있어! 두 번째 시험에서 확실한 상승을 보여줄 수 있다면 그게 더 좋은 인상을 남길 수 있을 거야!'

2주 동안은 결과를 기다리느라 허무하게 흘려보냈다. 나머지 2주 동안 나는 다시 총력을 기울였다. 그런데 문제가 생겼다. 시험 접수기간이 끝난 뒤에야 알게 된 사실인데, 해놓은 줄로만 알았던 시험 접수가 시험 전날 확인해보니 누락되어 있었던 것이다. 이번 기회를 놓치면 SAT I 시험은 12월을 끝으로 종결된다. 그런데 나는 12월에는 SAT II를 보아야 했다. 이를 어쩐단 말인가!

내가 큰일났다며 펄펄 뛰자 선생님은 여유롭게 "걱정 마라. 아직 시험을 볼 방법이 있다"고 하셨다. 바로 대기자 신청을 하는 방법이었다.

SAT 시험 당일에 큰 시험장을 찾아가면 결원을 대신해서 내가 시험을 칠 수 있다고 했다. 대신 대기 학생이 여러 명 있을 수 있으므로 될 수 있는 한 일찍 가서 앞 번호로 대기표를 받아두어야 했다.

시험 당일, 나는 새벽 5시에 일어나 사촌언니가 끓여주는 따뜻한 김치찌개를 먹고 시험날에는 언제나 그랬던 것처럼 초콜릿을 여러 개 사서 시험장소로 출발했다. 도착하니 6시 30분. 내가 일순위였다. 대기 번호표 1번을 받아드니 왠지 잘 풀릴 것 같은 예감이 들었다. 한 구석에 앉아 단어를 훑어보면서 2시간을 기다렸다. 드디어 감독관이 다가와 시험을 칠 수 있게 되었다며 나를 교실로 안내해주었다.

시험은 30분짜리 5개, 15분짜리 2개, 총 3시간이 걸렸다. 문제가 쉽게 풀리지는 않았다. 첫 시험과 별 차이를 느낄 수 없이 이번에도 어려운 건 계속 어려웠다. 아침엔 예감이 좋았는데, 시험 보는 내내 불안한 마음을 떨칠 수 없었다.

결과 발표까지 또 2주를 기다려야 한다. 이제 토플과 SAT II에 해당하는 수학·화학·영어 작문(writing)을 공부할 차례였다. 그러나 이번에도 아무 것도 손에 잡히지 않았다. 뭔가에 중독되었다가 금단현상을 겪는 사람마냥 몸둘 바를 몰랐다. 그래도 토플 정도는 공부할 수 있겠지 하고 책을 붙잡았지만 폼만 잡았을 뿐, 한 문제도 풀 수가 없었다.

드디어 결과 발표 날! 그러나 내 점수는 화면에 뜨지 않았다. 다른 아이들은 다 점수를 확인하고 좋아하거나 실망하거나 하고 있는데, 나는 어떻게 된 건지 아무 정보도 없었다. 그날 밤 미국에 전화를 걸었다. 알고 보니 내가 첫 번째 시험과 두 번째 시험에서 주소지를 다르게 썼는데 다른 사람인 줄 알고 성적 공개를 보류했다고 했다. 어렵사리 동일인이라는 것을 증명하여 겨우 성적을 확인할 수 있었다.

수학 만점, 영어 130점 상승!

어느 정도 기초를 쌓아놓고 문제풀이 기술을 익힌 결과 이 정도로 점수가 상승했던 것이다. 나는 너무 기뻐서 어린애처럼 팔짝팔짝 뛰었다. '이제 SAT I은 해결됐어!'

그러나 마냥 좋아하고 있을 시간이 없었다. 곧 SAT II를 대비해야 했다. 영어 작문은 SAT I의 언어 영역보다 더 어렵다. 작문의 문제 유형은 크게 세 가지인데 한 마디로 요약하자면 제시된 문장에서 틀린 곳을 고르는 것이다. 여기서 함정은 제시된 문장이 항상 잘못된 것은 아니라는 데 있다. 그러니까 그 문장이 틀리지 않을 수도 있다는 것이다. 문장이 틀렸다는 전제하에 답을 찾는 것과, 틀리지 않았을 수도 있다는 전제하에 답을 찾는 것은 느낌이 상당히 다르다. 마치 실제 기온이 영하 5도라도 체감온도가 영하 20도가 될 수 있는 것처럼, 몸으로 느끼는 영어시험의 난이도는 실제 난이도의 2배 이상이었다. 그러니 남은 시간 동안 아무리 준비를 열심히 해도 큰 폭의 점수 상승을 기대할 수는 없었다.

나는 작전을 짰다. 시험 날짜가 2주밖에 안 남은 상황에서 작문에 매달려 점수 몇 점을 더 올리느니 차라리 수학과 화학에 더 치중하여 확실하게 만점을 받자. 그리고 작문은 기대치에 미치지 못할 경우 — 당연히 그럴 수밖에 없겠지만 — 1월 말에 다시 시험을 쳐서 점수가 향상되면 한 번 더 학교 측에 성적표를 보내보도록 하자.

그래서 남은 2주 중 첫째 주는 수학·화학·작문의 해설편을 정독하여 기본지식을 쌓았고, 둘째 주는 미친 듯이 문제풀이에 매달렸다.

드디어 시험날.

SAT II는 SAT I과 똑같이 3시간 동안 시험을 보지만 세 과목을 보는 만큼 더 길게 느껴지고 체력도 더 소모되는 것 같았다. 마지막 수학시험이 시작되기 직전에는 거의 탈진할 정도가 되어 감독관의 양해를 구하고 잠시 밖에 나가 물을 마시고 들어와서 다시 시험을 쳤다.

작문은 예상했던 대로 당황스러웠고, 수학과 화학은 만점을 확신하기에는 헷갈리는 문제가 몇 개 있었다. 과연 작전대로 결과가 나올까?

선생님은 결과와 상관없이 시간이 별로 없으니 원서전형 작업을 빨리 시작해야 한다고 채근하셨지만, 나는 이번에도 역시 망연자실이었다. 멍하게 앉아 있다가 누가 부르는 소리에 깜짝 놀라는가 하면 얼빠진 듯 걷다가 넘어지면서 또 그렇게 2주를 보냈다.

드디어 결과가 발표되었다. 스크롤바를 조심스럽게 아래로 내리자 드러나는 숫자들. 심장은 쉴새없이 콩닥거렸다. 숫자 8이 보이기 시작했다. 수학 800점, 화학 800점! 바라던 대로 두 과목 모두 만점이었다. 그렇다면 영어는? 역시 예상대로 처음의 SAT I과 비슷한 점수였다.

작전은 성공한 셈이었다. 하지만 작문이 아쉬운 건 어쩔 수 없었다.

다른 아이들은 이것으로 SAT 시험을 모두 끝냈지만, 나는 원서전형을 진행하면서 동시에 작문시험을 다시 한번 보기로 했다. 미국 대학은 원서마감이 끝난 후에도 추가서류를 받아준다. 그 서류가 심사에 반영될지 안 될지는 알 수 없지만, 그래도 점수가 한 달 사이에 크게 상승한다면 깊은 인상을 남길 것이 분명했다.

나는 지난 추석에 이어 설날도 반납하고 영주에 가지도 못한 채 책상 앞에서 작문시험 공부에 매달렸다. 하루 서너 시간밖에 잠을 안 자니 체력전쟁이라 해도 과언이 아니었다. 나는 튼튼한 체력을 물려주신 아빠께 깊이 감사드렸다. 연일 계속되는 강행군 속에서 다른 사람 같으면 아침에 일어나기가 힘들었겠지만, 나는 어김없이 새벽마다 헬스클럽으로 직행하여 꼬박꼬박 운동을 했다. 시험공부가 아무리 바빠도 운동만은 절대 빼먹지 않았다. 공부를 열심히 하려면 우선 체력이 받쳐줘야 한다고 믿었기 때문이다.

찬바람이 억세게 불던 1월의 어느 날, 나는 마지막 작문시험을 치렀다. 영어시험만 1시간 치른 뒤, 남은 과목을 계속 치기 위해 앉아 있는 학생들을 남겨두고 나 혼자 일어서서 나왔다. 벙어리장갑을 끼고 오랜만에 천천히 걸었다. 잘 봤건 잘못 봤건 이제 모든 시험이 끝났다. 결과에 따라 미국으로 가든 아니면 다니던 학교로 돌아가든 할 것이다. 울고 싶었지만 너무 추워서 관뒀다.

2주 후 성적표가 나왔다. 130점 상승! 믿을 수 없었다. 예상 외로 크게 오른 점수였다. 순간 이 정도면 한번 해볼 만하다는 생각이 들었다. 외국인인 내가 네이티브들처럼 영어를 잘하지 못하는 건 어쩌면 당연한 일. 단지 점수가 크게 향상되고 있는 모습을 보여줌으로써 내가 이만큼 열심히 따라잡고 있고 그래서 앞으로 가능성이 있다는 것을 보여주면 나를 받아들이지 않을까 하는 생각이 들었다.

내가 성적표를 받아들었을 때 손 선생님과 부모님은 함께 모여 테니스를 치고 계셨다. 나는 그분들이 있는 곳으로 가서 고개를 푹 숙이고 말했다.

"선생님, 엄마 아빠. 시험 성적이…."

세 분 모두 바짝 긴장하는 눈치였다.

나는 빙긋 웃으며 고개를 들었다.

"130점 올랐어요!"

나는 꿀밤으로 축하인사를 대신 받았다. 세상에서 제일 달콤한 꿀밤이었다.

Explode

그것은 하나의 대폭발! 우르르르, 쾅쾅!
합격 소식을 듣는 순간 온몸의 세포들이 부글거렸다.
그리고 그 폭발 뒤에 소나기 같은 눈물이 쏟아졌다.

합격의 순간은 폭발의 순간

올 3월, 나는 엄마와의 약속대로 학교에 복학했다. 작년 여름, 미스 유니버스 대회에서 돌아온 후 미국 아이비리그에 도전하겠다고 부모님께 말씀드렸을 때 엄마는 최선을 다하되 원하는 결과가 나오지 않았을 때는 미련 없이 경북대 의대에 복학하는 것을 조건으로 내거셨다. 내가 하는 모든 것을 아낌없이 밀어주신 엄마였지만 이번만큼은 엄마도 내심 불안한 마음으로 지켜보셨던 것이다.

미국 대학 합격자 발표는 3월말이나 4월초가 돼야 나오기에 나는 일단 복학을 했다. 그러나 마음은 콩밭에 가 있었다. 몸은 경북대 캠퍼스를 걷고 있었지만 마음은 태평양을 건너 내가 지원한 대학들에 가 있었다.

MIT에서 합격 소식이 날아온 것은 3월 15일이었다. 원래는 3월말이 발표였으나 예정보다 일찍 연락이 왔다. 합격 소식을 듣는 순간 나는 기분이 멍했다. 길을 걷다가 갑자기 머리 위로 물줄기가 퍼붓는 폭포 안에라도 들어선 것 같은 느낌이었다. 그만큼 갑작스러워 실감이 잘 나지 않았다는 뜻이다. 2주나 일찍 소식을 들어 마음의 준비가 안 된 탓도 있지만, 언감생심 마음으로만 꿈꾸던 대학에 덜컥 합격을 하고 나니 그것을 현실로 받아들이고 기쁨을 느끼기까지 어느 정도 시간이 필요했던 것 같다.

정신을 차리고 나니 비로소 온몸에 전율과 흥분이 밀려왔다.

'아, 내가 해낸 거구나.'

나는 곧바로 영주의 부모님께 전화를 드렸다. 아빠가 받으셨다.

"아빠, 나 MIT 합격했어요!"

내가 미스코리아에 뽑혔을 때만큼 기쁜 반응을 기대하고 있던 내게 아빠는 상상을 초월하는 반응을 보이셨다.

"응, 그러냐? 하버드는 언제 발표 나니?"

"하버드는 4월 1일이에요. 거기 시간으로 4월 1일이니까 여기선 4월 2일에 알 수 있어요."

"그래? 하버드 발표가 나기 전까지는 학교 착실히 다녀라."

뚝. 전화가 끊겼다.

'아니, 이게 뭐야. MIT에 합격했다는데, 아빠도 나처럼 처음이라 실감이 안 나시는 건가?'

황당해하고 있는 사이 전화벨이 울렸다. 엄마였다.

"나나야, MIT 합격이라고? 정말이니?"

"응, 엄마. 나 합격했어."

"나나야, 수고했다. 축하한다! 세상에, 아빠는 MIT가 얼마나 좋은 학교인지도 모르고 전화를 그렇게 받으셨다는구나."

세상에! 미국의 대학 하면 그저 하버드만 최고인 줄 아는 사람이 있다더니 우리 아빠가 바로 그런 분이었던 것이다. 그날 보인 아빠의 반응은 우리 가족 사이에서 두고두고 이야깃거리가 되었다.

미스코리아 금나나가 MIT에 합격했다는 기사가 바로 신문에 실리기 시작했다. 매스컴이 보인 반응은 내가 미스코리아가 됐을 때보다 더 뜨거운 것 같았다. 어떤 사람은 이번 기사를 통해서야 2002년 미스코리아가 '금나나'라는 이름을 가진 여자라는 것을 알았다고 했다.

신문기사들의 말미에는 일제히 내가 4월 1일 있을 하버드 대학 합격자 발표를 기다리고 있다고 씌어 있었다. 이로써 이제 나는 온 국민이 지켜보는 가운데 하버드 합격자 발표를 기다리는 사람이 되었다.

하버드 발표를 기다리는 기분은 MIT 발표를 기다릴 때와는 완전히 딴판이었다. 우선 함께 날짜를 카운트다운 해가며 지켜보는 사람이 많았다. 내가 수험생이라는 게 숨길 수 없는 공공연한 사실이 되어버린 만큼 더 긴장이 되고 입이 바짝바짝 탔다.

그리고 내가 MIT에 합격한 것을 현실로 받아들이고 나니, 하버드에 대한 기대와 열망이 더욱 커졌다. 동경만 하고 있을 때와 현실적으로 가능한 것임을 알고 실제적으로 바랄 때의 목마름은 그 정도가 다르다. 실제로 발표 전날 나는 하루 종일 물만 3리터를 마셔댔다.

밤에는 잠이 오지 않아서 뜬눈으로 새우다가 새벽 5시쯤 깜박 잠이 들었다. 꿈을 꿨다. 꿈속에서 나는 하버드에 떨어졌다. 누군가 나를 위로했다.

"나나야, 너무 속상해하지 마. 그래도 MIT가 있지 않니?"

'아, 내가 하버드를 떨어졌구나' 하고 고개를 떨구는데 잠에서 깼다. 잠결에도 어렴풋이 꿈이라는 걸 확인한 나는 안심을 하고 다시 잠을 청했다. 또 꿈을 꿨다. 이번에는 손 선생님이 시무룩한 얼굴로 컴퓨터를 들여다보면서 말하셨다.

"하버드는 아무래도 네게 무리였나 보다. 우리 MIT로 만족하자."

꿈속에서 나는 선생님께 물었다.

"선생님, 지금 저 놀리려고 장난치시는 거죠?"

선생님은 나를 바라보며 고개를 가로저으셨다. 정말로 떨어졌구나 싶어 막 울음이 터지려고 하는 순간 잠이 깼다. '아, 또 꿈이구나.'

꿈에서 두 번이나 떨어지고 나니 심란해졌다. 이게 무슨 징조일까? 시계를 보니 아침 7시 5분. 하버드는 벌써 합격 여부를 이메일로 날렸을 것이다. 나는 합격자 발표를 직접 확인할 용기가 나지 않아 손 선생님께 확인 후 연락을 달라고 부탁해둔 상태였다. 대충 세수를 하고 좌불안석 방안을 서성이는데 전화가 왔다. 손 선생님의 담담한 목소리가 들려왔다.

"집 앞 편의점에서 보자."

차마 전화로 "저 합격인가요, 불합격인가요?" 하고 물을 수가 없었다. 선생님의 저 담담한 목소리는 무슨 의미일까? 떨어진 건 아닐까? 나는 편의점으로 달려가 선생님을 기다렸다. 속이 답답해서 기다리는 15분 사이에 아이스크림을 4개나 사먹었다.

매장 안에서 밖을 내다보고 있는데 드디어 선생님의 차가 나타났다. 몸집이 큰 분도 아닌데 쿵쾅거리며 서둘러 차에서 튀어나오는 모습이 마치 한 마리 곰을 연상시켰다. 선생님은 내게 뛰어오시더니 내 어깨를 얼싸안으며 소리를 지르셨다.

"나나야, 결국 해냈구나. 너 하버드 합격이야!"

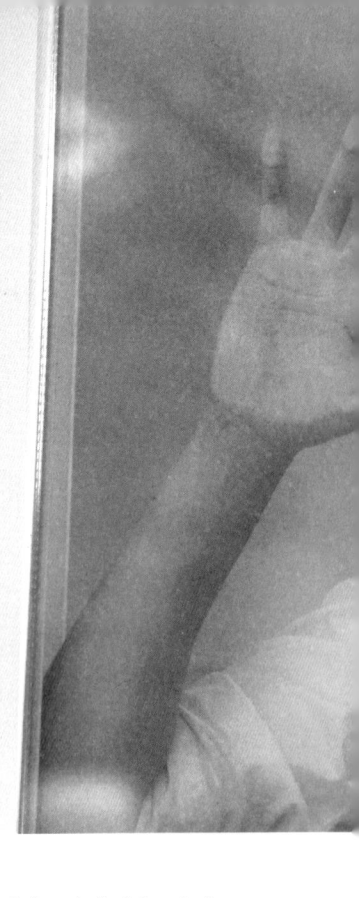

합격! 선생님의 안경 너머로 새빨개진 눈이 보였다. 선생님을 만난 뒤 처음 보는 눈물이었다. 순간 내 눈에도 주르륵 눈물이 흘렀다. 기적을 만들어낸 사람의 기분이 이런 것일까? 한번 시작된 눈물이 소나기처럼 쏟아지기 시작했다. 그랬다. 소나기였다. MIT 합격 소식이 엉겁결에 맞은 폭포 같은 것이었다면, 그래서 놀라움이 더 컸다면, 하버드 합격 소식은 마치 바짝 타들어가는 논밭을 보며 비를 애타게 기다리던 농부가 마침내 맞게 된 소나기 같은 것이었다. 의식하고 기다린 만큼 열망도 더 컸고, 불덩이 같던 목구멍의 갈증이 시원하게 풀리는 기분이었다.

신문과 인터넷 뉴스에서는 나의 하버드 합격 소식을 알리는 기사가

떴다.

"미스코리아, 하버드 가다."

"MIT 갈까, 하버드 갈까 고민중."

"몸짱, 얼굴짱에 두뇌짱까지."

몸짱? 이런! 기사를 보는 순간 정신이 번쩍 들면서 살부터 빼야겠다는 생각을 했다. 과학고등학교 시절 이후 또 한번 수험생 노릇을 하느라 스트레스를 많이 받았던 나는 이번에도 역시 먹는 것으로 긴장을 풀어대는 바람에 미스코리아 당선 때보다 몸무게가 10킬로그램이 더 불어 있었던 것이다.

Facts

믿거나 말거나 이것은 사실이다. 때로는 눈에
보이는 것이 진실을 가릴 수도 있다.

헤이, 나나 스타일!

청바지에 운동화, 질끈 묶은 머리에 화장기 없는 맨얼굴. 자외선 차단용 캡, 배낭. 이런 차림으로 거리를 나서면 나를 미스코리아 금나나로 알아보는 사람은 거의 없다.

미스코리아의 여파가 잠잠해지면서 재미있는 에피소드가 많았다. 한 학기 동안 교양수업을 같이 들었던 한 남학생이 마지막 수업이 끝나던 날 설마 하는 표정으로 나에게 다가왔다.

"네가 정말 미스코리아 금나나야?"

내가 그렇다고 말하자 그 아이는 깜짝 놀라는 얼굴이 되었다.

"어째 한 학기가 다 가도록 그걸 몰랐을까?"

이런 일도 있었다. 길을 걷고 있는데 중학생 쯤 된 아이와 함께 걷던 아주머니가 나에게 "학생, 소나무 고깃집이 어딘지 아나?"라고 물으셨다. 지저동에 있는 그 고깃집에 가끔 가본 적이 있어 설명을 해드리고 돌아서는데, 아이가 아주머니에게 하는 말이 들렸다.

"엄마, 저 누나 미스코리아 금나나 아이가?"

"뭐라, 금나나?"

후딱 나를 돌아본 아줌마가 아이에게 말했다.

"어디가 금나나고? 걍 학생인 것 같은데."

그러자 아이는 실망했다는 투로 말했다.

"근나. 그럼 아닌가 보다. 키가 커서 착각했다 아이가."

나와 잘 알고 지내는 사람이 아니고는 TV에 나온, 완벽하게 화장한 미스코리아 금나나와 평소의 금나나를 연결시키기란 거의 불가능하다. 사실 나 자신도 TV에 나온 내 모습이 낯설다. 정말 딴 사람 같다. 화장술은 차치하고라도, 내 얼굴은 어떻게 꾸미느냐에 따라서 완전히 달라 보이기 때문이다. 립스틱 하나만 발라도 나이가 서너 살은 더 들어 보인다. 눈썹을 그리면 평소의 순한 얼굴이 새침데기로 변한다. 여기에 볼터치까지 하면 여우 같은 얼굴이 되어 나는 영 편하지가 않다.

어쨌든 나는 화장을 하지 않으면 자연인 나나로 편안하게 살 수 있다. 나를 알아보는 사람도 없고 졸졸 따라오는 남자도 없다. 그냥 키 크고 덩치 좋은 잘생긴 여자 아이 정도랄까? 예쁘다는 말보다 잘생겼다는 말을 더 많이 들으니, 좋아해야 하는 건지 아닌지 나도 헷갈린다.

나는 어릴 적부터 멋부리는 것과는 거리가 멀었다. 사촌오빠들과 총 싸움을 하거나 골목에서 남자 아이들과 어울려 공을 차면서 놀고 탁구장과 테니스장을 내 집처럼 들락거렸다. 그러니 자연히 바지에 티셔츠 차림이 가장 좋았다. 그것도 사촌언니에게 기쁜 마음으로 물려입은 옷들이었다. 그래도 초등학교 때까지는 현대무용을 배운 덕에 하늘하늘

한 무용복에 스타킹과 슈즈를 신기도 했는데, 중학교에 진학하면서부터는 선머슴 같은 복장으로 일관했다. 엄마 역시 이런 나를 그냥 내버려두셨다.

"네가 너무 예쁘니까 눈타고 손탈까 봐 바지만 입혔던 거야."

엄마의 말에 나는 할말을 잃었다. 부모 눈에는 자식이 그렇게 예쁘게만 보이는 걸까?

나중에야 나는 멋부리는 데 전혀 신경 쓰지 않았던 것을 조금 후회했다. 미스코리아를 준비하는데, 화장은 물론이고 옷을 어떻게 입어야 하는지, 하다못해 나에게 어떤 색깔이 제일 잘 어울리는지조차 파악하지 못하고 있었기 때문이다. 그때 전적으로 메이크업 전문가와 헤어 전문가에게 의지했는데, 그것이 지금은 또 후회스럽다. 미스코리아에 출전한 지 2년이 흘렀고 방송출연도 여러 번 했는데, 나는 지금도 여전히 내 손으로 눈썹 하나 잘 그리지 못한다. 그러니 모자 푹 눌러쓰고 맨얼굴로 다닐 수밖에 도리가 없다.

이번에 하버드 대학 입학설명회에 갔을 때, 꾸밀 줄 모르는 나에겐 그곳이 천국이라는 걸 확인하고 안도의 한숨을 쉬었다. 그곳에서는 다들 자기 맘대로 입고 다닌다. 남에게 피해를 주지 않는 한, 한겨울에 반팔을 입건 한여름에 털코트를 입건, 화장을 요란하게 하건 말건, 아무도 신경을 쓰지 않는다. 뉴욕 맨해튼에만 나가도 잔뜩 치장을 한 멋쟁이들을 실컷 구경할 수 있지만, 하버드 캠퍼스는 그런 골치 아픈 패션쇼로부터 벗어나 있는 듯했다.

청바지에 티셔츠 그리고 운동화. 이것이 바로 내 스타일이다.

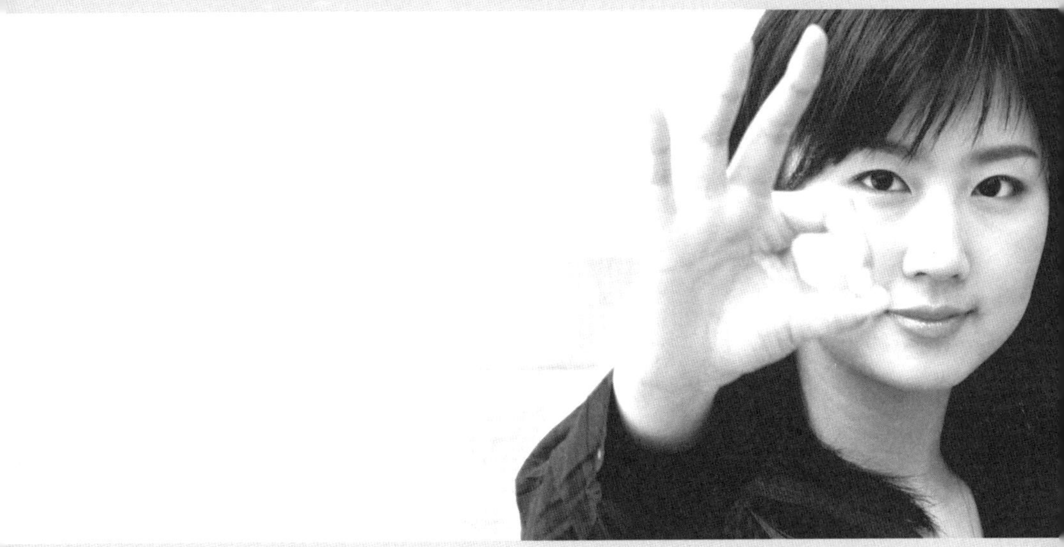

공주가 아니라 하녀였어요

나는 기억할 수 있는 아주 어린 나이부터 부엌일을 시작했다. 양파 껍질을 까면서 매운 눈물을 철철 흘렸던 건 7~8살 때부터였던 것 같다. 설거지를 시작한 것도 그 전인 것 같고, 밥상에 수저를 놓은 것은 훨씬 전이었다.

초등학교에 입학한 뒤 본격적으로 칼질을 배웠다. 얇게 썰기, 어슷 썰기, 채썰기, 깍뚝썰기, 다지기, 과일깎기 등의 기술을 단숨에 전수받았다. 동생의 밥을 챙겨주기 위해 노른자를 안 깨뜨리려고 애쓰면서 계란프라이를 하거나 오므라이스를 한다고 설쳐댔던 건 초등학교 2학년 무렵이었다.

나는 마늘 빻는 데 도사다. 엄마가 불고기를 만들기 위해 양념을 준비하실 때면 마늘을 빻는 것은 나의 몫이었다. 원래는 아빠가 하셨는데 "아빠, 내가 한번 해볼께" 하며 빻아보니 그 결과가 아빠보다 훨씬 나았다. 내가 마늘을 아주 곱게 빻은 걸 보고 엄마는 "요리는 나나처럼 정성이 들어가야 맛있어. 특히 불고기에는 마늘을 곱게 빻아 넣어야 양념도 잘 스며들고 맛있지!" 하셨다. 그후 마늘 빻기는 나의 몫이 되었다.

나는 청소도 잘한다. 초등학교 4학년 때 우리 집에 진공청소기가 생기기 전까지 빗자루질은 엄마와 나, 걸레질은 아빠 담당이었다. 그런데 아빠는 걸레질할 때가 되면 동생 핑계를 대면서 은근 슬쩍 딴청을 부려 엄마와 내가 툴툴거리며 닦곤 했다.

나는 걸레 짜는 일에도 도사다. 내가 걸레를 짜면 엄마는 "우리 나나는 걸레를 정말 잘 짜는구나!" 하며 칭찬을 하셨다. 칭찬받는 게 기분이 좋아서 나는 걸레 빨 때를 잘 포착해 잽싸게 빨아서 짜놓곤 했다.

부모님이 맞벌이고 집에는 돌봐야 하는 동생이 있으니 낮 동안에는 내가 어쩔 수 없이 안주인 역할을 해야 했다. 퇴근하신 엄마가 저녁밥을 지을 때에도 하루 종일 학생들을 가르치느라 힘드셨을 텐데 나 몰라라 할 수가 없었다. 하다못해 옆에서 양파라도 까고 수저라도 놓아드려야 했다.

미스코리아라고 하면 다들 손에 물 한 방울 안 묻히고 곱게 자랐으리라 생각하겠지만 천만의 말씀. 나는 공주가 아닌 하녀였다.

하지만 나는 이 하녀생활이 아주 좋았다. 요리도 내가 하고 청소도 내가 하니 맘대로 요리하고 맘대로 어지를 수 있었다. 어차피 내가 다 치울 거니까.

엄마 아빠를 기다리며 동생과 함께 뭔가를 해먹을 때면 부엌은 나의 실험실이 되었다. 나는 냉장고를 뒤져 이것저것 꺼내 삶아 보고 볶아 보고, 소금을 넣기도 하고 후추를 넣기도 하고, 케첩과 고추장과 마요네즈를 내 맘대로 섞어 보기도 했다. 그리고 동생에게 예쁜 계란프라이를 해주기 위해 노른자 주변에 김을 얹어서 눈도 만들고 코도 만들면서 나만의 요리를 창조했다.

하루는 냉장고 문을 열어보니 안에 아무 것도 없었다. 나는 동생에게 특제 비빔밥을 만들어주겠다며 커다란 냉면그릇을 꺼낸 후 밥을 두 주걱쯤 담고 소금·후추·참기름·깨소금·간장·식초·케첩·마요네즈·다시다·설탕 등 찬장 안의 열 몇 가지 양념을 있는 대로 다 넣고 비볐다. 그 맛은 표현 불능이었다. 나는 한 숟갈도 제대로 먹을 수 없었는데, 어린 동생은 무슨 맛인지도 모른 채 그 밥을 꾸역꾸역 다 먹었다. 그날 저녁 동생이 설사를 하며 배 아프다고 우는 바람에 엄마에게 얼마나 꾸중을 들었던지….

그러나 이렇게 위험한 실험을 거듭하면서 나의 요리 실력은 일취월장했다. 그 결과, 웬만한 아줌마들도 깨우치기 어렵다는 양념 배합의 원칙을 나는 초등학교 때 이미 터득했다.

내가 요리를 하지 않으면 낮에 아무도 챙겨주는 사람이 없으니 동생과 나는 필사적으로 나름대로의 살 길을 찾았다. 나의 하녀생활은 중3 때까지 계속되었다. 과학고 진학으로 내가 포항으로 가면서 엄마는 씩씩한 머슴 하나를 아깝게 잃어버리셨다.

이미 독립생활이 몸에 밴 나는 기숙사 생활에 아무런 불편을 느끼지 않았다. 그런데 생각 외로 혼자서 정리정돈을 할 줄 아는 아이들이 드물었다. 세탁기 돌리는 것을 귀찮아하는 것은 물론 운동화 빨 줄 모르는 아이도 있었다. 심지어 그 나이가 되도록 사과를 한 번도 깎아본 적이 없다는 아이도 있었다.

나는 엄마가 차려주는 따끈한 밥에 입맛에 맞는 반찬만 먹고 자라는 것이 좋지만은 않다는 걸 깨달았다. 나와 동생은 엄마의 특제 떡갈비와 산적이라면 사족을 못 쓰지만, 라면도 부지기수로 끓여 먹었고 밥, 김치, 계란프라이가 주요 메뉴였다. 그리고 대부분은 나의 '막가파' 요리를 둘이서 "죽인다! 맛있다!"를 연발하며 먹었다. 그래서 우리는 뭐든지 잘 먹는다. 그리고 소화력도 왕성하다. 과학고 친구들 중에는 식당 음식이 입에 맞지 않아서 꼬챙이처럼 말라가는 애들이 더러 있었다. 소화불량과 변비에 시달리는 애들도 많았다. 그러나 나는 이런 문제로 고생한 적이 단 한 번도 없었다.

'하녀로 살길 잘했어. 공주가 뭐가 좋아. 살면서 불편하기만 하지.'
나는 산전수전 다 겪으면서 질기게 살아남는 잡초가 좋다.

Girl's memory

소녀의 추억 속에는 작은 하늘이 있었다. 그 하늘에는 호기심의 별,
천진난만함의 별, 용감무쌍함의 별이 빛나고 있었다.

염소똥을 주워먹던 아이

내가 5살이 되던 해에 엄마 아빠는 둘째 종학이를 출산하고 고민에 빠지셨다. 임신한 몸으로 큰딸 챙기고 집안일 하고 학교수업도 절대 빼먹지 않는 '슈퍼 우먼'이었던 엄마가 드디어 백기를 드신 것이다. 두 아이를 도저히 감당할 수가 없던 엄마는 나를 풍기의 외할머니께 맡기기로 하셨다.

할머니 댁은 영주에서 차를 타고 가다가 강 위의 돌다리를 건넌 뒤에도 오솔길을 따라 한참 들어가야 하는 과수원 동네였다. 아빠 차를 타고 가다 과수원이 가까워지자 내 어린 눈은 머리에 하얀 수건을 두르고 빨간 사과가 가득 담긴 바구니를 이고 계신 할머니를 찾기 시작했다.

"할머니, 할머니!"
"나나야, 나나야!"

할머니는 사과 바구니를 팽개치고 달려오시고, 나는 두 팔을 벌리고 할머니 품에 뛰어들었다. 우리는 사과나무에 둘러싸여 감격의 포옹을 했다.

풍기에서 할머니와 사는 동안 나는 새까만 시골 아이가 되었다. 시골은 그야말로 경이로웠다. 지금도 기억나는 키 작은 사과나무, 아침 햇살에 반짝반짝 빛나던 빨갛고 노랗고 파란 사과들…. 그 사이를 누비며 뛰어다니다가 떨어지는 사과에 머리를 맞은 적이 한두 번이 아니었다.

나는 하루 종일 뛰어다니며 이웃의 고추밭, 딸기밭, 수박밭을 구경했고 경운기를 몰고 다니는 동네 할아버지들과 친해졌다. 유난히 무더운 날이면 할머니와 삼촌, 외숙모, 그리고 사촌 언니 오빠들과 함께 참새골 계곡에 발을 담궜다. 낮에는 밭에서 만난 지렁이, 메뚜기와 놀고 밤에는 개구리를 잡아서 구워먹었다.

할머니 마을엔 염소도 살았다. 어느 집에서 산에 풀어놓고 방목하는 염소였으리라. 나는 사촌언니가 하듯이 풀을 뜯어 먹이기도 하고, '메

어린 시절, 시골생활이 몸에 밴 나는 어디 내놔도 손색없는 촌뜨기였다.

에에에' 울음소리를 흉내내며 염소를 따라다니기도 했다. 젖을 짜서 먹어봤는데, 우유와 달리 시금털털한 맛에 속이 울렁거려 혼났다. 똥글똥글한 염소똥이 신기해서 염소 꽁무니를 따라다니며 똥을 주워먹다가 할머니에게 혼이 나기도 했다. 아마도 나의 무지막지한 체력은 그때 먹은 염소똥의 덕을 톡톡히 본 것 같다.

내가 하도 돌아다니니까 할머니는 온 동네를 뒤지며 나를 찾느라 진땀을 흘리신 적이 많았다. 아무리 찾아도 없어서 거의 실신할 즈음에 개집 속에서 자고 있는 나를 발견한 적도 있었다고 한다.

하루는 과수원에 나가야 하는데 내가 또 어딘가로 사라져버릴까 봐 할머니는 세탁기 속에 나를 넣어놓으셨다.

"할매 금방 올게. 놀고 있어."

"응, 할머니. 사과 많이 따고 와."

나는 세탁기 안에서 혼자 퍼즐을 맞추며 놀았다. 5살 아이에겐 세탁기 안이 그리 좁은 곳이 아니었다. 한참을 놀고 있는데 머리 위로 할머니 얼굴이 나타났다.

"나나야, 이제 됐다. 나와라."

어린 나이에 새까맣게 그을리며 시골생활을 해봤기 때문인지, 그후로도 나는 논이나 밭만 보면 고향에 돌아온 것 같았다. 다른 친구들은 머뭇거리는데 나는 바짓단을 둘둘 말아올리고 망설임 없이 밭에 들어가서 흙을 만진다. 초등학교 3학년 때까지만 해도 계곡에 가면 훌렁훌렁 벗고 멱을 감았다.

엄마는 나의 순박한 정서는 어린 시절의 과수원 생활에 많은 빚을 지고 있다고 종종 말씀하신다. 시골에서 보낸 어린 시절의 추억은 나의 삶을 풍성하게 만드는 데 소중한 밑거름이 되었음에 틀림없다.

여자는 전교회장 하면 안 되나요?

나는 마지막 국민학교 세대다. 내가 6학년 때 우리를 마지막으로 전국의 모든 국민학교가 초등학교로 바뀐다는 말을 들었다. 그리고 내가 중학교에 진학하면서 '국민학교'라는 말이 완전히 사라져버렸다.

사람들은 이제 국민학교를 초등학교라고 바꿔 부르는 것을 더 이상 어색해하지 않는 것 같다.

요즘 초등학교에서는 그런 일이 없겠지만, 국민학교 시절에는 미묘한 남녀차별이 남아 있었다. 아마도 국민학교의 끝자락인 만큼 마지막 과도기가 아니었을까 싶다.

6학년 때의 일이다. 전교임원 선거가 얼마 남지 않은 무렵, 나는 이번에는 부회장이 아니라 회장이 되고 싶었다. 5학년 때 이미 부회장을 해보았기 때문에 같은 일을 반복한다는 건 의미가 없다고 생각했다. 그리고 늘 남자가 회장이고 그 밑에 남자 부회장, 여자 부회장이 딸려 있는 모습을 바꾸고 싶었다.

당시 교장실 청소 당번이었던 나는 교장 선생님을 만날 기회가 많았다. 그래서 청소를 하며 기다리다가 선생님이 들어오셨을 때 여쭤보았다.

"교장 선생님, 이번에 전교회장 선거에 나가려고 했는데 여자는 전교회장이 될 수 없다고 들었어요. 왜 여자는 부회장만 할 수 있고 회장은 할 수 없나요?"

교장 선생님은 잠시 침묵하시다가 말씀하셨다.

"나나야, 그것이 학칙이다."

"선생님, 왜 그런 학칙이 있는지 설명해주세요."

그때 선생님의 대답을 나는 평생 잊을 수 없을 것이다.

"여자가 회장이 되면 남자 부회장이 그 밑에서 일을 해야 하지 않겠니? 남자가 리더가 되고 여자가 보조해주어야 학교 일이 잘 된단다."

교장 선생님의 말씀은 아이들을 몰라도 한참 모르는 말씀이었다. 이미 아이들 세계에서는 남녀 구분 없이 모두가 수평관계였다. 전교임원들도 상하수직 관계에서 일하는 것이 아니라 하나의 팀으로 단합하여 일을 했다. 가끔 가정 분위기 탓인지 여자들을 업신여기는 남자 아이가 반에서 한두 명 정도는 있었지만, 대부분의 아이들이 이런 구분 없이 리더의 말을 잘 따라주었다. 어째서 아이들은 이미 저만치 앞서 있는데 학칙은 제자리 걸음일까? 결국 학칙을 바꿀 수 있는 사람인 교장 선생님이 한 발짝도 움직이지 않기 때문이 아닐까?

1년 후 나는 영광여자중학교에 입학했다. 여학교에서의 3년은 내게 큰 선물을 주었다.

3년 동안, 나는 여자 아이들이 영역의 구분이나 경계 없이, 모든 일을 해내는 것을 지켜보았다. 남자들과 비교당할 일이 없으니 생각도 훨씬 자유로웠다. 우리는 무엇이든 될 수 있었다. 내가 조심스럽게 외과의사의 꿈을 품었을 때, 여자는 외과의사가 되기 힘들다고 말하는 사람은 아무도 없었다. 과학고에 가겠다고 했을 때 남자 아이들 틈에서 경쟁할 수 있겠냐고 걱정하는 사람도 없었다. 중요한 것은 남자냐, 여자냐가 아니라 '나'라는 것을 여학교 생활을 통해 배울 수 있었다.

나는 내가 여자인 것이 좋고 다시 태어나도 여자가 되고 싶다. 내가 여자가 아니었다면, 하버드는 갈 수 있었을지 몰라도 미스코리아는 되지 못했을 것이다. 초등학교 시절 아무런 걸림돌 없이 전교회장은 했을지 몰라도 세상의 불평등한 고정관념에 대해 의문을 갖는 기회는 얻지 못했을지 모른다. 이런 경험들이 아마도 여자를 남자보다 더욱 섬세하고 다양하게 세상을 볼 수 있도록 만들어왔을 것이다.

　여자는 치마를 입을 수 있고, 마음 내키면 멋지게 화장을 할 수도 있으며, 무엇보다 원할 경우 아이를 낳을 수 있다. 한마디로 다양한 기회를 선택할 수 있는 여자의 삶이 나는 더 흥미진진하다. 게다가 여자라서 안 된다는 수많은 일들에 도전하여 고정관념을 깨는 통쾌함까지 있지 않은가.

Hope has a place

나는 노력이라는 쟁기로 목표라는 밭을 소처럼 묵묵히 갈았다. 그 한쪽 옆에는 희망의 동산이 높다랗게 쌓였다.

타고난 천재가 아니라면 만들어진 천재가 되리라

나는 이해력이 부족한 편이다. 초등학교 1학년 때는 매일 아침 자습 시간마다 수학 시험지를 1장씩 풀었는데 어느 날 60점을 받고 말았다. 그때부터 한동안 엄마는 나에게 수학을 가르쳐주셨다. 하지만 엄마가 아무리 설명을 해도 내가 이해하지 못하고 멀뚱거리는 경우가 많아 답답해하셨던 기억이 난다.

초등학교 5학년 때의 일이다. 중간고사를 치는데 우리 선생님이 진도를 늦게 나가서 수학 문제가 배우지 않은 부분에서 출제되었다. 선생님은 시험 도중에 5분 동안 잠시 설명을 해주고, 칠판을 싹 지운 뒤 다시 시험을 보라고 하셨다.

학원을 다니는 다른 아이들은 이미 학교보다 진도를 훨씬 앞서나갔기 때문에 수월하게 푸는 듯했다. 하지만 나는 앞이 캄캄했다. 방금 들은 설명을 곱씹어보았지만 시험문제에 전혀 응용할 수 없었다. 나의 이해력은 5분 만에 새로운 내용을 소화하기엔 역부족이었던 것이다. 그래서 그날 수학시험을 망쳤다.

이렇게 이해력이 부족한 나에게 엄마가 내려주신 처방은 '어려운 문제 많이 풀기'였다. 처방의 이유는 다음과 같았다.

첫째, 어려운 문제를 많이 풀면, 문제를 풀기 위해 생각을 많이 하게 되므로 사고력이 향상된다.
둘째, 어려운 문제를 많이 풀면, 그보다 쉬운 문제를 '위에서 내려다보는 눈'이 생긴다.
셋째, 어려운 문제를 보는 눈과 쉬운 문제를 보는 눈이 모두 합쳐지면 '전체를 보는 눈'이 생긴다.
넷째, 이렇게 해서 어떤 문제도 전체적으로 소화할 수 있는 이해력이 생긴다.

그때부터 나는 어려운 수학 문제집을 사서 풀어나가기 시작했다. 모르는 문제는 엄마의 도움을 받았다. 때로는 누가 더 빨리 푸나 게임도 했는데, 나중에 보면 답은 똑같아도 엄마와 나의 풀이 방법이 달랐다. 하나의 문제를 푸는 방법이 여러 가지라는 사실이 그렇게 신기하고 재미있을 수가 없었다.

예를 들어보자.

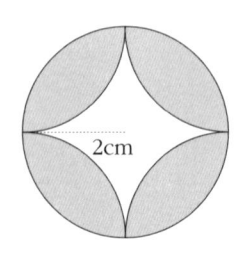

'반지름이 2cm인 원의 색칠한 부분의 넓이를 구하라'는 문제가 있었다. 내가 푼 방법은, 우선 원의 넓이를 구한 후 이것을 아래 그림처럼 4등분하고, 거기에서 삼각형의 넓이를 뺀 후 8을 곱하는 것이었다.

원의 넓이를 구하는 공식은 πr^2 이므로 원의 넓이는 $4\pi cm^2$.

여기에 1/4을 곱하면 전체 원의 1/4에 해당하는 넓이가 구해진다.

$4\pi \times 1/4 = \pi cm^2$

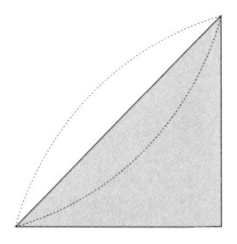

이제 밑변이 2cm이고 높이가 2cm인 삼각형의 넓이를 구한다.

삼각형의 넓이를 구하는 공식은 밑변×높이×1/2이므로 삼각형의 넓이는 $2cm^2$.

원의 1/4의 넓이에서 삼각형의 넓이를 빼면 흰 부분의 넓이가 구해진다. 구한 넓이에 8을 곱하면 전체 원의 색칠한 부분의 넓이가 구해진다.

정답은, $(\pi-2) \times 8 = 8\pi - 16 cm^2$.

따라서 전체적으로 내가 풀어낸 방법은 (원의 넓이×1/4−삼각형의 넓이)×8이었다.

그런데 엄마가 푼 방법은 나와 달랐다. 엄마는 원의 넓이를 구한 후, 그 다음은 원 안의 정사각형의 넓이를 구했다. 원에서 정사각형의 넓이를 뺀 후 거기에 2를 곱하면 답이 나오기 때문이다.

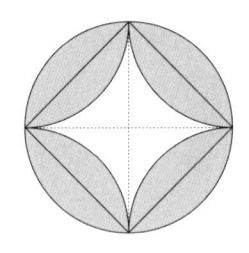

원의 넓이는 4πcm². 사각형의 넓이는 정사각형이기도 하지만 마름모이기도 하다. 마름모의 넓이를 구하는 공식은 대각선×대각선×1/2 이므로 마름모의 넓이는 $4 \times 4 \times 1/2 = $ 8cm².

따라서 원에서 사각형을 뺀 넓이는 $4\pi - $8cm².

여기에 2를 곱하면 정답은 $8\pi - 16$cm² .

엄마가 푼 전체 공식은 (원의 넓이-사각형의 넓이)×2였다.

이처럼 엄마와 나는 다른 길로 갔지만 결국 같은 곳으로 돌아왔다. 덕분에 나는 엄마의 방법까지 내 것으로 만들 수 있었다.

한 가지 예를 더 들어보면, 엄마는 아주 쉽게 풀어낸 문제를 나는 오랜 시간이 걸려 어렵게 푼 적도 있었다.

문제는 '1에서 100까지 모든 수를 더한 합을 구하라'였다.

나는 이 문제를 보고 매우 당황했다. 1부터 100까지 무식하게 더하라는 문제는 아닐 테고, 분명히 간단한 방법이 있을 텐데, 알지 못했다. 나는 무작정 표를 그려보았다.

1+2+3+ … +9+10
11+12+13+ … +19+20
21+22+23+ … +29+30
………

91+92+93+ … +99+100

이렇게 해놓고 보니, 뭔가 규칙을 만들 수 있을 것 같았다.

1+2+3+ … +9+10=55
(10+1)+(10+2)+(10+3)+ … +(10+9)+(10+10)=10×10+(1+2+3+ … +9+10)
(20+1)+(20+2)+(20+3)+ … +(20+9)+(20+10)=10×20+(1+2+3+ … +9+10)
………
(90+1)+(90+2)+(90+3)+ … +(90+9)+(90+10)=10×90+(1+2+3+ … +9+10)

그렇다면 1부터 100까지의 합은,
{10×(10+20+30+ … +90)}+(10×55)
=(10×450)+550
=4500+550= 5050

아주 긴 시간이 걸렸지만 이렇게 답을 찾아낼 수 있었다.
그런데 엄마는 일찌감치 문제를 다 풀고 내가 해낼 때까지 여유롭게 기다리고 계셨다. 엄마가 푼 방법은 이랬다.

1+2+3+ … +99+100
100+99+98+ … +2+1

두 식을 더하게 되면, 101+101+101+ … +101+101이 된다.
이렇게 101을 100번 더하는 것이다.

그런데 1부터 100까지 더한 것이나 100부터 1까지 더한 것이나 답은 같으므로, 두 식을 더 한 것을 반으로 나누면 구하고자 하는 답이 나오게 된다.

즉, 100×101=10100. 이것을 반으로 나누면 정답은 <u>5050</u> .

너무 간단했다. 어린 내 눈에는 엄마가 그렇게 대단해 보일 수가 없었다. 이렇게 엄마와 함께 어려운 문제를 풀면서 나는 수학에 취미를 붙이기 시작했다. 열심히 해서 나중에는 수학경시대회 대표로 뽑히기까지 했다.

나의 이런 노력을 부채질한 것은 아이큐 콤플렉스였다. 선생님 책상 위에 있던 생활기록부에서 나의 아이큐를 보고 얼마나 실망했던지! 나의 아이큐는 당시 반에서 나와 선두를 다투던 아이들에 비해 훨씬 낮았다.

중학교에 올라갔을 때, 나와 전교 1, 2등을 다투던 아이의 아이큐는 150이라고 했다. 고등학교 때는 160을 달리는 친구도 심심찮게 있었다. 이른바 천재의 범주에 드는 아이들이었다. 그 친구들은 실컷 놀다가 조금만 공부해도 좋은 결과가 나오지만 나는 기를 쓰고 공부해야 그들과 같은 결과를 얻을 수 있는 것이다.

나는 세상이 불공평하다며 한탄을 했다. 왜 나는 천재가 아닐까. 투덜거리면서 괜히 아빠에게 비난의 화살을 돌리곤 했다.

"아빠가 어렸을 때 운동만 하지 말고 공부를 더 했으면 내 아이큐가 더 좋을 텐데!"

하지만 어느 순간부터 나는 아이큐 탓하기를 그만두었다. 오히려 아이큐 열등의식이 나에게 '노력왕'이라는 선물을 주었기 때문이다. 아이큐가 높은 사람은 노력의 짜릿한 맛을 평생 경험하기 힘들다. 그러나 노력왕이 되면 끊임없이 머리를 쓰기 때문에 덩달아 아이큐도 높아지게 된다. 그래서 타고난 천재가 아니라도 만들어진 천재가 될 수 있는 것이다.

나는 노력을 통해 깨달았다. 100미터 달리기를 날마다 연습한다고 해서 누구나 칼 루이스가 될 수 있는 건 아니다. 하지만 적어도 지금보다는 나아진다. 그리고 오랫동안 계속 노력하다보면, 어느덧 칼 루이스만큼은 아니더라도 그를 거의 따라잡을 듯한 속도로 뛰고 있는 자신을 발견하게 된다. 노력의 묘미는 여기에 있는 것 같다. 결과는 알 수 없지만, 지금보다는 나아진다. 사실, 이보다 확실하게 용기를 주는 결과가 어디 있을까.

더 중요한 것은 노력하고자 하는 마음을 실천해내는 의지다. 노력하고 싶은 마음은 누구나 똑같다. 그러나 실제로 노력하는 사람은 많지 않다. 에디슨은 99퍼센트 노력을 했지만 대부분의 사람들은 40~50퍼센트 정도의 노력으로 그친다. 쉽게 만족하고 주저앉거나 미리 포기해버리거나 싫증을 낸다. 혹은 육체적으로 감당하지 못해 중도에서 그만둔다. 그리고 적당히 타협해서 꿈의 수위를 조정한다. 대부분의 우리들이 인생의 어느 시점에 이러한 꿈의 하락을 경험한다.

이건 꼭 공부에만 해당하는 얘기가 아니다. 꿈을 이루기 위해서 우리는 얼마나 노력했던가? 정말 혼신의 힘을 다해서 노력해본 적이 있는가? 이 물음에 나는 "있다"고 대답할 수 있어서 기쁘다.

내가 노력왕이 될 수 있었던 건 일단 체력이 뒷받침되었기 때문이다. 그리고 스스로 노력할 수밖에 없는 특수한 상황 속에 나 자신을 밀어넣었기 때문이다.

만약 내 주변에 학교 성적에 신경쓰지 않고 뭐든지 대충대충 해치우는 사람들이 많았다면 나 역시 그렇게 되었을 것이다. 그러나 나는 늘 노력하는 사람들에 둘러싸여 바짝 긴장하며 살았다. 엄마는 탁구와 테니스에서 아빠의 매칭 상대가 되기 위해 1년 동안 공만 주우면서도 정말로 열심히 배우셨다. 그 결과 도민체전에 나가서 은메달을 타실 만큼 실력이 향상되었다. 아빠는 뭐든지 재밌고 신나게 최대한 즐기는 모습을 보여주셨다.

"천재는 노력하는 사람을 이길 수 없고, 노력하는 사람은 즐기는 사람을 이길 수 없다."

이 말은 아빠가 자주 인용하시는 명언이다. 나는 노력하는 의지와 더불어 거기서 재미를 느끼는 법까지 아빠에게 배웠다.

그리고 과학고에 들어간 것은 나를 노력왕으로 만든 결정적인 요인이 되었다. 그곳 학생들은 문제 하나 틀릴 때마다 머리를 벽에 박으며 속상해하고 다음 시험에서는 반드시 만회하고야 마는 독종들이었다. 덩달아 나도 독종이 되지 않으면 살아남을 수가 없었다.

가끔 별 노력 없이 쉽게 성취할 수 있는 천재들이 부럽긴 하지만, 거기엔 인생의 흥미진진함이 없을 것 같다. 나는 노력하는 게 좋다. 어렵지만 끙끙대며 혼자 힘으로 해내야 결과가 나왔을 때 더욱 기쁘고 다음에 더 열심히 하겠다는 의욕이 생기는 법이다. 노력할 때 흘리는 땀방울의 소중함과 숭고함을 무엇에 비하랴!

역사적으로 많은 천재들이 대단한 일을 해내고 세상을 떠났다. 모차르트 · 뉴턴 · 아인슈타인 · 퀴리부인…. 하지만 그보다 더 많은 천재들이 삶의 무료함으로 우울증에 시달리다가 폐인이 되거나 자살을 했다.

몇 년 전에 MIT 수학천재로 교수까지 지낸 사람이 세상과 어울리지 못하고 산속에서 은둔생활을 하다가 여러 대학에 폭탄이 든 소포를 보내 수십 명을 죽게 하고 결국엔 체포된 사건이 있었다.

  천재의 삶은 권태롭고 고독하고, 그래서 광기로 폭발하기 쉽다는 말을 들었다. 나는 타고난 천재가 아니어서 나 자신을 천재로 만들기 위해 노력하며, 재밌게 신나게 오래오래 살 수 있으니 얼마나 다행인가.

I will be…

꿈은 하루아침에 생기지 않는다. 나의 꿈은 가족의 사랑을 먹으며 조금씩 조금씩 자라났다.

내가 의사였다면

 과학고 2학년 생물시간 때의 일이다. 드디어 개구리 해부하는 날이 되었다. 몇몇 남자 아이들은 벌써부터 칼로 자르고 찢고 괴롭힐 생각에 잔뜩 흥분해 있었다. 그에 반해 어떤 아이들은 몹시 괴로운 표정을 지었다. 아무 것도 안 하고 눈을 꼭 감고 있겠다는 친구, 얼굴이 하얗게 질려서 조퇴하겠다는 친구, 심지어 실험실에 가기 전부터 우는 친구도 있었다.
 나도 처음 해보는 개구리 해부가 신나지만은 않았다. 아무리 학습용이라지만, 살아 있는 생명체를 메스로 그어서 심장이며 콩팥을 확인한다는 게 미안했고, 다시 꿰매서 살릴 것도 아니고 그대로 죽여야 한다는 게 끔찍하기도 했다. 우리나라 생태계를 파괴하고 있는 무지막지한 황소개구리라면 그래도 마음이 편할 텐데, 우리가 실험할 개구리는 조

그마한 참개구리였다. 너무 불쌍했다.

조를 편성해서 개구리 해부를 시작했다. 한 조에 남자 둘, 여자 둘. 우선 남자애 한 명이 핀을 이용해서 개구리 팔 다리를 해부대에 박았다. 마취약이 잘 들었는지 죽은 듯이 가만히 있는 개구리.

"자, 이제 누가 메스로 배를 가르지?"

나는 얼른 "내가 할게!" 하고 말했다. 끔찍하고 무서웠지만, 그건 내가 할 일이었다. 왜냐하면 나는 외과의사가 될 사람이니까. 지금 이걸 못 해낸다면 나는 의사가 될 자격이 없다.

나는 어디에서 그런 용기가 솟았는지 매우 대범해져서 개구리의 배를 과감하게 메스로 그었다. 벌떡벌떡 뛰는 개구리의 심장이 훤히 드러났다.

생각과 달리 붉은 피는 치솟지 않았다. 아마도 개구리가 해부재료로 인기가 많은 것은 혈관이 작거나 많지 않아서 피가 나는 걸 거의 느끼지 못하기 때문일 것이다.

마취를 해서인지 개구리는 아파하지 않는 것 같았다. 우리는 개구리의 몸속 기관을 확인한 후 마취에서 풀리기 전에 얼른 마무리를 했다. 그리고 서둘러 밖으로 가지고 나와 학교 교단에 묻어주었다.

하지만 다른 조 아이들은 가관이었다. 실험이 끝난 후에도 계속 개구리 뱃속을 뒤집다가 급기야 껍질 벗기고, 살 자르고, 근육 자르고, 팔다리 하나씩을 잘랐다. 그러다가 마취에서 깨어난 개구리가 핀을 박차고 펄쩍 튀어오르는 바람에 비명을 지르기도 했다. 심지어 화단에 묻는 도중에 개구리가 내장을 주렁주렁 매달고 흙을 뚫고 튀어나오는 일도 있었다.

나는 이것으로써 외과의사가 되는 내 꿈의 첫 테스트를 무사히 통과

했다. 나의 진로를 문과가 아닌 이과로 정하는 순간부터, 내 꿈은 의사, 그것도 반드시 외과의사였다.

나는 수많은 진료과목 가운데서 외과가 가장 치열한 분야라고 생각한다. 외과의사들은 그야말로 삶과 죽음의 갈림길에서 항상 긴장하고 살아야 하는 사람들이다. 그들의 손가락 끝에서 기적이 일어나기도 하고, 죽음이 결정되기도 한다.

내가 너무나 사랑하는 외할머니는 서른을 갓 넘긴 나이에 홀로 되셨다. 외할아버지가 간경화로 갑자기 돌아가신 것이다. 그때 엄마는 초등학교 6학년이셨다. 엄마 위로 오빠 셋, 언니 하나가 있고 아래로 남동생 하나가 있었다. 할아버지가 돌아가신 후로 외할머니가 겪으신 고생은 이루 말할 수 없었다. 혼자서 방앗간을 꾸리시면서 자식들 뒷바라지를 하다 보니, 할머니마저 이른 나이에 당뇨와 관절염을 앓게 되었다.

셋째 외삼촌도 젊은 나이에 간경화로 돌아가셨다.

'의사 선생님들이 세상의 모든 병을 고칠 수 있다면 우리 할머니처럼 슬픈 일을 겪는 사람도 줄어들 텐데. 아니, 적어도 지금 할머니를 더 힘들게 하는 당뇨와 관절염의 고통이라도 덜어드릴 수 있을 텐데.'

나는 외삼촌을 잃고 시름에 잠겨 힘들어하시는 할머니를 지켜보면서 내가 어서 의사가 되어 우리 가족의 건강을 지키고 할머니의 슬픔을 덜어드려야겠다는 결심을 하게 되었다.

지난 1월에는 큰외삼촌마저 같은 질환으로 돌아가셨다. 당시 나는 마지막 SAT 시험을 준비 중이었는데 부모님은 내가 충격을 받을까 봐 일부러 나에게 알리지 않으셨다. 나는 시험이 끝나고 나서야 삼촌 무덤을 찾아뵐 수 있었다. 가슴이 아팠다. 설날에 인사도 못 드렸는데…. 꼭 좋은 결과를 내서 삼촌을 기쁘게 해드리고 싶었다. 큰외삼촌은 엄마에게 아버지나 다름없고, 나에겐 외할아버지 같은 분이셨다. 엄마의 학교 등록금을 대주신 분도 큰외삼촌이었다. 내가 어릴 적부터 100점을 받으면 삼촌은 누구보다 기뻐하며 내 손에 용돈을 쥐어주곤 하셨다.

할머니는 이제 슬퍼할 기력도 없는지 눈물도 흘리지 못하셨다. 다만 예전보다 더 말이 없어지셨고 멍한 얼굴로 앉아계시는 날이 늘었다. 나는 의사의 꿈이 더욱 간절해졌다.

하버드에 지원하면서 생물학을 택한 것도 생명의 기원을 다루는 생물학이야말로 의학의 기초이며, 모든 질병을 푸는 실마리라는 생각에서였다.

내가 어느 분야의 전문의가 될지는 아직 미지수다. 섣불리 무엇이 되겠다고 말하는 게 아주 조심스럽다. 이제 겨우 시작일 뿐이고, 아직은 아는 것보다 모르는 게 더 많다. 하지만 어떤 분야가 되건 나는 최선을 다하고 싶다.

Just do it!

언제나 나의 편이 되어줄 분들이 있다. 내가 가고 싶은 곳이라면
어디라도 갈 수 있게 도와주는 분들이 있다.
그래서 나는 늘 든든한 마음으로 도전할 수 있다.

우주 끝까지라도 보내줄게

초등학교에 입학하기 전에 잠시 미술학원에 다닌 적이 있다.

하루는 선생님이 동물원 그림 한 장을 칠판에 붙이시더니 똑같이 따라그리라고 하셨다. 아이들은 열심히 따라그리는데 나는 재미가 없었다. 내가 생각하는 동물원과는 전혀 다른 모습이었기 때문이다.

'왜 똑같이 그려야 하는 거지?'

나는 선생님 말씀과 상관없이 내 맘대로 그리기 시작했다. 그때 선생님이 지나가시다가 내 그림을 발견하셨다.

"나나야, 똑같이 그리라는데 왜 네 맘대로 그리니?"

그냥 그 한 마디만 해도 됐을 것을, 선생님은 굉장히 심하게 화를 내셨다. 내가 그리던 그림을 휙 낚아채서 구겨버리더니 처음부터 다시 그리라며 도화지 한 장을 들이미셨다. 나는 너무 놀라서 말을 할 수가 없었다. 그때 교실 문이 열렸다. 거기에 엄마가 서 계셨다.

"선생님, 나나한테 열쇠 갖다주려고 왔습니다."

나를 무섭게 혼내던 선생님은 당황하면서 갑자기 목소리를 바꾸어 내게 말했다.

"아, 나나야. 어머니 오셨네. 나가봐라."

엄마는 나에게 열쇠를 건네면서 선생님에게 왜 혼나고 있었는지 물으셨다. 내가 대답하자 엄마는 침착하게 말씀하셨다.

"알았다. 이따 집에서 보자."

그날 저녁, 엄마는 나에게 더 이상 그 미술학원에 다니지 말라고 하셨다. 그 후 나는 몬테소리 유치원에 다녔다. 이곳은 뭔가를 가르치기보다는 실컷 놀게 하는 곳이었다. 같은 방에서도 한 아이는 책을 읽고 다른 아이는 그림을 그릴 수 있었다. 나는 좋아하는 물감 찍기 놀이를 하면서 신나게 하루하루를 보냈다. 유치원이 너무 재미있어서 열이 펄펄 나도 빠지지 않고 나갈 정도였다. 그 결과 졸업 때 개근상을 탔다.

7살이 되었을 때 엄마가 한글을 배우고 싶냐고 물었다. 나는 싫다고 대답했고 엄마는 "그래, 학교 들어가서 배워도 되니까 네 맘대로 해라" 하셨다. 그 후 한글을 배우고 싶냐고 한 번 더 물어보셨지만 나는 그때도 싫다고 했다. 결국 나는 기역 니은 정도만 겨우 깨치고 학교에 입학했다.

처음 몇 주 동안 다른 아이들은 다 아는 것을 나만 모르고 있어서인지 학교생활이 힘들었다. 낱말도 척척 받아쓰는 아이들 옆에서 '가나다…'를 연습하고 있는 내가 선생님도 얼마나 답답하셨을까. 답답한 건 나도 마찬가지였다. 나는 엄마에게 원망어린 목소리로 물었다.

"엄마, 왜 내게 한글을 안 가르쳐주셨어요?"

"나나야, 배우기 싫다고 했던 건 바로 너야. 그리고 한글 같은 건 좀 늦게 배워도 충분히 따라잡을 수 있으니까 염려 마라."

엄마 말씀대로 나는 곧 다른 아이들과 마찬가지 수준으로 한글을 읽고 쓸 수 있게 되었다.

엄마는 늘 이런 식이었다. "하고 싶은 게 있으면 말해라. 뭐든지 할 수 있게 도와주마." 하지만 절대로 먼저 뭔가를 하라고 강요하신 적은 없었다.

아빠도 마찬가지였다. 사실 아빠는 공부보다 체력, 건강, 몸의 성장 등에 더 관심을 기울이셨다. 오죽하면 5살 어린 딸의 안짱다리를 교정하기 위해 영주 시내를 다 뒤져서 무용학원을 찾아내셨을까! 아빠가 가장 싫어하는 건 내가 움직이지 않고 가만히 앉아 있는 것이었다. 주말이면 산에 가자, 운동장에 가서 한 바퀴 뛰고 오자, 탁구 치러 가자, 하시면서 나를 자연스럽게 운동의 세계로 이끄셨다. 어린 시절뿐만 아니라 지금까지도 아빠가 변함없이 강조하시는 건 첫째도 둘째도 건강이다.

"열심히 뛰어놀면서 하고 싶은 것을 스스로 찾아라."

나는 이런 부모님의 메시지를 감사히 받아들였다. 초등학교 2학년 때까지 무용만 계속 하다가 피아노와 서예에 관심을 갖게 되었다. 피아노를 치는 아이들이 음악 시간에 앞에서 풍금을 치는 모습이 부러웠고, 또 서예학원이 재

나의 안짱다리를 교정하기 위해 아빠는 영주 시내를
다 뒤져 무용학원을 찾아내셨다.

미있다는 친구의 말을 듣고 나도 갑자기 하고 싶어졌다. 나는 이 두 가지를 배우겠다고 말씀드렸고, 엄마 아빠는 당연히 "그래라" 하셨다.

고학년으로 올라가면서 임원활동 하랴, 공부하랴, 학원 다니랴, 각종 경시대회에 나가랴, 나는 어느새 눈코 뜰새 없이 바쁜 아이가 되어가고 있었다. 아무리 바빠도 내가 하고 싶은 것을 하는 것이니 즐거웠다. 아침에 학교 갈 때나 방과후 학원에 갈 때도 언제나 콧노래를 부르며 껑충껑충 뛰어갔다. 어느 날 퇴근하시던 엄마가 나의 이런 모습을 보고 기분이 흐뭇해졌다는 이야기를 들은 적이 있다.

그러나 가끔 경시대회 등이 겹칠 때는 어찌해야 할지 난감했다. "엄마 아빠, 이번에 무용대회에 나갈까요, 수학경시대회에 나갈까요?"

이렇게 물어보면 두 분의 대답은 한결같았다. "네가 더 하고 싶고 열심히 잘할 수 있는 것으로 결정하렴."

이처럼 부모님과 나 사이의 적절한 거리두기는 부모님이 맞벌이 부부였기 때문에 자연스럽게 이루어진 현상이었다. 자식 키우기란 신경을 쓰기 시작하면 한도 끝도 없다고 한다. 어차피 두 분 다 일하는 분들이니 자식들을 100퍼센트 완벽하게 돌봐준다는 건 불가능했다. 그래서 돌봐주는 쪽보다는 자기 일은 스스로 알아서 하는 아이로 키우고 싶으셨던 것이다.

대신 칭찬을 많이 해주셨다. 뭔가를 혼자서 해내면 아무리 어설퍼도 칭찬을 해주고, 그것으로 인해 뭔가를 더 해내고 싶게 자극하셨다. 처음 볶음밥을 했을 때 엄마는 이렇게 말씀하셨다. "정말 맛있구나! 이제 나나한테 종학이 도시락을 맡겨도 되겠는 걸!"

그후 실제로 나는 엄마가 바쁠 때면 종학이 도시락을 싸게 되었다.

좋은 성적표를 내보이면 엄마는 환한 표정으로 나의 용기를 자극했다. "와, 이 정도면 나나한테 중학교 배치고사 1등을 기대해도 되겠는데? 굉장히 어려운 건데 나나가 할 수 있을까?" 그러면 나는 또 새로운 목표가 생겨서 열심히 공부했다.

아빠는 조금 다른 방식으로 나를 자극했다. 아빠는 칭찬은 자주 하지 않으셨지만 기쁜 일이 생기면 좋아서 어쩔 줄 모르는 표정이 얼굴에 다 드러났다. 말로는 시치미를 뚝 떼시지만 얼굴은 입이 양쪽 귀에 걸려 있었다. 아빠는 장난도 잘 치셨다. 중학교 배치고사 1등을 했을 때, 서예학원에 있는 나에게 아빠는 전화로 "전교 40등이 뭐니? 빨리 집에 와라!" 하며 겁을 주셨다. 정신없이 뛰어갔더니 아빠는 싱글벙글 웃고 계셨다. "나나 너 큰일났다! 1등이 뭐냐?"

아빠는 심각한 일일수록 농담처럼 게임처럼, 재미있게 풀어가는 방법을 가르쳐주셨다. 내가 책을 잘 안 읽자 아빠는 이런 제의를 하셨다. "어떤 책이든 읽고 노트에 몇 줄 감상문을 써서 50권을 채우면 5천 원 줄게!"

처음에는 용돈을 벌겠다는 욕심에 책을 읽기 시작했지만 나중에는 정말 책이 재미있어서 손에서 놓을 수가 없었다. 책의 종류도 처음에는 귀신 이야기부터 시작했지만 나중에는 창작동화, 위인전으로 다양해졌다.

두 분은 지금까지 단 한 번도 내게 무엇이 되라거나 어디를 가라고 강요하신 적이 없다. 언제나 내 생각을 잠자코 들어주고 "너의 뜻이 그렇다면 열심히 해봐라"며 지켜봐주셨다.

과학고등학교에 가겠다고 말씀드렸을 때에도 학교 선생님들은 내신이 불리하다며 말리셨지만, 엄마 아빠는 흔쾌히 허락하셨다. 대학 원서를 쓸 때에도 어느 대학 어느 과를 지원할지 전적으로 나에게 맡기셨다. 경북대를 휴학하고 미국 대학을 준비하겠다고 했을 때, 자칫하면 모든 일이 틀어질 수도 있는 상황 앞에서 두 분은 누구보다도 침착하셨고 끝까지 노력해보라고 격려해주셨다.

엄마는 늘 말씀하신다.

"나나 네가 원한다면 엄마 아빠가 우주 끝까지라도 보내줄게."

그러면 나는 이렇게 대꾸한다.

"엄마 아빠는 아무 염려 말고 오래오래 행복하게 사세요. 저는 제 힘으로 우주 끝까지 갈게요."

엄마 아빠, 모자라게 키워주셔서 감사합니다

나의 한 달 용돈은 50만 원이다.

이 중에서 매달 아파트 관리비로 15만~20만 원 정도, 교통비로 10만 원 정도 나간다. 나머지 20만 원은 온통 먹는 것에 쏟아부으니, 나의 엥겔지수는 50퍼센트에 육박하는 수준이다.

사정이 이러하니 멋을 내는 데 투자할 돈은 거의 없다. 미용실은 버틸 때까지 버티다가 6개월에 한 번 정도 가고 옷은 늘 편한 옷 몇 벌을 번갈아가며 입는다.

하버드에 붙은 이후로 부쩍 방송출연이 많아져서 하루가 멀다 하고 서울을 오갈 때의 일이다. 그날도 나는 늘 입는 청바지에 티셔츠 차림으로 밖을 나섰다. 어차피 방송에 나갈 때에는 옷을 협찬받기 때문에 크게 신경을 쓰지 않은 것이다. 그런데 손 선생님이 나를 보고 "시간 좀 있지?" 하더니 백화점으로 데리고 가셨다.

"털털한 것도 좋지만 그래도 미스코리아로서 방송국에 가는데 품위가 있어야 하지 않겠니?"

덕분에 아주 오랜만에 정장 한 벌이 생겼다. 나는 실용성을 감안해서 약간은 캐주얼해 보이는 검정색의 바지정장을 택했다.

"다음부턴 부모님한테 사달라고 해라."

선생님의 한마디에 나는 그냥 씩 웃었다. 그랬더니 선생님이 되물으셨다.

"부모님이 사주는 건 아깝고 내가 사주는 건 안 아깝냐?"

나는 우헤헤 웃어 넘겼지만, 정곡을 찔려서 뜨끔했다.

우리 부모님이 가난한 것은 아니다. 두 분 모두 20년 넘게 교사생활을 하면서 검소하게 저축하며 사셨고, 운동 등의 취미생활이나 자녀들의 교육비, 여행 등 필요한 부분에는 과감하게 돈을 쓰기도 하신다. 부모님은 나와 내 동생이 뭔가를 배우고 싶다고 말씀드리면 언제나 기꺼이 배우게 해주셨다. 내가 중학교 배치고사를 준비하던 겨울에는 두 분이 호주 여행을 다녀오셨고, 고등학교 2학년 겨울방학에는 온 가족이 미국으로 여행을 다녀오기도 했다. 적지 않은 돈이 들었지만 '쓸 때는 쓴다'는 것이 엄마 아빠의 지론이었다.

하지만 요즘 나는 되도록이면 부모님께서 돈 쓸 일을 만들지 않으려고 애쓴다. 그동안 나로 인해 충분히 많은 돈을 써오셨기 때문이다.

국립대학에 들어가서 등록금 부담을 덜어드린 것까지는 좋았는데, 미스코리아 대회에 출전하는 바람에 계획에 없던 목돈이 들고 말았다. 미스코리아 대회는 본선에서는 모든 것을 지원받지만 예선에서는 메이크업, 헤어, 드레스 등 모든 것을 자비로 부담해야 한다. 그나마 진으로 당선되어 면목이 섰다. 그러나 진짜 지출은 그때부터 시작되었다.

이어지는 방송 스케줄과 인터뷰. 나는 대구에 살기 때문에 오가는 차비만 해도 큰돈이었다. 메이크업과 헤어는 미스코리아 본선 때 도와주었던 미용실 언니들이 해주기도 했지만, 방송 때마다 바꿔입고 나가야 하는 옷이 문제였다. 정해진 출연료로 감당하다 보니 남는 것이 거의 없었다. 나중에는 방송국에서 협찬을 받아 그나마 다행이었다.

나는 점점 우리 집의 돈 잡아먹는 기계가 되어갔다. 유니버스 대회 때는 여기저기 도와주는 분들이 많아 거의 돈을 쓰지 않고 다녀올 수 있었다 해도 부모님이 응원을 오시느라 항공료와 체류비에 또 돈을 쓸 수밖에 없었다. 그리고 이어진 미국 여행과 수험생활. 정해진 용돈은 50만 원이지만 늘 한도를 초과하는 일이 발생해서 엄마 아빠께 죄송하다.

애초 미국 유학을 결심했을 때 사실 비싼 등록금을 걱정하지 않을 수 없었는데 다행히 이번에 하버드에 가면서 삼성전자로부터 장학금을 받게 되었으니 두 분께 등록금 부담을 드리지 않게 되어 말할 수 없이 기쁘다.

돈에 관한 한 엄마 아빠의 태도는 엄격한 편이다. 어린 시절, 두 분은 교육에는 아낌없이 돈을 썼지만 아낄 수 있는 부분에서는 최대한 아끼는 모습을 보여주셨다. 내가 옷, 신발, 가방, 모자 같은 것이나 예쁜 공책, 필기도구 등에 군침을 흘리면 엄마는 "지금은 예뻐서 갖고 싶겠지만 몇 번 사용하면 지금 네가 사용하는 물건과 마찬가지로 헌 것이 된다"고 말씀하셨다. 그리고 "사치는 좋지 않다. 사치를 좋아하면 몸도 마음도 병든다"고 덧붙이셨다.

그리고 절약과 재활용의 예를 몸소 실천하셨다. 엄마는 결혼 전 통통한 몸매였을 때 입었던 옷들을 수선하여 입으신다. 아빠는 굳이 실천이란 말이 필요 없는 분이다. 아빠의 트레이드마크는 칼라가 있는 면 티셔츠에 바지. 정장은 동복과 하복, 춘추복이 한벌씩 있을 뿐이다. 다만 직업상 운동복은 좀 많은 편이다. 아빠는 새 운동화가 필요해도 엄마가 챙겨주시기 전에는 말씀을 안 하신다.

동생과 나는 매년 서너 차례 삼촌과 이모집에 가서 사촌 언니 오빠들이 입던 옷을 잔뜩 물려받아왔다. 마루에 한보따리 풀어놓고 엄마 아빠와 함께 하나씩 짚어가면서 품평을 하곤 했다. 조금 줄여 입어야 할 옷, 단을 내야 할 옷, 기워야 할 옷 등을 구분하고 언니 오빠에게 전화를 걸어 고맙다고 말하는 것을 잊지 않았다.

이렇게 늘 옷을 물려입었기 때문에 나는 사촌언니가 예쁜 옷을 사면 매우 기분이 좋았다.

"언니, 알지? 내년에는 그 옷 내 꺼야."

이렇게 말하면 언니는 "꿈도 꾸지 마!" 하며 놀리곤 했다.

초등학교에 입학했을 때의 일이다. 우리 학교에는 무궁화 상장이라는 게 있었다. 1등을 하면 무궁화꽃이 세 개, 2등을 하면 두 개, 3등을 하면 한 개가 그려진 상장을 받았다. 그리고 연말에는 지금까지 받은 상장의 무궁화꽃을 모두 합해서 가장 개수가 많은 학생에게 최고의 상을 주었다.

엄마는 나에게 "네가 그 상을 받을 수 있을까?" 하셨고, 나는 "엄마는 날 못 믿으세요? 자신 있어요!" 했다. 그때 나에겐 갖고 싶은 것이 세 가지 있었는데 첫째는 스탠드가 달려 있는 피노키오 책상이었고 둘째는 이층침대, 셋째는 피아노였다.

"무궁화꽃을 가장 많이 모으게 되면 이 세 가지 모두를 사주세요!"

내가 이렇게 말하자 엄마는 흔쾌히 그러자고 하셨다.

아마 엄마는 설마 하셨던 것 같다. 하지만 나는 정말로 그해 가장 많은 무궁화꽃을 모았고 연말에 1등상을 받았다. 계약서까지 써두었기 때문에 엄마는 꼼짝 없이 세 가지 모두를 나에게 사주셔야 했다.
"나나야, 내일 시장에 가서 먼저 피노키오 책상부터 보자꾸나. 침대하고 피아노는 주말에 사줄게."
약속을 지키려는 엄마의 모습을 보고 있으려니 괜히 미안한 생각이 들어 마음이 불편했다.
"엄마, 그거 안 사줘도 돼. 이제 갖기 싫어졌어."
나는 그때까지 엄마가 대학 때 썼던 큼직한 책상을 쓰고 있었다. 가만히 보니 그것도 충분히 쓸 만하고, 또 엄마의 손때가 묻어서 운치가 있었다.
"엄마, 이 책상도 아주 좋아. 그냥 이거 쓰면 돼."
결국 나는 세 가지를 모두 포기했다. 나중에 5학년이 되었을 때 방을 좀 넓게 쓰기 위해 이층침대를 사주셨다. 하지만 내가 중학생이 되어 이사한 후 종학이와 내가 방을 따로 쓰게 되자 이층침대는 오히려 거추장스러워졌다. 물건이라는 건 이렇게 욕심이 나다가도 쓰다보면 불필요해질 때가 있는 법이다. 욕심이 날 때 꾹 참고 넘기면 그것이 왜 필요했었는지도 잊어버릴 정도로 물건은 덧없는 것이라는 걸 깨닫게 되었다.
너무 풍족하게, 넘치게 키운 것보다 조금은 모자라게, 부족한 환경에서 키워주신 것이 결과적으로 나에겐 큰 보탬이 된 셈이다.
요즘 나는 어떻게 하면 하버드에서 알뜰하게 살 수 있을지 정보를 수집중이다. 나에게 가장 큰 문제는 먹는 것이기 때문에, 일단 식료품 값이 가장 큰 걱정이다. 아니, 그것보다 더 큰 걱정은 나의 왕성한 식욕이다. 사실 내가 먹는 것만 조금 줄일 수 있다면 생활비 부담이 한결 덜어질 것이기 때문이다.

다행히 학생식당의 메뉴가 다양하고 뷔페식이라 양도 푸짐하다고 하니, 일단은 그곳에서 모든 끼니를 해결해야겠다.

Korean vs. American

그 친구를 사귄다는 건 미묘한 충돌을 예고하는 것일지도 모른다.
그러나 그 충돌의 중심에서 우리는 큰 우정을 발견할 수 있을
것이다.

나의 하버드 친구 데이빗

데이빗은 내가 고등학교 2학년 때 참가한 APEC 과학축전에서 우리 조에 속한 유일한 미국 학생이었다. 한 조에 10명 안팎으로 구성되었는데, 우리 조에는 한국·싱가포르·타이완·중국 등 아시아 학생들이 대부분이었다.

데이빗은 우리 조 학생들과 잘 어울리지 못했다. 공식 프로그램에는 그런대로 참가했지만 나머지 시간에는 어딘가로 사라졌다. 두리번거리고 찾아보면 미국 아이들 틈에서 놀고 있는 그를 발견하곤 했다.

행사 시작 전에 우리끼리 10~20분 정도 수다를 떨 때에도 데이빗은 두꺼운 책을 펴놓고 열심히 읽기만 했다. 농담을 해도 잘 웃지 않았고 인사를 해도 형식적인 반응만 보였다.

같은 조 아이들과 친해지려는 의지가 없으니 당연히 반감을 살 수밖

에 없었다. 그에 대해 "잘난 척한다", "아시아를 무시한다"는 비난의 소리가 높았다.

나는 데이빗이 겉도는 게 안타까워 말을 붙여보려고 애썼다. 어쩌면 수줍어서 그럴 수도 있고 이질감을 느껴서 따로 노는지도 모르는 일이었다. 나는 꼭 나쁘게만 볼 문제는 아니라고 생각했던 것이다.

짧은 대화를 통해 데이빗이 나와 동갑내기란 걸 알게 되었다. "나는 곧 하버드에 입학하게 될 거야." 데이빗은 아직 합격발표가 나기 전인데도 자신의 합격에 대해 확신하는 태도였다. 얼마나 자신이 있으면 저렇게 말할 수 있을까. 데이빗이 평범한 아이는 아니라는 느낌이 들었다.

확실히 그 아이는 남다른 데가 있었다. 컴퓨터를 자유자재로 사용하여 프레젠테이션을 준비하는 철저함, 끊임없이 디지털 카메라를 눌러가며 정확한 기록을 남기는 꼼꼼함, 늘 책을 들고 다니면서 틈만 나면 들춰보는 학구적인 습성까지 배울 점이 많은 아이였다.

나는 그 아이가 궁금해졌다. 그에 대해 좀더 알고 싶어 용기를 내서 자주 말을 걸었다. 그래서 나는 우리 조에서 그나마 유일하게 데이빗과 친하게 지내는 사이가 되었다.

하루는 APEC 과학축전 토론회가 열렸다. 주제는 'Globalizaiton'. 같은 조끼리 함께 머리를 짜내어 토론을 하고 발제를 했다. 여러 이야기가 오가던 중, 한 아이가 "세계화가 지구 전체를 하나로 모아주고 저개발국가에게 발전의 기회를 주고 있긴 하지만, 이로 인해 지역 고유의 정체성이 훼손되고 결과적으로는 경제 속국을 만들어 국가간 격차가 심화되는 부작용을 낳는다"는 문제를 제기했다.

이것은 우리에게도 해당되는 문제였다. 벌써부터 맥도날드 · 버거

킹·스타벅스 같은 미국 프랜차이즈 업체가 들어와 국내 업체들이 맥을 못추고 있고 그 로열티로 해마다 엄청난 외화가 미국으로 빠져나가고 있다. 그러나 이에 대한 데이빗의 답변은 너무나 황당했다.

"그 문제는 미국이 해결할 수 있다. 미국이 저개발국가를 위한 경제발전 프로그램을 짜서 무상으로 공급하면 된다."

데이빗의 답변에 우리는 너무 놀라 모두 할 말을 잃었다. 미국 우월주의에 빠진 황당한 주장을 그렇게 자신만만하고 확신에 찬 어조로 말할 수 있다니. 그 후 나도 데이빗에 대한 흥미를 잃어버렸다. 그리고 축제가 끝나면서 간단한 인사를 나누었던 게 전부였던 것 같다.

한국으로 돌아온 며칠 후 데이빗에게서 단체 메일이 왔다. 내용은 APEC 축제기간 중의 모든 여정을 자신의 홈페이지에 올려놓았으니 필요한 사람은 참고하라는 것이었다.

불과 3~4일 정도가 지났을 뿐인데 벌써? 나는 호기심에 데이빗의 홈페이지에 들어가보았다. 그렇게 부지런히 셔터를 눌러대더니, 과연 우리의 모든 여정이 날짜별, 주제별로 분류되어 차곡차곡 정리돼 있었다. 홈페이지 디자인이 깔끔할 뿐만 아니라 기록내용 역시 객관적이면서도 독특한 시각을 견지하고 있었다.

'품성만 괜찮다면 꽤 좋은 친구일 텐데.'

시간이 흘러 나는 대학생이 되었고, 미스코리아에 참가했다. 그리고 미스 유니버스 대회를 준비중이었다.

그때 몇 년 만에 데이빗에게서 메일이 왔다. 중국어를 배우고 싶은데 사스 문제로 중국에 갈 수 없으니 한국에서 중국어를 배울 수 있는 프로그램이 있는지 알아봐달라는 내용이었다. 나는 그때 너무 바빠서 아는 한도 내에서 대답을 해주고 그동안 내 생활의 변화를 간략하게 전해주었다. 미스 유니버스 대회 참가를 준비 중이라는 말에 데이빗은 무척 놀랐다.

유니버스 대회 기간 중에 또 메일을 주고받았다. 데이빗은 대회 홈페이지를 통해 내 사진을 보았다며 남은 기간도 열심히 하라고 격려해주었다. 대회가 끝나고 미국 여행을 할 예정이라고 말하자 데이빗은 동부에 오면 꼭 들러달라고 했다.

이렇게 해서 나와 데이빗은 3년 만에 하버드 교정에서 다시 만났다. 다시 만난 데이빗은 무척 반가워했다. 내가 하버드에 오고 싶다고 말하자 할 수 있을 거라며 용기를 주었다. SAT에 대한 여러 조언도 해주었다.

나는 데이빗의 하버드 지원 당시 SAT 점수가 궁금하여 물어보았다.

"SAT I은 만점이었고, SAT II도 5과목 선택했는데 전부 만점 받았어."

데이빗은 태연하게 대답했지만, 나는 기가 질리고 말았다. 만점 받은 것도 놀라웠지만, SAT II를 5과목이나 선택했다는 말에 더 놀랐다.

"너는 대체 언제 공부를 하니?"

데이빗은 아무렇지도 않게 대답했다.

"응, 잠잘 때 빼고 눈 뜨고 있는 시간엔 다."

미국에는 대학의 교양과정을 고등학교에서 미리 이수하는 이른바 대학 학점 사전취득제(AP, Advanced Placement)라는 제도가 있는데, 데이빗은 이것 역시 15과목이나 택해서 모두 5.0 만점을 받고 하버드에 입학했다고 말했다. 말로만 듣던 하버드의 공부벌레가 바로 데이빗이었다.

예나 지금이나 공부만 아는 건 변함이 없는데, 그 사이 데이빗에게

고등학교 2학년 때 싱가포르에서 열린 APEC 과학 축전에서 만난 데이빗과 나.

도 달라진 게 있었다. 이전보다 훨씬 인간적인 분위기를 풍겼다. 몰라보게 친절해졌다는 말이다. 내가 한국으로 돌아온 뒤 열심히 하라며 격려 메일을 보내오는가 하면, 에세이 샘플을 보내면 꼼꼼히 고쳐주기도 했다. 하버드에 보낼 추천서를 써달라고 부탁하자 오히려 자신이 영광이라고 기뻐하면서 매우 적극적으로 도와주었다.

마침내 내가 하버드에 합격했을 때, 데이빗은 굉장히 기뻐했다.

"이제 드디어 나나랑 같은 캠퍼스에서 공부하게 되었구나! 나나, 내가 아는 예비의대 친구들을 너에게 다 소개해줄게!"

혼자서 일가친척이라곤 한 사람도 없는 미국으로 가는데, 그나마 아는 친구가 한 명 있다는 사실이 얼마나 위안이 되는지 모른다.

지난번 하버드 입학설명회가 열렸을 때 데이빗을 다시 만났다. 그 공부벌레가 하루를 통째로 나에게 할애해서 캠퍼스를 견학시켜주며 이곳저곳 데리고 다녔다. 샘플 강의를 듣는 곳에도 함께 가주었다. 심지어 나와 동행했던 우리 엄마 아빠가 잠이 모자라 힘들어하시자 두 분 주무시라며 기꺼이 자신의 기숙사 방을 내주기도 했다.

APEC에서 보았던 냉정했던 소년의 모습은 온데 간데 없었다. 아시아에 대한 그의 시각도 훨씬 포용력이 있어 보였다. 그는 경세학을 공부하고 있는데, 앞으로 중국에 일어날 변화에 대해 많은 연구를 하고 싶다고 했다. 아울러 중국을 알려면 한국 · 일본도 함께 알아야 한다며 두 나라에 대해서도 많은 관심을 보였다.

특히 우리나라에 대해서도 궁금한 것이 많은지 다양한 질문을 퍼부었다. "한국의 대학생들은 어떠냐?", "한국의 경제는 현재 어떤 상황이냐?", "북한과 통일이 될 수 있을 거라고 생각하냐?" 등등.

미국 외의 다른 나라에는 별 관심이나 배려가 없던 그를 무엇이 이렇게 바꾸어놓았을까? 연락이 끊겼던 지난 몇 년 동안 그도 많이 성숙한 것일까? 아무튼 나는 사람이 이렇게 달라지고 진화할 수 있다는 사실이 참 좋다.

이번에는 제대로 친구가 될 수 있을 것 같은 느낌이 든다. 나중에 좀 더 시간이 흐르면 나는 데이빗에게 APEC에서의 그 황당했던 제안에 대해 다시 한번 물어볼 생각이다. 그때 왜 그런 이야기를 했는지, 과연 지금도 같은 생각을 갖고 있는지 말이다. 예전엔 친구가 아니라서 그냥 말문을 닫아버렸지만 이제 친구가 되었으니 서로 이야기해서 풀 건 풀어야 하지 않겠는가. 어쩌면 한국인과 미국인으로서 둘 사이에 한바탕 논쟁이 벌어질지도 모를 일이다.

   지금 데이빗은 한국 여행을 준비중이다. 처음 하는 아시아 여행이라며 잔뜩 들떠 있다. 내가 며칠 동안 관광가이드로 자원봉사를 해야 할 것 같다.

Lady blues

러닝머신 위로 굵은 땀방울이 뚝뚝 떨어졌다. 98, 99, 100일!
여자가 되기 위해 100일 동안 마늘과 쑥만 먹은 곰처럼
나는 눈물겨운 의지로 꿋꿋하게 다이어트를 했고, 마침내 성공했다.

다이어트를 왜 숨겨요?

미스코리아 진으로 당선된 후 1년 동안 한 연예기획사의 매니지먼트를 받았었다. 어느 날 그쪽에서 전화가 왔다. 인터넷의 어느 다이어트 사이트에서 내 사진을 올리고 홍보를 하고 있는데 초상권 침해와 관련이 있으니 즉시 해결하는 것이 좋겠다는 것이었다. 나는 내가 그 사이트를 통해 다이어트를 한 것이 사실이고 효과를 본 것도 사실이니 그대로 둬도 괜찮다고 했다.

그러자 기획사의 담당자가 말했다.

"다이어트 한 걸 밝히는 게 이미지 관리에 도움이 될까요? 그리고 사진을 올리고 홍보를 한다면 당연히 광고계약을 맺어야 하는 거지요. 그렇게 공짜로 사용하게 내버려둘 정도로 미스코리아가 만만하면 안 돼요."

그러나 내 생각은 훨씬 단순했다. 내가 그 사이트의 프로그램 덕을 본 게 사실이니 정보가 필요한 사람들에게 정보를 알려주는 것도 괜찮겠다 싶었고 그런 마당에 광고계약을 맺는 것은 왠지 거부감이 들었다. 내가 모든 걸 감수할 테니 그냥 넘어가자고 해서 그 일은 그렇게 무마되었다. 그 후 나는 모든 방송활동에서 멀어졌고 1년 후 그 매니지먼트사와도 관계가 정리되었다.

잠시 동안이었지만, 방송활동을 하면서 내가 가장 많이 들었던 말은 "너무 순진하다"는 것이었다. 지금은 초상권이라는 게 무엇인지 알고 왜 필요한 건지도 알게 되었지만, 그 당시만 해도 그런 쪽으로는 잘 몰랐다.

하지만 다이어트 한 것을 숨길 필요가 없다는 생각에는 지금도 변함이 없다. 그것이 남에게 숨겨야 할 부끄러운 과거라고 생각하지 않는다. 오히려 나는 다이어트를 해서 성공한 것을 자랑으로 여긴다.

나는 대학에 합격한 후 정확히 100일을 다이어트에 투자했고 정확히 10킬로그램을 감량했다. 다이어트가 얼마나 힘든지, 해본 사람은 다 알 것이다. 그 힘든 걸 해냈는데 자랑스러운 건 당연하지 않을까?

다이어트가 자랑스러운 또 한 가지 이유는 그것을 계기로 몸을 관리하는 법을 확실하게 배웠기 때문이다. 좋은 음식과 나쁜 음식을 구별할 줄 알게 되었고, 운동을 할 때와 안 할 때의 컨디션의 차이를 몸소 체험하게 되었다. 다이어트에 성공한 사람들을 보면 거의 영양학 박사, 운동학 박사 수준이다. 몸에 대해, 영양에 대해 그만큼 많이 알아야 하고 직접 체험을 하면서 그 지식이 배가되기 때문이다. 다이어트란 한마디로 잘 먹고 잘 사는 법을 연구하는 생활학문이라는 것이 나의 생각이다.

그때의 100일 다이어트 이후로 나의 생활패턴은 180도 바뀌었다. 일단 먹거리에 대해 새로운 각도로 보게 되었다. 예전에는 주로 맛을 위주로 생각했는데, 이제 재료와 영양성분, 내 몸과의 궁합을 먼저 따져본다. 허겁지겁 먹던 버릇도 사라졌고, 야밤에 간식을 찾는 습관도 많이 고쳤다. 이제는 좋은 음식을 천천히 꼭꼭 씹어 먹는다.

그리고 아무리 바빠도 하루 2시간 운동만큼은 절대로 빼먹지 않는다. SAT를 공부하면서도 새벽 6시 운동만큼은 반드시 지켜야 하는 나와의 약속이었다. 그때 스트레스 때문에 엄청나게 먹어서 한때는 몸무게가 고3 때 수준에 육박했지만 몸매는 크게 흐트러지지 않아서 어른들은 오히려 너무 마르지 않고 더 좋아보인다고 하셨다. 잘 먹으면서 운동을 했기 때문인지 키도 2센티미터나 컸다.

나는 지금 또 다이어트 중이다. 예전처럼 독하게 하지는 못하고 운동량을 더 늘리고 식사량을 약간 줄이는 선에서 분투중이다. 최근에 4킬로그램이 빠졌는데 남들은 5~6킬로그램 빠진 것 같다고 말한다. 아마도 운동 덕분에 지방이 빠지고 근육이 붙었기 때문인 것 같다.

어떻게 하면 다이어트에 성공할 수 있냐고 묻는 사람들이 많은데, 나는 그들에게 쉬운 방법은 없다고 말해주고 싶다.

알약 하나만 먹으면 금방 살이 빠질 수 있다면 얼마나 좋을까? 유전자 조작 수술로 하루 아침에 날씬한 몸이 될 수 있다면 얼마나 좋을까? 지금 과학이 이런 숙제를 풀기 위해 열심히 연구중이지만, 생명과 몸에 관한 한 과학이 해줄 수 있는 것에는 한계가 있지 않을까? 설사 결과론적으로 가능하다고 해도 그 과정에는 큰 부작용이 따를 것이다.

다이어트에서 정말 중요한 것은 결과가 아니라 과정이다. 몇 킬로그램을 뺐다는 건 얼마나 오래 지속될지 알 수도 없고 몸의 건강상태와

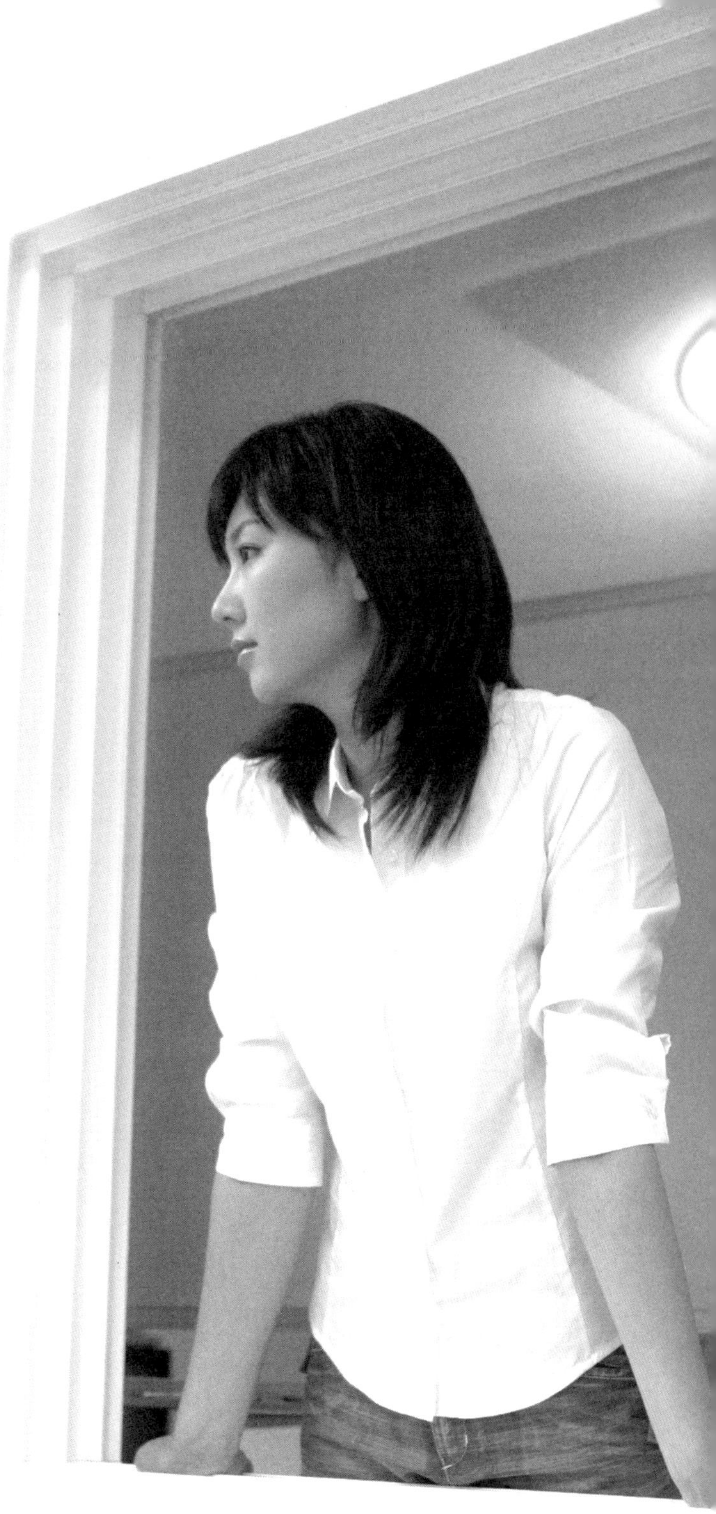

도 상관없는 일시적 결과일 뿐이다. 단 1킬로그램을 빼더라도 어떻게 빼느냐가 더 중요하다.

다이어트를 시작하기 전, 나는 어떻게 빼느냐를 알아보기 위해 정보를 수집하기 시작했다. 일단 약이나 보조식품에 관한 정보는 모두 배제했다. 좋은 제품이 있을 수도 있겠지만, 식이요법과 운동 등 기본에 충실하고 싶었기 때문이다. 먼저 다이어트 성공 사례 등을 읽으면서 기본 규칙, 주의사항 등을 탐독했다.

하지만 내가 더 많이 배운 것은 실패 사례기에서였다. 부작용, 요요현상, 끔찍한 후유증 등에 대해 읽다보니, 내가 가야 할 올바른 길이 훤히 보였다. 실패의 원인을 분석한 결과 대강 다섯 가지로 정리할 수 있었다.

첫째, 귀가 얇았다.

이것은 정보과잉의 부작용이다. 정보라고 다 좋은 정보만 있는 것은 아닌데, 확실한 개념 없이 정보를 접하다보니 옥석을 가리기가 힘들어진다. 이것도 그럴듯해 보이고 저것도 그럴듯해 보여 이 방법을 시도해서 며칠 해보다가 질리면 또 다른 방법을 시도한다. 결국 몸만 만신창이가 된다. 아무리 솔깃한 정보를 접하더라도 아니라고 판단되는 것은 과감하게 버릴 줄 아는 '줏대'가 다이어트의 기본이다.

둘째, 의지가 약했다.

이건 너무나 당연한 말로 들리겠지만, 사실 아무도 인정하지 않는 부분이기도 하다. 다이어트에 실패한 사람 치고 자신의 의지가 부족했다고 인정하는 사람은 거의 없다. 이 방법 저 방법을 다 해봤지만 자기한테는 하나도 효과가 없었다고 말한다. 하지만 아무리 잘못된 다이어트 방법이라도 효과 없는 방법은 없다는 것이 내 생각이다. 의지를 갖고 선택한 방법을 실천한다면, 결국에는 살이 빠진다.

셋째, 욕심이 과했다.

다이어트가 성공하려면 목표가 분명해야 한다. 나의 경우엔 100일 동안 10킬로그램 감량이 목표였다. 그런데 대부분의 사람들이 이렇게 긴 호흡의 목표를 부담스러워한다. 10일 동안 10킬로그램, 일주일 동안 5킬로그램 등등, 단기간에 효과가 있는 것만을 좇는다. 그러다보니 자꾸만 몸을 망치는 잘못된 방법에 솔깃하게 되는 것이다. 욕심을 버리면 정도가 보인다. 만약 장기간 목표에 약하다면 짧은 단위로 쪼개서 목표를 세워보는 것도 좋을 것이다. 일주일에 1.5킬로그램 정도를 목표로 4주를 반복한다면 6킬로그램이 빠진다. 그 다음에는 또 일주일에 1킬로그램을 목표로 4주를 반복하면 4킬로그램이 빠진다. 이렇게 하면 두 달 동안 총 10킬로그램을 빼는 것이니 대단한 성공인 셈이다.

넷째, 운동을 하지 않았다.

사실 다이어트를 하는 동안에는 적게 먹기 때문에 기운이 하나도 없다. 그래서 꼼짝 안 하고 누워만 있기 십상이다. 하지만 이렇게 하면 몸의 근육이 다 빠져나가서 살은 축축 처지고, 칼로리 소모가 없는 만큼 몸은 더욱 에너지 비축형으로 바뀐다. 운동을 하지 않고 10킬로그램을 감량하면 뭐 하나. 지방세포가 줄어들지 않아서 피부에는 탄력이 하나도 없고 몸매도 예쁘지 않다. 그리고 다시 먹기 시작하면 모두 살로 간다. 심각한 요요현상으로 원래보다 20~30퍼센트 더 찌게 되는 것이다.

다섯째, 다이어트에 성공했을지 몰라도 생활습관을 바꾸는 데에는 성공하지 못했다.

다이어트는 생활혁명이다. 단지 살을 빼는 것으로 끝나는 문제가 아니라 전체적인 라이프 사이클을 바꾸는 것이다. 그런데 대부분의 사람들이 다이어트 기간이 끝난 후에는 다시 예전의 생활방식으로 되돌아간다.

내가 100일 다이어트를 택한 이유도 생활방식을 근본적으로 바꾸려면 이 정도의 긴 시간이 필요하다고 생각했기 때문이다. 코를 만지작거리는 버릇을 고치는 데 얼마의 시간이 걸릴까? 잠이 덜 깬 상태에서도 벽을 더듬어 스위치의 위치를 정확하게 찾아내기까지 얼마의 시간이 걸릴까? 이런 작은 습관조차도 하루 아침에 고쳐지지 않는다. 하루에 2리터의 물을 마시는 것, 매일 2시간씩 꾸준히 운동을 하는 것, 저녁식사는 반드시 7시 전에 먹는 것 등이 몸에 배려면 최소한 100일은 필요하다. 곰도 사람이 되기 위해 100일 동안 쑥과 마늘을 먹었고 아이가 태어나도 100일 후에야 잔치를 벌인다. 뭐든 100일은 해야 완성된다는 뜻이 아닐까?

내가 수많은 다이어트 프로그램 중에서 그 인터넷 사이트를 택한 이유는, 그곳은 약을 팔지도 않고 단기간에 살을 뺄 수 있다고 허풍을 치지도 않는 데다 100일 프로그램에 적절한 식이요법과 운동, 체조 등이 필수였기 때문이다. 그리고 전화와 이메일 등으로 날마다 운동량을 체크하는 것은 물론, 주의사항, 문제점 등을 지적하고 식단을 관리해주는 것이 마음에 들었기 때문이다. 혼자 하는 것이 아니라 전문가의 감독을 받는 것이니 모르는 게 있으면 질문할 수 있고, 불만이 있으면 개선을 요구할 수도 있다. 뿐만 아니라 잘못하면 야단도 맞고 잘하면 칭찬도 받는다. 무엇보다 인터넷 사이트를 통해 같은 입장의 다이어트 동지들과 이야기를 나눌 수 있는 것이 좋았다. 외롭게 혼자 싸우는 것만큼 다이어트를 지치게 하는 게 또 있을까?

이렇게 해서 고등학교 3학년 12월에 나의 다이어트가 시작되었다.

그 프로그램 식단의 기본은 아침은 과일, 점심은 탄수화물, 저녁은 단백질이다. 양은 제한없이 많이 먹어도 되지만 먹는 음식의 종류에는 제한이 많다. 예를 들어 과일은 무엇이든 한 가지 종류만 먹어야 하고, 탄수화물은 우동·감자·옥수수·잡곡밥 같은 음식 중에서 하나를 택하면 그것 외에는 아무 것도 못 먹는다. 단백질 역시 두부면 두부, 우유면 우유, 고기면 고기, 다른 건 못 먹고 그것만 먹어야 한다. 100일 동안 서너 번 정도 메뉴를 바꾸긴 하지만, 이 원칙은 변하지 않는다.

양에 제한이 없어 배고픔은 없지만, 사실 살이 찐 사람들이 배고파서 먹어댄 것이 아니지 않은가. 배고픔보다 더 견디기 힘든 건 맛에 대한 그리움, 먹는 행위에 대한 그리움이었다. 머릿속에는 김이 모락모락 나는 떡볶이와 순대가 떠나질 않고 불고기·냉면·부침개·찌개·갈비찜 등 한상 차려놓고 푸짐하게 먹던 추억들이 나를 괴롭혔다. 먹고 싶은 걸 못 먹으니 처음에는 안절부절 못하고 신경이 예민해져서 본의아니게 가족들에게 툴툴거리기도 했다.

하지만 이것은 나와의 싸움. 나는 지키기로 약속한 건 철저히 지키고야 말겠다고 다짐했다. 학교에서는 선생님 말이 최고, 다이어트에서는 다이어트 지도자 말이 최고다. 그러니 하라는 대로 다 하자!

나는 뭔가 먹고 싶을 때마다 벌떡 일어나서 체조를 했다. 나는 주로 배와 허벅지에 군살이 많아서 그 부분을 다듬는 체조만 집중적으로 반복했다. 그러다 지치면 한동안 누워 있다가 또 눈앞에 맛있는 음식이 오락가락하면, 이번에는 아예 슈퍼마켓으로 가서 그림의 떡들을 한참 동안 구경했다. 다이어트 전에는 손도 안 갔던 음식들이 왜 이렇게 맛있어 보이는 걸까? 새로 나온 과자 하나하나의 맛이 왜 이토록 궁금한 걸까? 나는 그냥 돌아오지 못하고 꼭 과자 몇 개씩을 사들고 왔다. 그걸 먹을 수는 없으니 이리저리 보면서 감상하다가 사과박스 안에 넣어두었다. 다이어트 기간 동안에 그렇게 사모은 과자가 사과상자 4개에 가득 찼다. 그걸 날마다 쳐다보면서 이를 악물었다.

'다이어트가 끝나면 저걸 다 먹어치우고 말리라!'

먹지 못하는 욕구불만이 나에게는 또 다른 에너지가 되었다. 요리에 유난히 관심이 많아져서 인터넷을 서핑하며 요리에 관한 사이트는 죄다 들락거렸다. 그때 읽었던 요리책만 6권에 이른다. 재료를 사다가 평소에 전혀 해본 적이 없는 잡채, 골뱅이 무침, 토마토소스 스파게티, 샤브샤브 등을 요리해서 부모님과 동생이 먹는 모습을 구경하는 게 취미가 되었다. 다른 사람들은 다이어트 기간 동안에 식욕과 싸우기 위해 냉장고 근처에도 가지 않았다는데, 나는 오히려 먹는 것 속에 파묻혀서 남들이 먹는 것을 보며 대리만족이라도 느껴야 했다. 호랑이를 잡기 위해 호랑이 굴에 들어가듯이 먹는 걸 다스리기 위해 먹는 것 속에 파묻혀 지낸 셈이다.

떡에 관한 정보를 수집하는 취미도 그 시절에 생긴 것이다. 떡에 그렇게 많은 종류가 있는지 예전에는 미처 몰랐다. 오그랑떡·달떡·꼬장떡·꼽짱덕 등 재미있는 이름의 떡들이 모양도 가지가지였다. 서양의 케이크가 울고 갈 정도로 예쁘고 독창적인 떡의 모양에 입을 다물 수가 없었다. 그 시절에 인터넷에서 떡에 관한 정보는 모조리 갈무리해서 파일 하나로 정리해두었고 시간이 날 때마다 동생을 꼬여서 대형마켓으로 떡구경을 하러 갔다.

이렇게 다이어트를 하자 처음 열흘 정도는 살이 왕창 빠졌다. 3킬로그램이 금방 날아가버렸다. 등부터 시작해서 허리, 배 등이 확연히 빠지고 있었다. 이대로라면 한 달 안에 10킬로그램 감량도 가능하지 않을까? 나는 신이 나서 더 열심히 다이어트에 몰두했지만 그 다음 열흘 동안에는 겨우 1.5킬로그램이 빠졌을 뿐이다. 그리고 그 다음 열흘에는 겨우 1킬로그램. 마의 정체기가 시작된 것이다.

다이어트도 영어공부와 마찬가지로 한창 상승하는가 싶으면 긴 정체기로 들어서고, 그걸 제대로 극복해야만 다시 상승기가 나타나는 계단식 그래프를 그렸다. 많은 사람들이 이 정체기를 견디지 못하고 항복하고 만다. 사실 먹고 싶은 음식 못 먹고 매일 1시간씩 죽어라고 러닝머신 위에서 걷는데도 열흘 동안 1킬로그램이 빠질까 말까라면 다 때려치우고 싶은 회의가 들지 않을 수 없다.

그런데 진짜 다이어트는 이때부터다. 초반에 몸무게가 많이 줄어드는 것은 갑작스럽게 칼로리 섭취가 감소해서 비축된 지방세포를 대체 에너지 원으로 쓰기 때문이다. 그러나 그 다음부터는 줄어든 칼로리에 몸이 적응하기 시작한다. 다시 말해서 그 정도 칼로리만 섭취해도 끄떡없는 몸이 되는 것이다. 이 상태에서 지방세포를 연소시키려면 식사량을 한 단계 더 줄이고 더 열심히 운동을 하는 방법밖에 없다.

나의 정체기는 40일째에 최고조였다. 그 열흘 동안은 체중이 하나도 안 줄었다. 그러나 이상하게 몸매는 달라지고 있었다. 당시는 러닝머신에 어느 정도 적응해 하루 1시간씩 운동을 할 때였다. 지방은 빠져나가고 대신 근육이 붙은 것이다. 지방은 가볍고 근육은 무겁다고 하니, 가벼운 것이 빠지고 무거운 것이 붙어서 몸무게에는 큰 차이가 없었던 것이다.

50일째에는 1킬로그램, 60일째에는 0.5킬로그램, 70일째에는 드디어 2킬로그램이 줄었다.

한 달을 남겨두고, 내 목표는 겨우 1킬로그램이 남아 있었다. 주위에서는 벌써 너무 말랐으니 그만하라고 성화였다. 졸업식을 앞두고 학교에 갔더니 달라진 내 모습에 아이들 눈이 휘둥그레졌다.

그러나 여기서 만족하면 내가 아니다. 반드시 남은 30일 안에 10킬로그램을 채우고야 말겠다고 마음을 다잡았다. 지금 생각해보면, 도대체 내가 무엇 때문에 그렇게 독하게 다이어트를 했는지 이해가 가지 않는다. 차라리 애초부터 미스코리아를 목표로 했다면 모르지만, 그때는 그런 생각은 전혀 없었고 단지 예쁘고 날씬해져서 대학에 가면 남자 친구도 사귀고 재미있게 학교생활을 해보자는 정도였다.

아마도 나에겐 목표 중독증이 있는 것 같다. 하루라도 목표 없이 살 수 없고, 목표를 세우면 그걸 달성하지 않고는 못 배긴다. 가장 두려운 것은 목표를 채우지 못했을 때 내가 나 자신에게 실망하는 것이다. 그렇게 될까 봐, 그게 무서워서 더 목표에 매달리는 것 같다.

마지막 30일 동안의 다이어트로 나는 기진맥진한 상태가 되었다. 많이 빠진 것 같은데 몸무게 상의 큰 변화는 없었다. 0.5킬로그램이 빠졌나 싶다가도 다음날 재보면 다시 원상태. 그러나 20일째에 1킬로그램이 확실하게 줄었다는 걸 알 수 있었다. 막판에는 0.5킬로그램이 더 줄어서 전체 10.5킬로그램을 감량할 수도 있었는데 100일째에 재어본 마지막 몸무게는 정확히 52킬로그램이었다. 이렇게 해서 10킬로그램 감량에 성공한 것이다.

살이 빠져서 좋은 것은 아무 옷이나 입어도 예쁘다는 것이다. 청바지에 스웨터 하나만 걸쳐도 예전과는 달리 맵시가 살아났다. 진정한 패션은 옷이 아니라 몸매라는 진리를 몸소 확인하는 순간이었다.

무엇보다 과학고 시절에는 집에 올 때마다 씨암탉이 왔다며 구박하던 아빠가 이제는 내 모습을 볼 때마다 흐뭇해하셨다. 그러나 172센티미터의 큰 키에 52킬로그램의 몸무게는 정상이 아니었다. 나는 예전보다 체력이 저하된 것을 느낄 수 있었다. 쉽게 지치고 기운이 없었다. 털털하던 성격도 예민해지는 듯했다. 미스코리아 출전 당시에는 50킬로그램까지 줄어들 정도로 몸과 마음이 예민해졌다.

결국 대회가 끝난 후부터 다시 먹기 시작해서 55킬로그램 정도를 유지했다. 미스 유니버스 대회도 그 정도 몸무게로 치렀다. 파나마에서의 보름 동안 날마다 이국적인 야채와 푸짐한 과일이 한상 가득 차려진 바비큐 뷔페 파티가 벌어지니 식욕이 솟구치지 않을 수 없었다. 게다가 서양 아이들은 살이 찌건 말건 아랑곳하지 않고 실컷 먹자는 분위기였다. 결국 나도 휩쓸려서 실컷 먹었는데, 결과적으로 나는 피해를 봤다. 서양 아이들은 이상하게도 아무리 먹어도 배가 나오는 일이 없었다. 살이 쪄도 엉덩이와 가슴에만 붙는 것 같았다. 하지만 나는 먹으면 배만 볼록 나왔다. 그래서 빈약한 가슴이 돋보이는 악순환을 연출했다.

대구로 돌아왔을 때 나의 몸무게는 57킬로그램. 그러나 그때는 이미 공부할 생각을 하고 있었기에 몸무게는 내 관심사가 아니었다. 오히려 몸이 좀 불어나니 체력도 좋아져서 한결 살 것 같았다. 내 생각에는 55킬로그램 정도가 남이 보기에도 좋고 내가 감당하기에도 부담스럽지 않은 적정 몸무게가 아닐까 싶다.

지금은 58킬로그램. 하버드가 남겨준 영광의 무게다. 서두르지 말고 조금씩, 천천히 뺄 생각이다.

More than you think...

그것은 마치 보물찾기 게임과도 같았다. 파나마를 떠나는 비행기 안에서, 나는 보물을 많이 발견한 실버 선장처럼 마음이 벅차오르고 있었다.

2003 파나마 쇼크

국제 미인대회는 대회이기에 앞서 세계 각국의 젊은 여성들이 모여서 사귀는 우정의 무대다. 보통 75~80여 개국이 참가하는데, 2003년 유니버스 대회의 경우 다소 적은 72개국이 참가했다. 스물이 갓 넘은 72명의 젊은 여성들이 한자리에 모였을 때 어떤 일이 벌어질까? 우정도 꽃피지만 경쟁에서 오는 질투, 시샘, 그리고 성격과 문화의 차이에서 오는 그룹화와 끼리끼리 분위기, 그리고 소위 왕따도 있을 것이다.

선배들의 경험담을 들어보면 꼭 한두 명은 왕따를 당한다는 유니버스 대회. 그 해의 왕따는 단연 미스 도미니카공화국의 아멜리아였다.

미스 도미니카공화국이 걸어갈 때면 뒤에서 다른 여자들이 그녀의 걸음걸이를 흉내내며 폭소를 터뜨리곤 했다. 걸음걸이가 이만저만 오만해 보이는 것이 아니었기 때문이다. 180센티미터가 넘는 큰 키, 위로 쳐든 턱, 아래로 살짝 내리깐 눈, 엉덩이를 큰 폭으로 흔들며 무대 위에서나 멋있어 보일 워킹으로 흐느적 흐느적 '오버'하며 걷는다. 인사를 해도 그녀는 고개만 까딱하면 그만이다.

사실 그녀는 후보들 중에서 미모가 단연 돋보였다. 하지만 지나친 자아도취와 거만함이 그녀의 미모에 흠집을 냈다. 오히려 가만히 있으면 다른 친구들도 인정해줄 텐데.

"쟤는 왜 저렇게 거만해?"

미스 도미니카공화국이 지나가기만 하면 그곳에 모인 여자들이 수군거렸다. 나 역시 그게 의문이었다. 원래 성격이야 어떻든 간에 한 나라의 대표 미인으로 왔다면 자기 나라의 이미지에 책임을 져야 하지 않을까? 결국 도미니카공화국에 대한 편견만 잔뜩 생겼다. 그 나라 국민들이 다 저렇게 성격이 못된 것은 아닐 텐데, 그녀 하나로 인해서 그런 편견이 생기는 것이다.

반면에 미스 앤티가 바부다인 카이는 훤칠한 외모만큼이나 매력적인 성격으로 모든 사람들을 사로잡았다. 내숭이라고는 전혀 없어서 먹는 것 앞에서는 아이처럼 좋아하고, 특히 어딘가로 사라졌다 싶으면 커피머신 앞에 코를 박고 있을 정도로 커피를 좋아했다. 누구를 만나도 반갑게 인사하는 그녀. 잘 알려지지 않은 자신의 조국에 대해 열띠게 자랑을 하면서 순박한 웃음을 쏟아내는 그녀의 따뜻함에 다들 매료되었다. 나는 당연히 미스 우정상을 뽑을 때 그녀에게 한 표를 던졌다.

드디어 결전의 날. 준결승 15명에 도미니카공화국의 이름이 불렸다. 그러나 다들 손으로는 박수를 치고 있었지만 표정은 떨떠름했다.

마지막 파이널 무대에 올라간 5명의 미인은 미스 베네수엘라, 미스 일본, 미스 남아프리카공화국, 미스 세르비아 몬테네그로, 그리고 미스 도미니카공화국이었다.

인터뷰를 하는데 다들 떨려서인지 대답을 제대로 못하는 분위기였다. 그러나 아멜리아는 가수라는 직업답게 무대 위에서 더욱 여유를 부렸다. 그녀가 완벽하게 질문에 대답하는 순간, 아무래도 미스 유니버스의 왕관이 그녀에게 돌아갈 것만 같은 불길한 예감에 휩싸였다.

"Shit! She made it."

"Oh my gosh!"

여기저기서 이런 감탄사가 튀어나왔다. 미모와 지성과 끼는 뛰어났을지 몰라도, 다들 그녀의 인격을 인정할 수 없었기 때문이다.

결국 아멜리아가 그해의 미스 유니버스가 되었다. 무대 위에서는 그녀가 눈물을 글썽이며 좋아하고 있었지만, 우리들은 뒤에서 뭔가를 잘못 씹은 표정으로 서 있었다. 몇몇 후보들은 뒤를 돌아보며 노골적으로 인상을 찌푸릴 정도였다. 나중에 당선자들에게 축하의 포옹을 할 때에도 몇 명을 제외하고 거의 모든 후보들이 아멜리아 근처에는 가지도 않고 2위를 한 베네수엘라 대표 메리엔젤에게만 축하를 했다.

그나마 다행인 것은 미스 앤티가 바부다가 우정상을 탄 것. 역시 나만 그녀를 찍은 게 아니었던 것이다.

아마도 아멜리아의 당선으로 도미니카공화국은 축제 분위기가 되었을 것이다. 그 나라 역사상 첫 1위였기 때문이다. 그러나 밖으로는 성공이었을지 몰라도 우리 안에서는 실패였다. 도미니카공화국이라는 나라에 대해 결코 좋은 인상을 받을 수 없었으니까.

이 외에도 나에겐 속상한 일이 하나 더 있었다. 다름 아닌 미스 일본이 파이널 5위까지 올라갔다는 사실. 내가 15위 안에라도 들기를 얼마나 간절히 원했던가. 분명히 아시아 국가 중 하나 정도는 15위 안에 들

내 오른쪽의 미스 도미니카공화국 아멜리아는
2003 미스 유니버스가 되었다. (왼쪽 위)

밝고 상냥하고 따뜻한 마음씨로 참가자들을
사로잡았던 미스 앤티가 바부다
카이와 함께. (오른쪽 위)

멀리 파나마까지 응원해주러 오신 부모님과
함께. 공식행사 때는 현지의 메이크업
아티스트가 화장을 해주었는데, 동양인인
내 얼굴에 잘 맞지 않아 조금 사나워 보인다.
그래서 비공식 행사 때는 위의 사진과 같이
내가 직접 화장을 했다. (왼쪽 아래)

것이었다. 일본일까, 중국일까, 한국일까? 현지 신문에서는 내가 유력하다고 보도하고 있었고 한복풍의 드레스도 반응이 좋았다. 나는 조심스럽게 희망을 품었다. 그러나 결과는 역시 일본.

일본이 될 수밖에 없는 이유가 있었다. 미스 유니버스 대회는 일본에게 있어서 국가적인 프로젝트였다. 프랑스 유학파인 아트 디렉터가 메이크업아티스트·헤어아티스트·디자이너 등을 대동하고 미스 일본의 일거수 일투족을 감독했다. 무대 위에서의 워킹, 표정, 손동작, 심지어 웃어야 할 타이밍까지 지시했다. 전문가들이 총동원되어 꾸민 무대인 만큼, 미스 일본이 등장하면 뭔가가 달랐다. 한편의 기승전결의 쇼를 보는 듯한 완벽한 맞물림.

특히 민속의상을 다투는 무대에서 미스 일본은 단연 돋보였다. 기존의 상투적인 기모노와 종종걸음에서 탈피하여, 사무라이 복장에 머리를 양 갈래로 묶고 위로는 상투를 틀고, 어깨에 문신을 드러내는 파격적인 모습으로 등장했다. 시퍼런 사무라이의 검을 들고 단칼에 베어 버릴 듯한 사나운 표정. 카리스마와 섹시함, 그리고 공포 분위기가 결합된 최고의 무대였다.

그에 반해 다음에 등장한 나의 무대는 그저 여성스럽고 얌전한 분위기로 일관했다. 김희수 선생님의 한복은 너무나 아름다웠지만, 내가 할 수 있는 것이란 사뿐사뿐 걷다가 그저 치마폭을 들어올려 치마에 수놓인 몇 마리의 학을 보여주는 것뿐이었다. 아무리 아이디어를 쥐어짜도 내 머리에서 나올 수 있는 건 그것밖에 없었다.

원망도 많이 했다. 이렇게 중요한 국제대회에 어떻게 아무런 준비 없이 달랑 후보 혼자만 보낼 수 있단 말인가? 나는 제대로 메이크업을 할 줄도 몰랐고 워킹도 부족했다. 어떻게 나를 표현해야 할지 전혀 감을 잡을 수가 없었다. 현지에 메이크업아티스트가 있다고 해서 그것만 믿고 왔는데, 평면적인 내 얼굴에 남미식의 입체화장을 해주니 오히려 얼굴만 붕 뜬 것처럼 이상해 보였다.

미스코리아 대회 때에는 걷는 법, 인사하는 법, 말하는 법이 똑같아서 자기표현에 대해서는 그다지 고민할 필요가 없었다. 그러나 미스 유니버스 대회는 규칙이 없다. 제각각 제멋대로 마음껏 자신을 표현하라고 하니 더 난감했다. 서양 아이들은 이런 식의 자기표현에 익숙한 듯 스스로 즐기면서 자연스럽게 해내는 것 같았다. 하지만 나의 경우엔 몸이 빳빳하게 경직되어 무대에만 올라가면 팔다리가 너무나 거추장스러웠다. 미스 일본처럼 전문가가 한 사람만이라도 함께 있으면서 나를 도와주었다면 얼마나 좋았을까?

해가 갈수록 국제 미인대회에 대한 우리의 관심은 줄어들고 있다. 공중파 TV 중계가 사라져서 대회를 했는지 안 했는지조차 모르고 넘어간다. 사회적인 안티 분위기 때문인지 예전처럼 대회를 유치하자는 의욕도 사라졌고 후원도 줄었다. 참가자의 입장에서 보면 상황이 더욱 열악해진 셈이다.

과연 국제 미인대회가 이렇게 안이하게 치러도 되는 대회일까? 참가하는 데 의의를 두는 정도로 만족하고 넘어가면 되는 것일까?

아니다. 적어도 내가 현장에서 본 바로는 이 역시 올림픽에 버금가는 세계대회였다. 금메달 수가 나라의 힘이 되듯이 미스 유니버스 타이틀도 힘이 된다.

어린 시절, 생판 모르는 나라의 이름들을 나는 미스 유니버스, 미스 월드 대회를 통해 배웠다. 미인대회가 아니었다면 아루바나 쿠라카오 같은 작은 나라들의 이름을 어떻게 접할 수 있었을까? 그때 보았던 미스 그리스의 모습이 너무나 아름다워서 사회과부도를 들춰보며 그리스의 위치를 확인했던 기억이 있다.

사회주의 국가인 중국도 미인대회의 중요성을 인식하고 몇 년 전부터 국제 미인대회 출전 및 유치에 열의를 보이고 있다. 나와 함께 참가했던 웨이는 중국에서 2002년에 이은 두 번째 미스 유니버스 참가자였다. 단아한 얼굴에 큼직한 미소가 돋보였던 웨이는 나에게 살짝 "올해 미스 월드 대회는 중국에서 유치할 거야!"라며 자랑스럽게 귀띔해주었다. 몇 달 후 내가 SAT 공부로 정신이 없을 때 정말로 미스 월드 대회가 중국에서 열리고 있다는 신문기사를 읽었고 미스 중국이 3위에 입상했다는 소식을 들었다.

만약 내가 미스 유니버스로 뽑혔다면 어떤 일이 일어났을까? 미스 유니버스를 관리하는 나라는 미국이다. '미스 유니버스 기구'라는 단체가 매년 미스 USA와 미스 틴 USA, 그리고 미스 유니버스 대회를 연다. 이 기구는 비영리자선단체이면서 트럼프재단, NBC 방송국 등과 파트너십을 맺고 있다. 매년 뽑히는 이 세 미인의 스케줄은 이 세 단체가 관리한다. 일단은 유니버스 기구가 가장 관심을 쏟고 있는 각종 AIDS 자선행사에 참가해야 한다. 하지만 그 외에도 당선자 개인의 성향에 맞게 새로운 분야에도 관심을 기울인다.

아멜리아의 경우 청소년 교육과 굶는 어린이 급식지원에 열의를 보이는 것 같았다. 뽑힐 때는 동의할 수 없었지만, 지난 1년 동안 그녀의 활동을 보니 역시 심사위원들 눈이 정확했다는 생각이 든다. 아멜리아는 아름다운 외모는 물론이고 모든 행사를 세련되게 소화하는 국제적인 매너까지 골고루 갖춘 미인이었다. 팔은 안으로 굽는다고, 남미 출신답게 역시 남미 국가에 대한 애정이 남다른 것 같았다.

만약 내가 미스 유니버스라면 어떤 목소리를 보탤 수 있을까? 아마도 나는 불치병 및 난치병 환자 돕기, 연구 지원, 그리고 북한의 어린이 기아 돕기 등에 앞장설 수 있을 것이다. 인터뷰를 통해 미국인 열 명 중 한 명도 제대로 알지 못한다는 미신이 효순이 얘기도 할 수 있었을 것이다.

우리 기업들도 생각의 폭을 좀 더 넓혔으면 좋겠다. 미스 유니버스 대회는 아카데미 시상식, 슈퍼볼게임과 더불어 시청률이 가장 높은 3대 특집 생방송으로 손꼽힌다. 2003년에 도요타가 미스 유니버스 대회를 후원한 이유는 뭘까? 매년 진주로 유명한 미키모토와 패션기업인 타다시가 후원기업으로 나서는 이유는 뭘까? 미국 전역에 생방송되고 이후로도 두고두고 여러 나라에서 재방영되는 이 대회의 광고 효과를 너무나 잘 알고 있기 때문이다. 게다가 일본 기업이 후원을 하는데 미스 일본이 높은 성적을 올린다면, 광고효과는 더욱 커질 것이다.

파나마에서 열린 2003 미스 유니버스 대회를 치르고 나서, 나는 이리저리 충격을 받아 한동안 멍한 상태가 되었다. 내게 남은 것은 세계무대라는 높은 장벽과 나 자신의 한계에 대한 깨달음이었다. 나는 의욕만 컸을 뿐 준비가 덜 된 미스코리아였다. 그 준비는 나 혼자 하는 것이 아니라 국가와 기업과 조직이 함께 힘을 모아 해야 할 일이었다. 나는 내 힘을 기르기 위해 새로운 길을 떠나기로 결심했다. 어쩌면 늘 조금씩 부족하고 힘들었던 것이 나를 움직이게 하는 원동력이었는지도 모른다.

안티 미스코리아와 미스코리아는 친구가 될 수 있다

파나마에서의 미스 유니버스 대회 기간 중 하루는 모든 미녀들이 자동차에 올라 카퍼레이드를 펼쳤다. 파나마시티 시내 중심부 약 10킬로미터 구간을 서행하는 것이었는데, 인파가 얼마나 많이 쏟아져나오는지 나는 깜짝 놀랐다. 파나마는 군사독재를 겪었던 나라이고 아직도 민주화가 진행중인 나라여서 어느 정도 경직된 분위기가 남아 있을 줄 알았는데 그게 아니었다. 너무 자연스럽게 미녀들의 퍼레이드를 즐겼다. 아이들에서부터 젊은 남녀, 중년의 아줌마 아저씨들, 노인들까지 환호하고 악수를 청하는가 하면, 사진을 찍으며 자기들끼리 어울려 춤도 췄다.

나 역시 분위기에 흠뻑 취해 웃고 즐겼지만, 한편으로는 만약 이런 퍼레이드가 한국에서 열린다면 어땠을까 하는 생각에 씁쓸해지지 않을 수 없었다. 사람들이 이만큼 순수하게 받아줄 수 있을지 자신이 없었기 때문이다. 아마도 성의 상품화라는 비난이 있을 테고, 한쪽에서는 당장 퍼레이드를 중단하라는 시위도 있을 것 같았다.

밖에서 본 미인대회는 그야말로 함께 즐기는 축제였다. 거기에는 어떤 이데올로기도 개입되지 않았다. 그저 "자, 여기 이렇게 세계 최고의 미녀들이 모였으니 이 축제를 즐깁시다!" 정도였다.

그런데 우리의 미스코리아 대회는 유독 무겁다. 그저 미인대회일 뿐인데, 여성의 비하와 성의 상품화, 외모지상주의 조장이라는 비난의 짐을 모두 짊어지고 비틀거리며 가고 있다.

미스코리아 대회 주최측은 올해부터 수영복 공개심사를 폐지한다는 결정을 내렸다. 이에 대해 안티 미스코리아 측은 "6년 동안의 안티운동이 이룬 쾌거!"라며 좋아했다고 한다. 하지만 나는 미스코리아가 너무 여론의 눈치를 본 나머지 중심을 잃고 있는 것이 아닌가 걱정된다.

미스코리아는 누가 뭐래도 미모와 지성을 함께 겨루는 대회다. 안티

측의 항의가 아무리 거세다 해도 미모를 선발의 기준에서 뺄 수는 없다. 수영복 심사는 어느 국제 미인대회에서도 반드시 이루어지는 것이고 미를 판단하는 중요한 심사기준 중 하나다. 수영복 심사 없이 뽑힌 미스코리아가 유니버스나 월드 대회에서 좋은 성적을 내리라고 기대할 수 있을까? 미스코리아가 안티 미스코리아의 의견에 귀를 기울이고 대안을 모색하려는 것은 좋지만, 수영복 공개심사 폐지는 마치 자전거의 두 바퀴 중 하나를 떼어내버린 것처럼 아슬아슬한 느낌을 준다. 한 바퀴뿐인 자전거가 어떻게 될지는 너무나 뻔하다.

나는 우리 사회의 다양한 안티문화에 호감을 갖고 있다. 안티문화가 활발하다는 것은 그만큼 사회가 성숙하고 민주화되었다는 의미다. 정(正)이 있으면 반(反)이 있는 것처럼, 미스코리아가 있으면 안티 미스코리아가 있는 건 당연하다. 다만, 안타까운 것은 둘 사이에 아무런 합(合)이 없다는 것이다.

안티가 미스코리아의 잘못된 점을 지적해주는 건 무척 고마운 일이다. 특히 미스코리아가 연예인 양성소란 비난은 우리로서도 뜨끔하다. 사실 아직까지 미스코리아의 진정한 상이 만들어지지 않았기 때문이다. 미스코리아의 취지는 미의 사절이라는 말 그대로 미를 통한 외교, 홍보, 자선활동 등에 있는데, 정작 이런 취지에 맞는 프로그램은 미흡한 실정이다. 초반에는 몇 가지 자선행사에 참여하지만 일회성 구색 맞추기일 뿐이고, 그 뒤에는 그저 방치한다. 끼가 있는 사람은 연예계로 진출하지만, 그렇지 않은 경우에는 서서히 잊혀지게 된다. 실제로는 후자의 경우가 훨씬 많지만 우리에게 알려지는 건 전자뿐이라서 마치 미스코리아가 연예계 진출이 목적이고 그게 전부인 것처럼 인식되는 것이다.

미스 유니버스 대회를 통해 알게 된 사실은, 다른 나라들은 국가대표 미인을 뽑아두면 절대로 가만 놔두는 법이 없다는 것이다. 미스 USA의 경우, 뽑히는 순간부터 1년 스케줄이 모두 잡힌다. AIDS 관련 행사에 빠짐없이 얼굴을 내밀어야 하고, 고등학교를 돌아다니면서 연설도 자주 한다. 그리고 각종 자선 패션쇼, 디너쇼로 여행스케줄이 빡빡하다. 2003년 유니버스 대회 참가자였던 미스 USA 수지는 자신을 '즐거운 계약 노동자'라고 소개했다. 개인시간을 전혀 못 낼 정도로 해야 할 임무가 많지만 그래도 의미 있는 일을 하기 때문에 행복하다고 말했다.

또 한 가지 안티의 의견에 동의하는 것은 미스코리아 대회가 거짓 쇼라는 지적이다. 안티 미스코리아 대회의 사진을 볼 기회가 있었는데 참가자들은 우리 주변에서 흔히 볼 수 있는 아가씨들과 아줌마들이었다. 몸매도 제각각, 입은 옷도 제각각이었다. '내 모습 그대로 와서 즐겁게 놀다 가는 대회'라는 안티 대회의 취지에 부합했다. 이에 반해 미스코리아 대회는 잔뜩 부풀린 머리, 마네킹 같은 워킹, 똑같은 플라스틱 스마일 등, 확실히 박제된 듯한 부자연스러움이 있다. 참가자들이 직접 즐기기보다는 보여주기 위한 쇼에 초점이 맞춰져 있기 때문이다. 미스 유니버스 대회에 참가하면서 내가 가장 힘들었던 것도 바로 이것이다. 어떻게 보여야 할지 앞에서 지시를 하면 따라할 수 있을 것 같은데, 멍석을 깔아주면서 나더러 알아서 즐기라고 하니, 나는 보여주지도 못하고 즐기지도 못했다. 미스코리아 대회가 획일화된 형식에서 탈피하여 좀 더 참가자 개개인의 다양성을 끌어안을 수 있었으면 좋겠다. 그래서 "자, 보세요. 우리도 이렇게 즐겁게 놀다 갑니다!"라고 말한다면 안티로서도 할 말이 없을 것이다.

그러나 나는 안티가 말하는 미스코리아 원죄설에 대해서는 동의하지 않는다. 미스코리아가 심한 다이어트, 외모 콤플렉스, 성형수술을 양산한다고 하는데, 과연 이것이 미스코리아만의 탓일까? 이것은 마치 케네디의 암살범 방에서 〈호밀밭의 파수꾼〉이 나왔다고 해서 이것을 위험소설로 분류하는 것처럼 터무니없다.

우리 시대의 외모 지상주의는 미스코리아 단 하나에서 출발한 것이 아니다. 하나의 사회적 현상이 나타나기까지에는 그 시대의 정치·경제·문화 트렌드가 골고루 작용한 것이라고 생각한다. 미스코리아 대회가 폐지된다고 성형수술이 사라질까? 아니, 성형수술이 크게 잘못됐다고 말하는 이유는 또 뭘까? 외모 콤플렉스에 시달리던 사람이 성형수술로 자신감을 얻을 수 있다면 그것 역시 자기계발이고 행복을 찾아가는 한 방법이 아닐까? 성형수술을 한 사람을 마치 도덕적으로 큰 문제가 있는 죄인인 양 다루는 분위기에는 분명 문제가 있다.

나는 안티 미스코리아가 우리를 따끔하게 질책하되 좀 더 넓은 시각에서 보아주었으면 한다. 미스코리아 대회는 '34·24·34'의 늘씬한 몸매만 최고라고 말하려는 것도 아니고 예뻐지라고 강요하려는 것도 아니다. 축제는 축제로서 즐기면 된다. 그리고 미스코리아가 그 타이틀의 힘을 보다 의미 있는 곳에 쓸 수 있도록 함께 아이디어를 짜냈으면 한다. 진정한 안티는 미스코리아의 존재 자체를 부정하는 것이 아니라 올바른 방향으로 나아갈 수 있도록 대안을 제시하는 것이라고 생각한다. 두 평행선이 약간만 각도를 조절하면 언젠가는 한 점에서 만나듯이, 안티 미스코리아와 미스코리아가 합의점을 찾을 때 우리는 친구가 될 수 있지 않을까?

N. doubt

나는 나를 믿었다. 그리고 나를 믿어주는 사람들을 믿었다.
티끌만큼의 의심도 없이, 나는 내가 믿는 사람들을 따라갔다.

너희가 내 체력을 아느냐?

  매년 체력장이 열릴 때마다 아이들이 가장 싫어하는 종목은 아마도 마지막에 하는 800미터 오래달리기가 아닐까 싶다.

  그러나 나의 경우는 조금 달랐다. 나는 오히려 단시간에 끝내는 100미터달리기보다 오래달리기가 더 좋았다. 달리는 동안은 창자가 꼬이는 듯한 고통도 있고 숨이 턱까지 차올라 곧 죽을 것 같지만, 일단 완주를 하고 나면 가빴던 숨이 조금씩 가라앉으면서 드디어 해냈다는 희열과 쾌감이 느껴지기 때문이다.

  처음 체력장을 하게 된 날, 워낙 욕심이 많은 나에게 대충하는 것은 용납되지 않았다. 나는 좋은 기록을 세우고 싶어서 체육 선생님인 아빠에게 조언을 구했다. 100미터달리기·공던지기·오래매달리기·멀리뛰기·윗몸일으키기 등은 이미 수준급이었다. 그러나 오래달리기는

감이 잡히지 않았다. 아빠의 설명은 이러했다.

"오래달리기는 속도싸움이 아니라 체력싸움이다. 처음부터 체력을 다 소모하지 말고 은근히 시작해서 계속 속도를 유지하다가 마지막에 끗발을 올려라."

아빠 말씀은 정확했다. 나는 첫 오래달리기에서 여자 최고 기록을 세웠다. 처음에 내 앞에 여러 명이 빠른 속도로 뛰고 있을 때에는 이러다가 1등을 못하면 어떡하나 걱정을 했지만, 400미터 지점을 지나면서부터 나는 원래 속도로 뛰는데도 아이들이 뒤처지기 시작했다. 그리고 마지막 터닝을 할 때 내 앞에는 단 한 사람밖에 남아 있지 않았다. 그 아이는 지쳐서 숨을 할딱거리고 있었지만, 나는 토해낼 마지막 힘이 아직 남아 있었다. 휙 하고 달려서 그 친구마저 따라잡고 골인 지점을 넘었다. 숨을 고르고 있는데 선생님께서 "나나야, 한 바퀴 덜 돈 거 아니야?" 하셨다. 나는 분명히 네 바퀴를 다 돌았는데…. 알고 보니, 내가 마지막에 따라잡은 친구는 선두가 아니라 한 바퀴 뒤처져서 뛰고 있던 꼴찌였던 것이다.

살면서 아빠의 오래달리기 법칙이 꼭 오래달리기에만 국한된 것이 아니라는 걸 알게 되었다. 공부도 마찬가지였다. 처음부터 저돌적으로 앞질러가는 아이들이 있는데 몇 개월이면 흥미를 잃어버리고 추락하기 시작했다. 초등학교 때 엄마 등쌀에 한글이며 덧셈·뺄셈까지 배워서 입학한 친구들은 처음에는 출중하지만 금세 다른 아이와 비슷해지고 나중에는 오히려 공부에 흥미를 잃어버려 성적이 떨어지는 것을 보았다.

반면 잘 먹고 잘 뛰어노는 아이들이 후반에 가서 공부도 잘하는 모습을 볼 수 있었다. 친구들과 놀면서 사회성도 기르고 체력도 다지고 모르는 것을 하나하나 배워나가는 재미에 푹 빠져서 학교를 좋아하게 되기 때문이다. 이처럼 초등학교 때 다지는 체력, 친구들과의 관계, 학교에 대한 호감 등이 공부의 튼튼한 기초공사가 되는 것이다.

하루이틀 하고 그만둘 것도 아닌데, 10년이고 20년이고 열심히 공부하려면 기초공사가 튼튼해야 하지 않겠는가. 결국 공부도 오래달리기와 마찬가지로 체력싸움이다.

나의 체력은 우리 금씨 집안에서 모르는 사람이 없을 만큼 유명하다. 어릴 적 나와 놀던 사촌언니의 코에서는 반드시 코피가 터지고야 말았다. 밤 11~12시까지 지치지 않고 놀아대는 나의 체력을 언니가 당해내지 못했던 것이다.

놀이공원에 다녀온 날은 아이들이 차 안에서 모든 곯아떨어지지만, 나 혼자 기운이 남아서 동물원에 들렀다 가자며 떼를 쓰기도 했다. 계곡에 가면 가장 먼저 물에 뛰어들었다가 가장 마지막에 나오는 아이가 나였다. 하루 종일 물장구치고 물고기 잡으며 놀다가 먼 길을 걸어 집에 돌아와도 자고 일어나면 또 신나게 밖으로 달려나가는 아이가 바로 나였다.

나의 이런 체력은 공부를 하면서 더욱 빛이 났다. 중고등학교의 시험기간은 보통 4~5일간 계속된다. 체력이 부족한 아이들은 하루이틀 벼락치기로 밤샘공부를 하며 버티다가 3일째 되는 날부터 백기를 들었다. 하지만 나의 경우는 5일 내내 3시간씩 잠을 자며 강행군을 해도 끄떡없었다. 내 체력의 원천은 무엇보다 아버지로부터 물려받은 튼튼한 신체 덕분이고, 또 하나는 왕성한 식욕 덕분이다.

나는 잘 먹는 아이였다. 혐오음식만 아니라면 뭐든지 가리지 않고 맛있게 먹었다. 지금도 나는 먹는 것으로 스트레스를 훌훌 털어버리고 그것으로 동시에 에너지를 충전한다. 여기에다 운동을 통해 체력을 더욱 보강했다.

운동을 하며 알게 된 것은, 더 이상 하지 못할 정도로 숨이 차오를 때, 거기서 멈추면 체력은 제자리걸음이라는 것이다. 육체적으로는 엄청 고통스럽지만 바로 한계점을 뛰어넘는 순간 체력이 급상승한다. 또한 한계점을 넘은 후 발끝에서 머리끝까지 순식간에 전달되는 짜릿한 느낌은 말로 형용할 수 없다. 이제까지의 모든 고통이 한꺼번에 사라지면서 갑자기 하늘을 나는 듯이 몸이 가벼워진다.

그래서 운동은 꾸준히 하는 것도 중요하지만 시기마다 목표량을 늘리는 것도 중요하다. 러닝머신의 경우, 나는 20분에서 시작해서 하루에 1분씩 늘려 100일 만에 2시간을 뛰게 되었다. 그때 다이어트 때문에 잘 못 먹어서 체력이 상승했다는 느낌을 그다지 받지는 못했지만, 다시 먹기 시작했을 때 오히려 전보다 체력이 더 향상되었다는 걸 알 수 있었다.

체력은 나를 하버드로 보낸 일등공신이다. 그러나 문제는 지금부터다. 내가 하버드에서 생존하려면 미국 아이들이 5시간 공부할 때 나는 10시간 공부할 수 있는 체력이 있어야 한다. 특히 외과는 체력의 한계에 도전하는 학문이라는 말을 수도 없이 들었다. 보통 2~3시간, 어려운 수술의 경우 10시간 이상을 꼬박 매달려야 하니 보통 체력으로는 불가능하다. 여자 외과의사가 드문 이유도 남자들과의 체력경쟁에서 지기 때문이라고 한다.

하지만 나는 다른 건 몰라도 체력에서만큼은 지지 않을 자신이 있다. 아빠가 어릴 적 가르쳐주신 '은근하게, 꾸준히 하다가 마지막에 파워풀한 체력으로 밀어붙이라'는 오래달리기 전략은 나의 하버드 생존 전략이 될 것이다.

잊지 못할 선생님들

중학교 시절, 국어 선생님은 연세가 지긋하신 전선구 선생님이셨다. 다른 아이들은 젊은 국어 선생님을 3학년 언니들에게 빼앗겼다며 불만을 터뜨렸지만, 나는 전 선생님이 좋았다. 엄한 듯 날카로운 눈빛과 주위를 조용하게 만드는 카리스마. 언뜻 보면 접근하기 힘든 차가운 분인 듯하지만, 수업시간에 보여주시는 모습은 열정 그 자체였다. 마치 땀에 흠뻑 젖은 채 혼을 다해 두 팔을 흔드는 오케스트라의 지휘자처럼!

전 선생님이 시나 소설을 해설해주실 때면 나는 그 시간이 공부시간이라는 것도 잊을 만큼 감동에 젖어들었다. 문학 책, 특히 시집 읽기를 좋아하지 않던 내가 천상병 시인과 윤동주 시인의 시집을 읽을 수 있었던 것도 선생님 덕분이다.

수학·과학·영어는 공부하기에 별 어려움이 없었지만 국어만큼은 어려운 부분이 많았다. 그래서 선생님을 자주 찾아가서 국어를 잘하는 방법에 대해 조언을 구하거나 모르는 문제를 물어보기도 했다. 이런 내가 기특했는지 선생님은 나를 열심히 지도해주셨고, 그 덕분에 논술 경시대회에도 나가게 되었다. 일주일 동안 준비를 하면서 선생님이 내주신 주제에 대해 날마다 글을 써갔다. 그때마다 선생님은 빨간 펜으로 꼼꼼하게 문장을 고쳐주고 더불어 논리적인 사고방법까지 가르쳐주셨다. 책읽기 싫어하고 글쓰기도 싫어하는 내가 그래도 내 생각을 글이나 말로 분명히 표현할 수 있게 된 데에는 선생님의 도움이 컸다. 결국 나는 경시대회에서 1등상을 받아 그 영광을 선생님께 바칠 수 있었다. 어느덧 나는 학교에서 전 선생님의 수양딸로 불릴 정도로 선생님과 친해졌다.

과학고등학교로 진학한 후에도 나는 선생님과 편지를 주고받았다. 한번은 선생님께 새로운 학교생활이 너무 힘들다는 투정이 담긴 편지를 보냈더니 답장을 보내오셨다. 뜻밖에도 그것은 좌절하지 말고 힘을 내라는 응원의 글을 시조 운율에 맞춰 쓰신 편지였다.

객지의 학교생활 어려움이 없느냐.
지난해 공부하던 너의 모습이
오늘도 눈에 생생 보이는 듯 떠오르고
마음도 예쁘지만 바르고 착하였다.
(중략)
고향의 부모님 안부도 잘 듣느냐.
때때로 편지 올려 자식 도리 잘 하여라.
나중에 효도한단 말 지나보면 부질없다.
학문도 중하지만 사람됨이 더 중하다.
친구도 잘 사귀고 모범되고 친절해라.
작은 것 용감히 버려 큰 것을 얻어봐라.

힘든 학교생활중에 그 편지를 읽으니 크게 위안이 되면서 콧날이 시큰해졌다. 한 줄 한 줄에 배어 있는 선생님의 애정을 느낄 수 있었기 때문이다.

초등학교 때부터 고등학교에 이르기까지, 내 곁에는 늘 내가 좋아하고 존경하는 선생님들, 나를 채찍질하고 아껴주는 선생님들이 계셨다. 부모님 외에 내 인생에 가장 큰 영향을 끼친 인물을 꼽으라면 당연히 선생님들이다. 그 긴 학창시절 동안 선생님들은 나의 우상이었고, 친구이자 부모님이었다.

전선구 선생님 외에도 초등학교 1학년 담임이셨던 최상호 선생님, 4학년 담임이셨던 윤명희 선생님, 6학년 담임이셨던 권태숙 선생님을 잊을 수가 없다.

1학년의 어느 날 수업시간에 쌍잠자리 한 쌍이 교실로 날아들어왔다. 반 아이들이 두 눈을 동그랗게 뜨며 "선생님! 잠자리 두 마리가 붙어 있어요!" 하고 외치자, 선생님은 "아, 잠자리가 신혼여행을 떠나네요" 하셨다.

나는 이 말이 정말이라고 믿고 마치 이 세상에서 나 혼자만 아는 비밀인 듯 뿌듯한 마음으로 엄마에게 자랑을 하고 그날 일기장에도 썼다. 엄마는 선생님의 표현이 아주 재미있다며 "선생님이 시인이시구나!" 하셨다. 몇 년 후, 최상호 선생님은 동화작가로 데뷔하셨다.

윤명희 선생님은 큰 키에 머리를 길게 기른 예쁜 분이셨다. 선생님은 유독 4학년 담임을 많이 맡아서 4학년에 대해서는 모르는 게 없다며 "선생님은 4학년 박사예요. 뭐든지 물어보세요" 하셨다. 그래서 나는 선생님을 "박사님"이라고 부르며 하루에도 서너 번씩 질문을 했다. 그 중에는 "선생님, 달은 왜 나를 쫓아오나요?", "아이스크림은 왜 냉동실에 넣어도 얼음처럼 딱딱해지지 않나요?" 같은 엉뚱한 질문도 많았다. 그때마다 선생님은 막힘없이 대답을 해주셨다.

"달은 나나뿐만 아니라 모든 사람을 쫓아다닌단다. 그건 달이 워낙 크고 멀리 있기 때문이지."

"아이스크림이 얼지 않는 건 그 안에 유지방이라는 부드러운 크림 성분이 들어 있기 때문이란다. 또 혼합된 재료 사이사이에 공기가 잔뜩 들어 있어서 얼음이 되는 걸 막아주지."

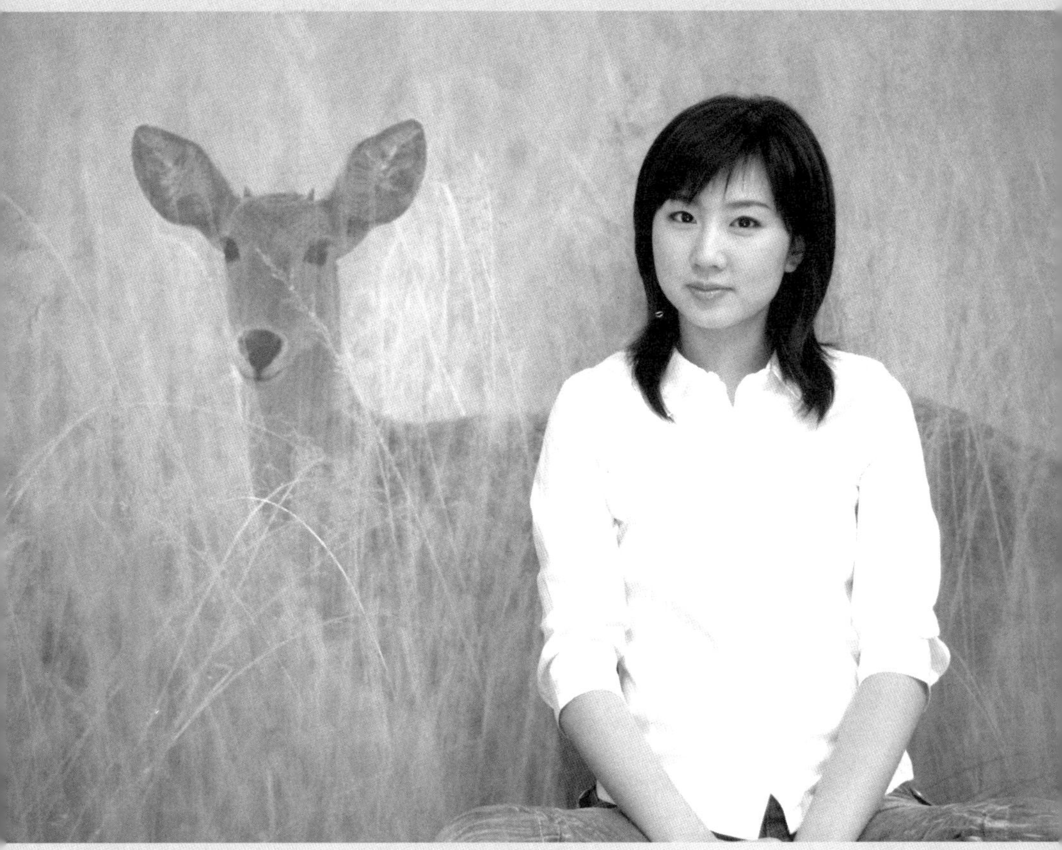

나는 그밖에도 많은 질문을 했다. "선생님, 포도주스는 어떻게 만드는지 알겠는데 포도주는 어떻게 만드나요?", "왜 우유 1리터하고 물 1리터하고 무게가 다른가요?", "왜 사람은 늙나요?", "왜 머리는 하얗게 변하나요?" 등등. 어릴 적에 누구나 품어봄직한 과학적 호기심의 대부분을 윤명희 선생님이 풀어주셨다.

권태숙 선생님은 호리호리한 몸매에 언니 같은 분이셨다. 선생님은 공부도 잘 가르치셨지만 막 사춘기에 접어든 6학년 아이들의 마음을 잘 헤아려주셨다. 종종 선생님과 함께 운동장에서 고무줄놀이나 공기놀이를 하기도 했다.

초등학교 내내 일기를 썼는데 특히 6학년 때는 일기 쓰기가 너무 재미있었다. 일기장을 검사하고 나면 선생님이 재미있는 부분에 밑줄을 쳐놓고 감상을 달아주셨기 때문이다.

하루는 싸워서 일주일이 넘게 말도 안 하는 두 친구를 어렵사리 화해시킨 일을 일기장에 썼다. 이에 대해 선생님은 '어제 애쓰는 나나의 모습은 정말 아름다웠단다. 나나의 진정한 힘은 바로 그런 모습이 아닐까?' 라고 적어주셨다. 나는 선생님의 답장을 받는 재미에 더 열심히 일기를 썼고 중간중간에 선생님에게 직접 질문하는 글을 쓰기도 했다.

'선생님, 저는 국어·수학은 괜찮은데 자연이 부족해요. 어떻게 공부하면 될까요?'

'이번 시험결과는 어떤가요? 궁금해요. 미리 얘기해주시면 안 될까요?'

나의 일기장은 점점 선생님과의 비밀대화장이 되어갔다. 그러나 나의 지나치게 솔직한 글 때문에 선생님이 상처를 입으신 적도 있었다.

우리 반에 인형처럼 조그맣고 귀엽게 생긴 수미라는 아이가 있었다. 선생님은 수업시간에 발표를 시킬 때면 늘 "우리 반에서 가장 이름이 예쁜 수미가 해볼까?" 하시며 눈에 띄게 수미를 챙겨주셨다. 나는 선생님의 모든 관심을 수미에게 빼앗긴 것 같아 속이 상했다. 몇몇 친구들도 선생님이 수미만 좋아하신다고 불만을 표시했다.

나는 일기장에 나의 속상한 마음을 적어놓고 마지막에 '선생님, 우리 모두를 사랑해주시면 안 될까요?'라고 썼다. 그 다음에 받은 일기장에는 '나나야, 선생님은 우리 반 아이들을 골고루 사랑한단다. 선생님은 그런 농담이 그냥 생활의 재미이자 활력소라 여겨 한 것인데 그게 너희들에겐 편애로 보였구나. 미안하다'라는 글이 적혀 있었다.

그날 이후로 선생님이 수미에 대한 행동을 일부러 조심하는 것을 보면서 얼마나 무안했는지. 선생님이 나의 투정을 많이 의식하신다는 걸 알 수 있었다. 나는 다음 일기장에, '선생님 죄송해요. 제가 생각이 짧았습니다. 선생님이 우리 모두를 사랑하신다는 걸 잘 알면서도…. 이번 일은 용서해주세요'라고 썼다.

선생님과 나의 비밀대화는 1년 동안 계속되었다. 초등학교 졸업식 때 더 이상 선생님과 비밀대화를 나눌 수 없다는 것이 가장 섭섭했다.

그리고 경북과학고에서 만난 김경렬 화학 선생님.

기숙사 사감 선생님으로서의 김경렬 선생님은 원칙을 어기면 가차 없이 벌을 내리는 엄한 분이셨다. 12시 취침시간을 어기고 친구들과 밤늦게까지 과자를 먹다가 선생님께 혼난 적이 한두 번이 아니었다.

그러나 화학 선생님으로서의 김경렬 선생님은 눈이 부셨다. 비록 화학은 내게 생애 최악의 점수인 67점을 안겨준 과목이지만 그분을 만나면서부터 화학을 바라보는 나의 시각이 달라지기 시작했다. 화학은 복잡한 원소기호에 알 수 없는 결합반응을 무턱대고 외워야 하는 학문이 아니라 불·물·공기·흙 등 우리 주변에서 흔히 볼 수 있는 사물들의 변화와 생성을 다루는 학문이라는 것. 부엌 찬장에 있는 조미료에서부터 우리가 입고 있는 옷, 아픈 환자들을 고치는 약에 이르기까지, 화학이 관여하지 않는 분야는 없다는 것을 알게 되었다.

선생님 덕분에 화학은 내게 가장 어려운 과목에서 가장 재미있는 과목으로 탈바꿈했다. 그때 쌓은 화학실력으로 나는 SAT II 선택과목을 화학으로 정했고 만점을 받을 수 있었다.

내가 화학을 좋아하게 되고 선생님을 자주 찾아가 질문을 하면서부터, 선생님은 나에게 관심을 기울이셨고 필요할 때에는 엄마 역할까지 맡아주셨다. 원형탈모증에 걸렸을 때 내가 울며 찾아간 분도 김경렬 선생님이었다.

마지막으로 고3 담임 선생님이셨던 안중렬 국사 선생님.

나는 고등학교 1학년 때 국사 교과서가 세상에서 가장 따분한 책이라고 공공연히 불평을 하던 학생이었다. 그래서 국사 공부에서 멀어져 갔고, 학년말 내 성적은 46명 중 42등!

하지만 2학년 때 안중렬 선생님께서 새로 오시면서 내 머릿속엔 국사에 대해 새로운 개념이 자리잡기 시작했다. 선생님의 국사 강의는 어찌나 재미있는지, TV 사극이 울고 갈 정도였다. 교과서 안의 딱딱한 문장 사이에는 엄청난 역사적 스토리가 숨어 있었다. 나는 열심히 국사 공부를 하기 시작했고 성적도 점점 좋아졌다.

3학년에 올라가면서 선생님이 나의 담임이 되셨다. 한 해가 술술 잘 풀릴 것 같은 좋은 예감이 들었다. 당시 나는 홀로 교실에 남아 컴퓨터로 EBS 강의를 꾸준히 들었는데, 잠시 화장실에 다녀오니 모니터에 한 장의 쪽지가 붙어 있었다.

'나나야, 최선을 다하는 네 모습이 아름답구나. 힘들지만 최선을 다하면 반드시 좋은 결과가 있을 것이다.'

이 말씀에 나는 큰 용기를 얻고 공부에 더욱 박차를 가할 수 있었다.

이밖에도 나는 좋은 선생님들을 많이 만났다. 중학교 3학년 때 다양한 사고의 방법을 제시하여 수학의 묘미를 알게 해주신 장정희 선생님. 선생님 덕분에 수학에도 세련된 풀이방법이 있다는 것을 알게 되었다. 또 과학고 시절 유달리 질문이 많은 나를 단 한 번도 귀찮아하지 않으시고 꼼꼼하게 대답해주셨던 박용래 국어 선생님. 언어 영역에 자신이 없었던 내가 어려운 독해문제를 이해할 수 있었던 것은 선생님의 친절한 설명 덕분이었다.

선생님들에 대한 나의 전폭적인 신뢰와 관심은 다른 아이들보다 훨씬 특별했다. 나의 부모님도 선생님이 아닌가! 영주는 소도시여서 교사들의 커뮤니티가 잘 발달돼 있었다. 선생님 이름만 대면 엄마 아빠가 몇 다리 건너 다 아는 분들이었다. 엄마는 나에게 늘 선생님들 칭찬을 하셨다.

"아, 그 선생님이 우리 나나 수학 선생님이시구나. 정말 잘 가르치신다고 소문이 자자한 분이지!"

"네 담임 선생님은 지금도 꾸준히 공부하는 선생님으로 유명한 분이란다. 학생들에게 최선을 다하시고 훌륭한 인격으로 알려진 분이지. 그런 분이 네 담임을 맡다니, 나나는 정말 행운아구나."

엄마는 "선생님은 최고다", "선생님은 하늘이다", "선생님은 모르는 게 없다" 등의 말로 나에게 선생님들에 대한 신뢰감을 불어넣어주셨다. 그리고 선생님은 질문을 많이 하는 학생을 예뻐하신다며 선생님께 귀여움을 받으려면 질문을 많이 하라고 하셨다.

나는 사랑받고 싶은 마음에 열심히 질문을 했다. 질문을 하려면 그만큼 수업시간에 집중해야 하고 문제집도 열심히 풀어야 한다. 자꾸 모르는 문제를 만들어내야 하니 진도를 앞질러서 문제를 풀기도 했다. 그러나 수업시간에 질문을 하는 것은 다른 아이들에게 방해가 되기도 했다. 결국 교무실을 들락거리며 질문을 하게 되었고 덩달아 여러 선생님들과 친해졌다. 선생님들이 내게 관심을 보이시니, 공부에 대한 욕심도 더욱 강해졌다.

그러나 이러한 나의 선생님 사랑에는 약점도 있었다. 나는 좋아하는 선생님 과목만 집요하게 붙잡고 늘어지는 반면, 싫어하는 선생님 과목에는 흥미를 잃어버렸다. 엄마는 "선생님 스타일에 너무 휘둘리지 말고 너의 기준을 만들어야 한다"고 조언하셨지만, 흥미가 없으면 교과서를 펼치는 것조차 싫어지는 내 성격을 나도 고치기 힘들었다.

그러나 전반적으로 나의 선생님 운은 대박이었다고 생각한다. 특히 미스 유니버스 대회의 영어 인터뷰 준비를 위해 만나게 된 손 선생님은 그냥 영어를 가르치는 것에서 끝나지 않고 나에게 무엇이든 할 수 있다는 용기를 주었으며, 나의 가능성을 일깨워주셨다.

나의 학창시절은 선생님에 대한 관심이 90퍼센트였다. 그런데 요즘 아이들은 선생님에게는 별 관심이 없고 이성친구나 연예인에 더 관심이 많은 것 같다. 공부에 있어서도 선생님을 믿기보다 학원의 쪽집게 강사들을 더 믿는다.

나는 학생의 중심세계는 학교라고 생각한다. 학교와 교육의 분열이 종종 거론되는 시대이지만, 가만히 들여다보면 여전히 학교에는 우리의 삶을 바꾸어놓을 보석 같은 선생님들이 많이 계시다. 그리고 좋은 선생님을 만나는 것은 학창시절의 가장 커다란 축복이다.

Oops!

어디서부터 시작해야 하지? 입학전형서, 추천서, 에세이, 포트폴리오…. 수많은 서류더미 속에서 나는 하마터면 길을 잃을 뻔했다.

미국 대학 가기 난리부르스

미국 대학시험의 전 과정에서 SAT는 시작에 불과하다. 나는 SAT만 끝나면 천국이 시작되는 줄 알았다. 그러나 막상 시험이 끝나자, 발등에 더 큰 불이 떨어졌다.

미국 대학 지원서는 SAT 성적표 달랑 하나만 준비하는 게 아니다. 기본적으로 4~5장에 걸친 입학전형서, 성적 및 생활 전반에 관한 설명이라고 할 수 있는 생활기록부(School Report), 선생님 추천서, 선생님 외 추천서, 그리고 에세이가 필요하다. 여기에 더욱 정성을 들이자면 추가 에세이를 준비해야 하고 지원자의 재능과 가능성을 충분히 보여줄 만한 사진 스크랩, 비디오 테이프, 시디, 디브이디 등의 보조 자료가 더해진다. 그리고 마찬가지로 필수는 아니지만 지원대학 졸업자들이 행하는 인터뷰 심사에 응하는 것도 도움이 된다.

모든 대학 지원서가 동일하면 준비하기가 수월하겠지만 요구하는 게 약간씩 다른 경우도 있었다. 하버드는 학교 선생님 추천서 한 통 외에는 자유롭게 추천인을 구할 수 있지만 MIT의 경우엔 반드시 하나는 과학과목 선생님에게, 다른 하나는 인문과목 선생님에게 받아야 했다.

그러니 한 대학의 지원서를 쓰는 데에만 최소한 일주일이 넘게 걸린다. 추천서를 써줄 사람도 섭외해야 하고 에세이도 여러 번 수정해야 했다. 동시에 포트폴리오도 멋들어지게 만들어야 했다. 혼자 해치울 수 있는 성질이 아니었다. 미국에서 한 학생을 대학에 보내는 것이란 이처럼 여러 사람이 합작으로 해내는 팀 프로젝트라는 걸 알 수 있었다.

사실 원서작성은 SAT보다 훨씬 중요한 문제다. 특히 하버드와 MIT의 경우 SAT 반영률은 30퍼센트에 불과하고 그보다 더 중요한 것은 학생의 다양한 활동, 봉사경험, 추천서를 통해 알 수 있는 인격, 참여의식, 그리고 에세이를 통한 독특한 시각, 따뜻한 감수성 등이었다.

아주 특별한 분의 추천서

우선 학교 선생님 추천서는 나의 은사이신 정철련 수학 선생님과 윤환식 영어 선생님께 부탁드렸다. 부모님께서 나 대신 포항까지 내려가 추천서 양식을 전해드렸다. 그리고 나머지 한 통은 고3 때 담임이셨던 안중렬 선생님께 부탁드렸다.

하버드에 보낼 선생님 외 추천서는 정말 신중하게 결정해야 할 사안이었다. 하버드가 묵직하게 받아들일 만한 인물을 선정하되, 나와 전혀 상관없는 거물로부터 추천서를 받는 것은 곤란했다. 나는 싱가포르에서 열린 APEC 과학축전에서 알게 되어 이제는 하버드의 학생이 된 데이빗이 가장 먼저 떠올랐다. 이 아이디어를 제안하자 손 선생님은 아주 좋은 생각이라고 하셨다. 곧바로 데이빗에게 전화를 걸었다. 그는 흔쾌히 수락하면서 완벽하고 멋진 추천서를 써줄 테니 걱정하지 말라고 자신있게 말했다.

손 선생님은 입학 원서 준비가 마무리되는 중에 추천서를 받으면 도움이 될 만한 인물에 대해 언급하셨다.

그분은 전쟁고아 출신으로 미국에서 성장하여 하버드대를 졸업하고 전문 경영인으로서 세계 굴지 기업의 CEO가 된 분이었다. 물론 선생님도 개인적으로 그분을 알지 못했다. 하지만 만나뵐 수만 있다면 굳이 추천서를 받지 못하더라도 좋은 이야기를 듣고 앞으로 많은 힘과 용기를 얻을 수 있을 거라고 말씀하셨다.

선생님은 어렵사리 회장님의 메일주소를 알아내어 면담의사를 전하셨고, 며칠 후 비서실에서 회장님과 미팅약속을 잡겠다고 연락이 왔다. 나는 무척 긴장해 다리가 후들후들 떨릴 정도였는데, 정작 만나보니 흰머리가 온화하게 느껴지는 아주 친절한 할아버지셨다. 회장님은 당신의 하버드 시절을 회상하시면서 이것저것 조언이 될 만한 이야기를 많이 들려주셨다.

사실 추천서를 받아내는 과정에서 손 선생님이 애를 많이 쓰셨다. 내가 미스코리아라는 이유로 거절하는 사람도 있었다는 걸 나중에야 털어놓으셨다. 미스코리아 만나는 걸 연예인 만나는 것처럼 생각하는 사람도 있었고, 미스코리아가 하버드에 도전한다는 말에 당치도 않다는 반응을 보인 사람도 있었다고 한다. 그래도 그런 편견 없이 사고가 열린 분들을 만나 도움을 받을 수 있었던 것에 깊이 감사한다.

거창한 교훈보다 작은 깨달음 담긴 에세이 쓰기

추천서를 마감하고 나는 에세이를 쓰기 위해 고심했다.

며칠 동안 이 주제 저 주제에 대해 선생님과 토론하고 정리도 해봤지만 바로 이것이다 싶은 것이 없었다.

그러던 어느 날, 조간신문을 읽다가 '무소유'라는 제목의 기사가 눈에 띄었다. 무소유야말로 마음의 고통을 덜고 삶을 단순하게 만들 수 있는 가장 궁극적인 방법이라는 내용이었다. 나는 평범한 인간의 입장에서 생각할 수 있는 무소유의 의미를 생각해보았다.

"우리가 아무 것도 소유하려는 의욕이 없다면 아무 것도 성취할 수 없는 게 아닐까요?"

"그 생각이 참 재미있구나. 한번 에세이로 완성해보자."

선생님도 주제를 맘에 들어 하셨다.

초고를 보고 선생님이 몇 가지 논리상의 허점을 지적하셨고 우리는 계속 토론을 하면서 고쳐나갔다. 나는 사람들이 주어진 현실에 만족하고 아무런 욕구 없이 산다면 무언가를 이루려는 의지와 욕망도 사라진다는 데 초점을 맞추었다. 결국 허영·욕심·욕망이라는 건 한편으로는 고통과 스트레스를 주기도 하지만, 한편으로는 우리를 앞으로 나아가게 하는 힘이기도 한 것이다.

다만, 내가 생각할 수 있는 무소유는 채우려고만 하는 욕망에서 벗어나 때로는 비우고 내려놓는 것도 필요하며 결국 이것이 인생을 더 충만하게 채울 수 있다는 것이었다. 내가 하버드를 지원하는 과정은 그때까지 의대생으로 쌓아왔던 나의 이력을 다시 무로 돌리고 처음부터 다시 시작하는 과정이기도 했다.

이런 내용으로 완성된 나의 에세이는 조금씩 문장을 다듬고 손을 보면서 점점 좋은 글로 변해갔다. 무엇보다도 미국 아이들은 전혀 다룰 수 없는 동양적인 주제라는 점에서 흡족했다.

나는 할 수 있는 건 다 하는 것이 좋겠다고 생각했기 때문에 추가 에세이까지 썼다. 어떤 주제가 좋을지 잘 씌어진 샘플 에세이를 뒤적거리며 생각을 거듭하다가, 한 가지 중요한 점을 발견했다. 우리는 초등학교 때부터 '통일'이니, '물자절약'이니, '환경보호'니 하는 상당히 무거운 주제에 대해 글쓰기를 한다. 주제도 무겁지만 접근방식 역시 무겁다. 그런 까닭에 글쓰기는 으레 어려운 것, 심각한 것이라는 생각에서 평생 벗어나기가 힘들다. 대학교육을 받은 사람들조차 반 페이지 분량의 글을 쓰는 것을 힘겨워하니 어떻게 된 것일까? 글은 그저 생각을 표현하는 도구일 뿐인데, 우리는 여기에 너무 많은 대의명분과 거창한 교훈을 결부시켜 생각하는 것이 아닐까?

미국 대학에서 꼽은 샘플 에세이를 읽다보니, 거기에는 이념이나 명분보다는 개인적 체험을, 거창한 교훈보다는 삶의 작은 깨달음을 훨씬 소중하게 다루고 있었다. 한국에서는 일기나 감상문 정도로 치부할 내용의 글들이 에세이로서 훌륭하게 평가되고 있었다. 특히 가족 이야기, 친구들과의 우정, 봉사활동 체험에 대한 내용이 환영을 받았다. 그러니 억지로 어려운 주제를 택할 필요가 전혀 없었다.

나는 가장 편안한 주제를 택했다. 대학입학 이후 정신없이 지내온 나의 2년, 그것이 하버드 지원으로 이어지기까지의 과정을 담담하게 쓰기로 했다. 제목은 〈Unusual circumstances in my life〉였다. 지극히 개인적인 내용이지만 나에게는 가장 중요한 사실이고, 그것으로 하버드에 이르게 된 내 꿈의 과정을 보다 설득력 있게 알릴 수 있으리라 판단했다.

남과 다른 2퍼센트의 차이, 포트폴리오 꾸미기

포트폴리오는 지원자의 선택사항이지만, 사실 하버드 지원자 중에서 포트폴리오를 안 만드는 사람은 거의 없다고 한다. 참고자료 정도일지라도 온통 문서 투성이인 원서들 중에서 유일하게 시청각적 효과를 주기 때문에 심사위원들에게 강한 인상을 남기게 된다.

그러나 포트폴리오를 만드는 데에도 원칙이 있다. 요즘은 전자출판이 워낙 발달하여 맘만 먹으면 디자이너에게 맡겨 얼마든지 세련되게 만들 수 있다. 하지만 하버드가 선호하는 것은 학생 본인의 체취가 담긴 정성스러운 작품이라고 한다.

나는 영주 집으로 가서 먼지 쌓인 앨범을 뒤지기 시작했다. 내 삶 전체를 거꾸로 뒤집어서 탈탈 털어내는 작업이었다. 잊었던 기억들이 새록새록 되살아났다. 무궁화꽃이 붙어 있는 초등학교 시절의 빛바랜 상장들, 무용과 서예를 하는 나의 모습, 피아노를 치는 모습, 적십자 홈스테이를 통해 처음으로 만난 외국인 친구들과의 사진, APEC 싱가포르 과학축전 때의 사진, 고등학교 시절의 꽃돼지 사진, 그리고 미스코리아, 2002 월드컵 홍보대사, 대구 유니버시아드, 미스 유니버스 대회의 기록들…. 나는 새벽 서너 시까지 부스럭거리며 온 집안을 헤집어 놓았다. 새록새록 추억을 더듬게 하는 보물상자에 빠져 동이 트는 것도 몰랐다.

수많은 사진 중에서 나는 부동자세로 재미없게 찍은 사진들을 빼고 표정이 살아 있는 사진, 카메라를 의식하지 않고 자연스럽게 찍은 사진들을 추려냈다. 이렇게 챙긴 자료를 대구까지 가져와 본격적으로 포트폴리오 만들기에 착수했다. 디자이너에게 맡기면서 일부러 "촌티나게, 어색하게, 풋풋하게!"를 주문했다. 아마 전문 디자이너들이 본다면 "하버드에 보낼 포트폴리오가 왜 이렇게 촌스러워?"라고 반문할 것이다. 하지만 효과는 그게 더 크다.

하버드는 매년 2만여 개의 입학원서를 받는다. 미스코리아 심사도 여러 명을 자꾸 보다보면 그 얼굴이 그 얼굴처럼 보이듯이, 그 많은 원서도 보면 볼수록 서로 비슷하게 보일 수밖에 없다. 한 번이라도 더 눈길을 끌려면 내용도 중요하지만 일단 시각적으로 단정해야 하고, 남에게는 없는 특별한 장치가 필요하다.

나의 경우에는 원서전형 맨 앞장에 나의 명함사진을 붙였다. '앞으로 당신이 읽게 될 내용의 주인공이 바로 이 사람입니다' 라는 말을 시각적으로 던지고 싶어서였다.

요즘은 대부분의 미국 대학들이 입학원서를 인터넷으로 받고 있다. 그러나 인터넷으로 전송하게 되면 대학 측에서 직접 출력을 하게 되는데, 제대로 깔끔하게 인쇄될지 알 수 없는 일이다. 실제로 내가 직접 인쇄를 해보았을 때 라인이 비뚤어지거나, 여백이 모자라서 아래 칸의 몇 줄이 잘려나가는 일이 다반사였다. 미국 대학에 입학 원서를 보낼 사람이라면 반드시 원서를 레이저프린터로 깔끔하게 프린트해서 우편으로 직접 보내라고 권하고 싶다.

마지막으로 에세이의 뒤에 에세이 주제 〈무소유〉와 관련된 사진자료를 붙인 것도 좋은 아이디어였다. 동양적인 주제에 걸맞는 사진을 붙여서 주목받기를 바랐다.

이렇게 해서 12월 25일 크리스마스를 끝으로 모든 원서를 마감했다. 캐롤 소리가 들리고 쌍쌍이 데이트를 하는 시내 한복판에서, 나는 1년 만에 영화관을 찾았다. 지금 그때 내가 무슨 영화를 보았는지 아무리 애를 써도 기억이 나지 않는다. 아마도 너무 많은 일을 치른 직후라 머릿속의 퓨즈가 잠시 끊어졌거나, 아니면 영화를 보다 말고 밀린 피로에 깜박 잠이 들었는지도 모른다.

공부보다 힘이 센 것

몇 년 전 하버드 법대에서 신입생 심사를 할 때의 일이라고 한다.

한 학생은 SAT I이 거의 만점, 고등학교 내신성적 상위 1퍼센트에 아이큐 153의 천재였다. 그러나 공부만 파는 형이라 다른 대외활동이나 봉사활동, 콘테스트 참가경력 등은 전무했다. 선생님들이 써준 추천서에도 공부를 열심히 한다는 말 외에는 특별한 점이 없었다.

다른 한 학생은 SAT I이 겨우 1300점. 하지만 이 아이는 내신이 좋고, 또 애초의 SAT I 점수가 1200에서 100점이나 상승했으며, 장애인 봉사활동과 저학년 지도활동, 그리고 축구부 주장으로서 쿼터백을 맡고 있는 등 다양한 활동 경력이 있었다. 그리고 무엇보다도 자기소개서에서 하버드에 오고자 하는 의지를 열렬하게 표현했다는 점이 돋보였다.

결국 하버드의 선택은 두 번째 학생이었다. SAT 점수만이 아니라 내신을 통해 성실성을 파악하고, 대외활동으로 사회참여 의지와 열정, 미래의 가능성까지 평가했기 때문이다.

사실 SAT 점수로만 따진다면 나의 하버드 지원은 안심할 상황이 아니었다. 우선 나 자신이 언어 영역과 영어작문 점수에 만족하지 못했다. 나는 처음부터 다른 학생들과는 달리 5개월이라는 초단기 프로젝트를 진행한 경우였기 때문에 남다른 전략이 필요했다. 즉, 영어 점수를 올리는 데에는 한계가 있다는 것을 인정하고 그 전제 하에서 전략을 짰던 것이다.

　나는 상상을 해보았다. 만약 내가 하버드 입학 심사위원이라면, 한국의 금나나라는 학생이 하버드에 지원을 했을 때 무엇을 기대하게 될까? 자료를 보니 이 아이가 이미 의대를 1년 다녔고 미스코리아도 했는데, 그 경력 외에 또 어떤 특별함을 원할까?

　결론은, 나에게 원하는 것이 굉장한 영어실력은 절대로 아니라는 것이었다. 영어는 그냥 가능성만 보여주면 충분할 것이다. 오히려 수학, 과학에서 확실하게 만점을 받는 것으로 나의 공부 능력을 입증할 수 있을 듯했다. 그리고 영어는 발전 가능성만 보여주기로 했다.

　이런 전략 하에 공부를 했고, 영어와 토플 성적은 보통이었지만 그 외 과목에서 모두 만점을 받아냈다. 또한 언어 영역과 작문 모두 2차 시험에서 130점이 상승했기 때문에 잠재력이라는 측면에서 좋은 인상을 남길 수 있었던 것이다.

　그리고 남들에겐 없는 나만의 독특한 커리어, 즉 APEC과 미스코리아, 미스 유니버스 대회에 출전한 것이 다양성을 중시하는 미국 사회에서 큰 장점이 되었다.

　한국에서는 미스코리아라는 이유로 미국 대학 시험을 준비하면서 많은 편견에 시달려야 했지만, 하버드 입학에는 도움이 된 것 같다.

　나는 하버드에 보내는 추가 에세이 〈Unusual circumstances in my life〉의 끝을 이렇게 마무리했다.

　'유니버스 대회에서 돌아온 직후, 나는 미국 대학 입학을 준비하기 시작했습니다. 눈코 뜰새 없이 바빴던 지난 20개월이었지만, 저는 가치를 매길 수 없는 귀중한 경험을 했습니다. 덕분에 대학 생활에 대한 확실한 방향도 설정할 수 있었습니다. 저는 최선을 다했기에 자신이 있습니다. 이제 제가 쏟은 노력만큼 결과가 나오기를 바랍니다.'

그리고 그 바람은 이루어졌다.

나는 하버드와 MIT에서는 합격증을 받았지만 내가 지원했던 또 한 군데의 대학, 코넬에서는 불합격이었다. 이것은 무슨 의미일까? 우리 식으로 점수 위주로만 생각한다면 하버드가 합격시킨 학생을 코넬이 떨어뜨릴 리가 없을 것이다. 그러나 코넬 대학은 코넬식의 엄격한 기준이 있었던 것이다. 내가 지원한 학과가 호텔경영학이었다. 의대에 다니고 있는 내가 호텔경영학에 지원한 것도 엉뚱했고 명색이 호텔에서 일해보고 싶다는 사람이 그와 관련된 경험이 전무한 것도 엉뚱했다. 코넬은 내가 그저 가벼운 호기심으로 지원했다는 걸 간파했던 것이다.

미국 유학을 준비하면서, 나는 한국의 고3 학생들에 대한 안타까운 마음이 더욱 커졌다. 예전에는 단순히 공부의 무게가 너무 크다는 것이 안타까웠지만 지금은 그 소중한 시간을 몽땅 공부에만 빼앗긴다는 게 안타깝다. 파일럿이 되고 싶은 학생이 정말 파일럿이 되려면 수년 동안 그 분야의 경험으로부터 차단된 채 죽자살자 공부에만 매달려야 하는 것이 우리의 현실이다. 미국 같으면 파일럿을 섭외해서 인터뷰를 해볼 수도 있고, 교육기관을 방문하여 견학도 할 수 있다. 물론 우리도 아예 불가능한 것은 아니지만, 우리는 그저 혼자서 해내야 하고 개인적 체험으로 끝나버리는 게 다반사다. 반면, 미국은 제도적으로 많은 지원이 있으며 그 자체가 대외 활동으로 인정되어 입시에 반영된다. 호텔경영학과에 합격하려면 적어도 호텔에서 접시닦이나 벨보이 아르바이트라도 해야 그 진정성을 인정받을 수 있지 않겠는가.

Power in me

조용히 눈을 감고 내 안을 들여다보면, 그 속에 또 다른 내가 살고 있는 것이 느껴진다. 나는 하나, 둘, 셋, 숫자를 세며 나를 불렀다. 내 안의 거인을….

명상은 도인만 하나요?

나는 초등학교 2학년 때부터 6학년 때까지 서예학원에 다녔다.

서예를 잘 모르는 사람들은 이것을 단순히 붓글씨 쓰기 정도로 생각할 것이다. 나도 처음에 그런 줄 알고 시작했다. 그런데 그게 아니었다. 먹 하나를 가는 데도 지켜야 할 사항이 한두 가지가 아니었다.

"무릎을 꿇고 앉아라. 허리를 반듯하게 펴라. 어깨를 쫙 펴라. 먹을 제대로 잡아라. 두 손을 가지런히, 엄지손가락으로 뒤를 받치고 검지와 중지로 살짝 잡아서 앞으로 지그시 누르면서 갈아라. 아니, 그렇게 빨리 갈지 말아라. 천천히, 천천히 갈아라."

나는 선생님이 잡아주신 자세로 먹을 갈았다. 조금 갈고 있으려니 다리에 쥐가 나기 시작했다. 손목도 저려왔다. 무엇보다 따분해서 미칠 지경이었다.

그렇게 일주일 동안 먹만 갈았다. 드디어 글씨를 쓰기 시작했는데, 글씨다운 글씨는 쓰지 않고 가로획 세로획 긋기만 반복했다. 재빨리 열 번씩 긋고 난 후 붓을 놓고 멀뚱거리고 있으면 선생님은 너무 빨리 썼다고 꾸중을 하셨다.

"나나야, 글씨는 마음을 가다듬고 천천히 쓰는 거야. 잘 쓰려는 욕심도 버리고 머리의 잡념도 버리고 텅 빈 상태가 되어야 좋은 글을 쓸 수 있다."

선생님은 "한 획을 긋기 전에 눈을 감고 천천히 10까지 세어라. 그리고 심호흡을 길게 한 다음에 획을 그어라"라고 말씀하셨다. 뭐든지 후딱후딱 해치우고 싶은 9살 어린 나이에 그렇게 엉덩이를 붙이고 1시간을 앉아 있기란 정말 힘든 일이었다.

그러나 나는 묘하게도 서예의 매력에 계속 빠져들어갔다. 붓글씨를 쓸 때면 마음이 고요하고 편안했다. 고학년에 올라가면서 선생님이 늘 강조하시는 '천천히, 더 천천히'의 의미를 알 수 있을 것 같았다.

서예학원에 다닌 5년 동안 나는 끊임없이 나의 '빨리 빨리', '후다닥' 습성과 싸워야 했다. 아마도 책상 앞에서 몇 시간씩 앉아 있을 수 있는 인내심과 집중력은 그때의 훈련 덕택일 것이다.

거기서 배운 또 한 가지는 '비우기'다.

나도 처음에는 밖에서 놀거나 TV를 보다가, 불현듯 내일 쪽지시험이 있다는 걸 생각해내고 재빨리 책을 펴서 공부를 했다. 그런데 아무리 집중을 하려고 해도 머릿속에는 좀전에 놀았던 생각, TV에서 본 만화내용만 가득했다. 30분 동안은 딴 생각을 하느라 공부가 제대로 되지 않았다. 이런 일이 반복되면서 나는 서예 선생님의 말씀을 떠올렸다. "텅 빈 상태가 되어야 한다."

'머리가 텅 비어야 글씨가 잘 써졌던 것처럼, 공부도 텅 빈 머리에서 시작해야 하지 않을까? 그렇다면 한 번 다 버려보자!'

나는 눈을 감고 천천히 100까지 세었다. 너무 짧은 것 같아서 365까지 세었다. 아무 생각도 하지 않고 호흡도 천천히 했다. 나중에는 아주 편해져서 숫자 세는 것도 잊어버리고 그냥 몸에 힘을 풀고 가만히 있었다. 그러고 있으니까 규칙적인 심장박동 소리가 들렸다. 그 소리에 가만히 귀 기울이니 마음이 차분해졌다.

'그래, 이 느낌으로 지금부터 공부모드로 신체리듬을 전환하자!'

이렇게 해서 비우기는 나의 공부습관 중 하나로 자리잡게 되었다. 흔히 명상이라고 말하는데 나 나름의 마음 정돈법을 명상이라고 부를 수 있을지 잘 모르겠다. 명상은 도인들이 하는 것이고 그 깊이도 굉장히 심오하다고 들었다.

한 TV 방송에서 나의 공부비법을 소개하면서 이 명상법에 대해 이야기를 나눈 적이 있다. 그때 전문가가 나와서 실험을 해본 결과 명상이 실제로 뇌파를 안정시켜서 집중력과 기억력을 향상시킨다는 걸 알 수 있었다.

명상이 반드시 나와 똑같은 방법일 필요는 없다고 생각한다. 나는 소파에 눕거나 의자에 편안하게 앉아서 눈을 감고 심장박동 소리를 듣는 정도이지만, 클래식 음악을 듣는 것도 좋고, 창밖의 먼 산을 바라보는 것도 좋을 것이다. 혹은 촛불을 켜놓고 5분 정도 바라보는 것도 집중력 향상에 도움이 된다는 말을 들었다. 우리 전통에는 밝은 달을 쳐다보는 것이 좋은 명상법이었다고 한다. 요즘은 아로마 테라피라고 해서, 집중력 향상에 도움이 되는 에센스 오일을 사용하기도 한다. 요즘 유행하는 반신욕도 명상의 한 방법으로 활용한다면 건강과 집중력 향상이라는 두 마리 토끼를 다 잡을 수 있을 것이다.

학생들 사이에 인기가 많은 뇌파 조절기가 있다. 나는 이것도 기계를 이용하긴 하지만 명상과 똑같은 원리라고 생각한다. 명상의 효과는 고요한 마음과 맑은 정신인데, 바로 이런 상태가 되면 뇌파가 잠자기 직전처럼 굉장히 낮아진다고 한다. 결국 집중력이라는 건 몸에 힘이 빠지고 마음이 매우 편안한 상태일 때 최고가 되는 것 같다. 적어도 공부하는 동안만큼은 걱정, 근심, 고민 다 버리고 머릿속을 텅 비우자.

선생님의 피가 끓는 소녀

어린 시절, 동생과 단둘이 집을 보면서 주로 했던 놀이는 소꿉놀이가 아니라 선생님 놀이였다. 나는 선생님, 동생은 학생이었다. 우선 출석부터 불렀다.

"금종학!"

그러면 종학이가 "예!" 하고 대답한다.

"자, 숙제검사부터 하겠어요."

하지만 종학이는 숙제를 하지 않았다. 나는 벌로 종학이 손바닥을 세 대 때린다.

"앗, 선생님. 아파요!"

"선생님은 금종학 학생을 사랑해요. 선생님의 매는 사랑의 매예요."

그러면 종학이는 울지 않고 "예" 한다.

다음은 수업시간. 나는 종학이의 수학 교과서를 펼쳐놓고 더하기를 가르치기 시작했다.

동생에게 나는 누나이자
엄마이자 선생님이기도 했다.

"자, 오늘은 두 자리 수 덧셈을 공부할 차례예요. 두 자리 수를 더할 때는 끝자리부터 더하는 거예요. 일의 자리는 일의 자리끼리, 십의 자리는 십의 자리끼리. 자, 여기 연습문제를 풀어보세요."

종학이가 작은 손을 꼼지락거리며 열심히 문제를 푼다. 그 모습이 너무 귀엽다. 이제 채점을 할 차례. 10문제를 하나도 안 틀리고 다 맞았다.

"금종학 학생 100점이에요. 선생님이 무궁화 도장을 찍어줄게요."

나는 무궁화 도장을 꾹 눌러 찍어준다. 종학이는 좋아서 입이 헤벌쭉해진다.

무궁화 도장은 우리 학교 최고 권위의 상징이었다. 나는 무궁화 상장이 너무 좋아서 엄마에게 똑같은 무늬의 도장을 파달라고 졸라댔다. 마침내 도장이 생겼을 때 진짜 선생님이 된 듯 뿌듯했다.

무궁화 도장이 생긴 후로 종학이와 나의 선생님 놀이는 더욱 흥미진진해졌다. 종학이가 "누나는 정말 알기 쉽게 잘 가르쳐준다"고 한마디 하면 나는 어깨가 으쓱해졌다. 어쩌다 종학이가 친구를 데려 오는 날이면 모아놓고 가르치고, 내 친구까지 있는 날이면 서로 편을 갈라 선생님 학생 게임을 하며 놀았다. 종학이가 높은 점수를 받으면 동생이라서 기쁘고, 내가 가르친 학생이 더 높은 점수를 받으면 내가 선생님이라서 기뻤다.

중3 때 담임 선생님이시자 수학 선생님이셨던 장정희 선생님은 숙제로 수학 프린트를 나누어주고는 아침 자습시간에 두 명을 뽑아 앞에서 설명하라고 시키셨다. 나는 이 시간이 무척 좋았다. 그냥 문제풀이만 적어주고 들어가는 아이도 있었지만, 내가 교단에 서면 정말 선생님이라도 된 것처럼 분필을 쥐고 설명하면서 필기도 시키고 다른 문제와 비교도 하고 아이들에게 질문도 하면서 참여를 유도했다. 교단을 내려올 때 선생님은 "나나는 타고난 선생님이구나. 정말 잘 가르쳤어!" 하며 칭찬을 하셨다.

어쩌면 그 말이 맞는지도 모르겠다. 나는 선생님과 선생님이 결혼하여 낳은 아이, 그러니까 태어나면서부터 몸속에 선생님의 피가 흐르고 있는 아이라는 말이다.

지금 고등학생인 종학이는 물리에 관심이 많다. 물리를 좋아하게 된 게 선생님 덕분이라고 하는데, 그 선생님이 다름 아닌 나다. 대학에 합격하던 해에 오랜만에 홀가분한 마음으로 종학이에게 집중적으로 과학지도를 했었다. 사실 나 스스로도 물리를 이해하는 데 어려움이 많았고 뒤늦게 그 개념을 터득했다. 특히 원리를 이용한 적용법을 다 전수해주었는데, 그때 이후로 종학이가 물리를 사랑하게 된 것 같다.

하버드로 떠나면 동생 종학이에게 더 이상 가르쳐줄 수 없다는 것이 가장 섭섭하다.

Questions

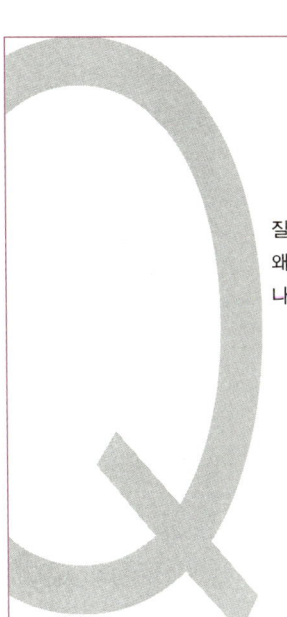

질문은 꼬리에 꼬리를 물고 늘어졌다. 왜? 어째서 이럴까?
왜 이렇게 하지 않는 것이지? 이렇게 바꾸면 안 되는 걸까?
나는 생각하고 또 생각했다.

수준별 학습에 반대하나요?

최근 교육계에서는 우열반 분리수업 문제를 놓고 토론이 한창이다. 나는 인터넷에서 한 학생이 쓴 글을 발견했다.

> 우열반을 만드는 것은 공부를 못하는 사람을 열등하다고 평가하는 사고에서 나온 것이다. 나는 중학교 때의 우열반 편성으로 인해 학업에 대한 의욕을 잃었다. 대놓고 너는 우등생, 너는 열등생 하면 참 기분이 나쁘다. 우열반 편성, 그것은 아주 나쁜 제도다.

이 학생은 열등반으로 분류되어 기분이 몹시 상한 듯했다. 솔직한 의견이긴 하지만, 만약 내가 이 학생의 누나라면 이렇게 얘기해주고 싶다. "열등반으로 분류됐다고 너 자신이 열등한 사람이라는 의미가 아니야. 지금 열등반에 있다고 해서 평생 열등반에 있으라는 법은 없어. 선생님들이 네 수준에 맞게 잘 가르쳐주실 테니까, 오히려 이게 기회가 될 수 있어."

동생을 비롯해 여러 아이들을 가르칠 때마다 느낀 것은 같은 문제라도 아이에 따라서 설명 방식이 달라져야 한다는 것이었다. 이미 기초 지식이 들어서 있는 아이들은 약간의 핵심만 짚어주면 혼자서 답을 찾아낼 줄 안다. 그러나 기초가 없는 아이들은 넓은 개념을 정리해주면서 쉽고 재밌게 설명을 해야 하고, 동시에 스스로 더 공부할 수 있도록 흥미와 의욕도 불러일으켜야 한다.

아이들을 어느 수준에 맞춰 가르쳐야 하느냐는 모든 선생님들이 안고 있는 딜레마일 것이다. 현재의 교육 평준화 정책 하에서는 한 반에 수재부터 둔재까지 모두 모여 있으니, 상위권에 맞춰서 설명하면 상당수가 못 알아듣고, 하위권에 맞춰서 설명하면 교사를 무시한다. 결국에는 중간 정도의 수준으로 수업을 이끌어가야 하는데, 우등생은 따분해하고 열등생은 따라가지 못한다. 그 결과는 어느 한쪽도 원원하지 못하는 '학력저하'이다. 평준화가 아니라 '평둔화'가 되는 것이다.

대부분의 학생들은 학교교육의 이러한 문제점을 과외와 학원을 통해 해결하려고 한다. 과외와 학원의 장점이 무엇일까? 바로 수준별 학습이 아닌가? 결국 이것이 교육적 효과가 훨씬 크다는 것을 다들 알고 있다는 말이다. 그런데도 많은 사람들이 수준별 이동수업을 반대한다. 어째서 공교육은 수준별로 가르치면 안 되고 사교육은 그래도 되는 걸까?

우리가 평등이란 개념에 너무 집착하는 게 아닐까? 평준화가 시작된 이유는 '교육평등'이라고 한다. 모든 국민에게 양질의 교육을 받을 기회를 균등하게 나눠줌으로써 신분상승의 기회를 동일하게 주겠다는 것이다. 하지만 지금 그 결과는 기회의 평등이 아니라 실력의 평등, 실력의 규격화로 나아가는 것 같다. 너무 잘난 사람도 만들지 말고 너무 못난 사람도 만들지 말고, 다 비슷비슷한 수준으로 통일시키는 것 같다.

과연 이것이 옳은 것일까? 어차피 사람은 타고난 재능이 다른 법이다. 수학을 잘하는 사람이 있으면 영어를 잘하는 사람이 있고, 또 미술이나 음악에 재능을 보이는 사람도 있다. 교육은 학생 개개인의 재능을 극대화시키는 데 궁극적인 목적이 있는 것이 아닐까? 우리 학교교육이 언제까지나 평등에 얽매어 수많은 영재, 수재, 천재들을 놓쳐야 하는가?

평등과 인권에 대해 민감하게 반응하는 선진국에서도 우열반 수업을 하는 학교를 종종 볼 수 있다. 하지만 그들은 이것에 대해 위화감 조성이니 학습능력의 계층화니 하면서 왜곡해서 받아들이지 않는다. 말 그대로 '수준별' 학습일 뿐이기 때문이다. 수학에서 톱클래스에 속한 학생이 작문에서는 보충수업이 요구되는 열등반에 속할 수 있고, 음악 우등생이 과학 열등생일 수도 있다. 과학 열등생이 열등생을 벗어나기 위해서는 당연히 열등반에 들어가서 수준에 맞게 기초부터 차근차근 배워야 한다.

학생에게 더 중요한 것은 어디에 속했느냐가 아니라 어떻게 배우느냐다. 어디에 속하든 상관없이, 어떻게 배우느냐에 따라 영재가 될 수도 있고 둔재가 될 수도 있다.

수준별 교육이 반드시 필요한 또 한 가지 이유는 미래를 이끌어갈 엘리트 양성에 있다고 생각한다. 인재교육, 엘리트 교육이란 학생의 재능을 최대치로 끌어올리기 위한 교육 컨텐츠를 끊임없이 개발하고 제공하는 데 있다고 생각한다.

그런데 과연 우리 학교들이 이런 역할을 제대로 해내고 있을까? 수준별 학습조차 이루어지지 못하는 상황에서 실력 있는 학생들은 어디서 자극을 받고 어떻게 그 재능을 확장할 수 있을까?

지금 우리나라의 특목고 정책을 보면 위태롭다는 생각이 든다. 얼마 전 발표된 학교교육 정상화 방안을 보면 특목고 내신을 절대평가하고 가산점 제도도 축소하며 경시대회 입상경력도 고려하지 않을 것이라고 한다. 특목고의 상위권 대학 진학률을 낮추려고 애쓰는 듯한 인상이다. 특목고 때문에 과잉경쟁이 붙고 사교육비가 증대된다는 이유로 이런 방침을 정했다고 하지만, 이건 특목고를 두 번 죽이는 일이 아닐 수 없다. 최악의 시나리오는 특목고가 대학입시에서도 소외되고, 그 분야의 영재마저 길러내지 못하는 교육 사각지대로 둔갑해버리는 것이다.

나는 교육부의 특목고 정책이 너무 경직돼 있다고 생각한다. 이번에 발표된 정상화 방안을 보면, 외고 학생들이 의대와 법대에 진학하지 못하도록 내신 비율을 더 높이고 가산점도 주지 않을 방침이라고 한다. 외고 학생들은 외국어 관련 학과에 응시할 때에만 혜택을 주겠다는 것이다. 나는 이것을 이해할 수 없다. 외국어를 잘하는 학생은 의사나 변호사가 되면 안 되는 걸까? 외국어는 하나의 기능이지 그 자체를 목적이라고 말할 수는 없다. 외국어를 아주 잘하면서 꿈은 의사가 되고 싶은 학생이 외고를 가면 큰일나는 걸까? 오히려 의사가 된 다음 유창한 영어실력을 발휘하여 국제적인 논문을 발표한다면, 그것이 진짜 성공한 엘리트 교육이 아닐까?

예전에 보았던 한 외국영화의 스토리가 마음에 오래 남아 있다. 어느 시골 고등학교의 음악 교사가 피아노에 뛰어난 재능을 보이는 한 학생을 발견했다. 가난해서 피아노보다 먹고 사는 것이 먼저인 그 학생을 선생님은 성심성의껏 가르쳤다. 얼마 후 자신의 실력으로는 도저히 학생의 재능을 극대화시킬 수 없다는 걸 깨닫고 도시의 유명한 대학교수에게 아이의 레슨을 부탁했다. 대학교수는 기꺼이 학생을 받아들였고 자신이 가르칠 수 있는 모든 것을 가르친 후에, 또 더 훌륭한 지도자에게로 학생을 인도했다.

진정한 학교의 역할은 바로 이렇게 학생의 재능을 발견하고 그것을 발전시키기 위해 최선을 다하는 음악 선생님 같은 역할이 아닐까?

아이가 미음을 충분히 소화할 능력이 된 다음에 죽을 주고, 그 다음에 밥을 주고, 그 다음에 잡곡밥과 오곡밥을 주어야 하는데, 현재의 우리 학교들은 죽에서 밥 사이 정도만 줄기차게 지어주면서 미음을 먹는 아이들이 소화불량이 되건 말건 상관하지 않고, 오곡밥을 먹을 수 있는 아이들의 왕성한 소화력을 못본 척한다.

이제 소모적인 감정싸움에 더 이상 매달리지 말고 무엇이 아이들에게 최선인지 돌이켜볼 때이다. 사교육비 증대를 막기 위해서는 학생이 필요로 하는 모든 교육 컨텐츠를 학교에서 공급받을 수 있다는 믿음이 필요하다. 그러기 위해서는 학교가 바뀌어야 한다. 수준별로 다양한 학습제도가 있어야 하고 아이들의 재능을 확대시킬 교육내용을 계속 개발해내야 한다.

어렵게 생각할 필요 없다. 우선은 '우열반' 이란 이름부터 바꿨으면 한다. '열등' 이라는 말 자체가 계급적 뉘앙스를 풍겨 더욱 거부감을 느끼는 것은 아닐까? 우리말에는 '초급, 중급, 고급' 이라는 말도 있고 '기초, 중급, 상급' 이라는 말도 있다. 이것은 그저 수준을 나타내는 말일 뿐, 비하나 멸시의 의도는 전혀 없다. 수준별 이동수업은 이렇게 제대로 된 이름을 찾아주는 것에서부터 시작돼야 한다고 생각한다.

그 다음, 내가 생각해낸 아이디어 한 가지는 학생이 학생을 서로 돕게 하는 것이다. 예컨대, 수학을 잘하는 고3 학생 한 명에게 자원봉사로 고1 수학 기초반 학생 5명을 모아 지도하게 한다면, 배우는 학생에게 도움이 되는 것은 말할 것도 없고 가르치는 학생도 자원봉사 점수를 얻을 뿐만 아니라 스스로 가르치면서 자신이 복습하는 기회가 되기 때문에 일석이조의 효과를 얻게 된다. 이것이 시간만 때우는 자원봉사보다 훨씬 의미있다고 생각한다. 별로 어려운 일이 아니다. 매달 정기적으로 과외지도가 필요한 학생, 과외지도를 하고 싶은 학생이 학생부나 교무처에 신청을 하면, 학교는 두 학생을 연결시켜주고 필요한 경우 장소를 제공하면 된다.

이처럼 선생님은 기초, 중급, 상급으로 수준별 지도를 하고, 학생들은 서로 연대하여 부족한 부분을 도와가며 공부한다면 학원이나 과외에 기댈 이유가 많이 사라지게 될 것이다.

거창한 제도개혁은 우리를 더욱 헷갈리게 할 뿐이다. 오히려 이런 작은 부분부터 보충하고 학교의 내실을 다지는 데 집중했으면 좋겠다. 조금만 방향을 틀어 생각해본다면 좋은 대안들은 계속 떠오를 것이다.

대입시험제도, 바꾸면 안 될까요?

지난 3년 동안 나는 한국의 대입시험과 미국의 대입시험을 모두 겪는 특별한 체험을 했다.

고등학교 때는 그 제도에 순응하느라 불만을 가질 여유도 없었다. 내신 반영 비율이 높아져서 내신을 올리려고 노력했고, 수능성적을 단 1점이라도 높이려고 모의고사 때마다 조바심을 냈었다. 한편 특기적성자를 우대한다고 해서 경시대회에 참가하는가 하면 논술 준비에도 심혈을 기울였다.

그러나 나의 이런 노력은 모두 헛수고로 돌아갔다. 특목고 내신에 발목이 잡혔고 경시대회 참가 경력은 전혀 도움이 되지 않았다. 애초에 약속했던 논술, 수행평가, 봉사활동, 심층인터뷰 등의 반영비율은 구색 맞추기에 불과해서 왜 이런 제도를 만들어서 학생들을 헷갈리게 했는지 의아할 정도였다.

어차피 모든 건 내신과 수능성적에 달려 있었던 것이다. 나는 수시모집에 합격해서 일반전형을 경험하지 않았지만, 수능을 치른 학생들은 배신감이 더 심했다.

3년 동안 목숨을 걸고 준비한 시험, 단 하루 만에 정신없이 치르고 나오는데 눈물이 뚝뚝 떨어지더란다. 쉬울 줄 알았던 시험이 전해보다 훨씬 어렵게 출제된 것에 배신감을 느꼈는데, 다음 날 모든 언론이 일제히 "문제는 안 어려웠다. 학생들 수준이 낮아졌다"며 '학력저하 세대' 운운하는 것에 또 한번 배신감을 느꼈다고 한다.

미국의 대학시험 과정을 하나씩 겪으면서, 나는 우리가 그때 느꼈던 불만의 실체를 차근차근 구체화할 수 있었다.

첫째, 아무리 아니라고 오리발을 내밀어도 우리나라의 대입시험은 여전히 점수 위주라는 것이다. 내신 등급 한 단계, 수능점수 단 1점 차이로 합격, 불합격이 결정되는 것은 30년 전이나 지금이나 변함이 없다. 경시대회 성적이니 수행평가니 봉사활동이니 하여 다양한 항목을 만들긴 했지만, 그저 구색 맞추기일 뿐 대학들은 이 분야를 공들여 평가할 생각이 전혀 없다.

열심히 해서 점수만 잘 받으면 좋은 대학 갈 수 있다니, 한번 해볼 만하다고 치자. 그런데 이것도 너무 야속하다. 단 하루에 언어·수리·외국어에 선택과목 4개까지 수많은 과목을 다 쳐야 한다. 그날따라 두통 때문에 컨디션이 나빴을 수도 있고, 집안에 우환이 생겨 걱정하느라 제 실력을 발휘하지 못했을 수도 있고, 갑자기 설사병에 걸려 시험 중간에 화장실에 가느라 한 과목을 못 쳤을 수도 있는데, 이런 사정은 전혀 고려해주지 않는다. 전체 종합점수로 계산되기 때문에 단 한 과목을 망쳐도 끝장이다. 결국 원치 않은 대학에 가거나 1년이라는 긴 시간을 다시 투자하여 재수를 해야 한다.

미국의 대입시험인 SAT는 매년 10월부터 다음해 2월까지 총 여섯 번 치러진다. 학생들은 스스로 시험 칠 시기를 정하고 과목도 보고 싶은 것을 선택한다. 여섯 번 다 쳐도 되고 한 번만 쳐도 된다. 만족할 만한 점수가 나온 과목은 더 이상 안 쳐도 되고, 좀 더 점수를 올리고 싶은 과목은 더 공부해서 그것만 치면 된다.

시험 과목의 수도 간단하다. SAT I은 언어(영어)와 수학, 두 과목. SAT II는 세 과목 이상을 보는데 주로 작문이 포함되고 나머지는 자신이 선택하면 된다. 대학에 따라서 SAT I만 봐도 된다.

그리고 가장 부러운 건, 최고 점수만 높은 평가를 받는 것이 아니라는 점이다. 한 번을 보든 여섯 번을 보든, 처음 점수부터 마지막 점수까지 점수의 변천 과정을 통째로 평가한다. 몇 점을 받았느냐도 중요하지만 얼마나 발전하는가도 중요하게 보는 것이다.

진짜 하나만 잘해도 대학 가는 세상을 만들어주고 싶다면, 우리도 단 하루 동안 치른 시험 점수만으로 평가할 것이 아니라 좀 더 섬세하고 합리적인 평가방식을 고민해야 하는 건 아닐까?

　나는 수행평가에 대해서도 불만이 많다. 원래 수행평가는 학생의 창의력, 참여도, 노력 등을 평가하는 것인데 지금은 과제물에 대한 점수 매기기가 되었다. 그것도 과목마다 다 수행평가를 하기 때문에 학생들은 더 바빠지고 말았다. 수행평가를 지금처럼 점수 매기기로 하지 말고 선생님의 추천서로 대체하면 안 될까? 학생이 정말 관심 있는 과목에서 어떤 모습을 보여주었는지, 발표는 어떻게 하고 노력은 어떻게 했는지, 어떤 결과물을 들고 와서 선생님을 놀라게 했는지 선생님이 글로 써주시면 안 되는 걸까?

　더불어 학생들의 자기소개서나 에세이, 지원사유 등에 대해서는 왜 아무런 평가를 안 하는 걸까? 사실 이것이 점수보다 더 중요한 부분이 아닌가?

　과정의 편리성으로 볼 때 대학의 입장에서는 점수로 평가하는 게 훨씬 간편할 것이다. 그냥 이것저것 다 더해서 총점만 내면 합격, 불합격이 자동으로 결정되니까 더 고민할 필요가 없을 것이다.

　하지만 한 학생의 가능성, 성실성, 노력, 의지 등이 어떻게 점수로 다 평가될 수 있을까? 자기소개서와 에세이를 읽고, 선생님이 써준 추천서도 읽어보아야 그 학생이 어떤 사람인지 제대로 파악할 수 있지 않을까?

　봉사활동 역시 '했다, 안 했다' 여부만 판단하고 시간만 채우면 끝이다. 학생이 왜 그 봉사활동을 택했는지, 거기서 어떤 경험을 하고 무엇을 깨달았는지는 전혀 평가되지 않는다. 단지 시간만 증명하면 그뿐인 봉사활동이 과연 진정한 봉사라고 말할 수 있을까? 인터넷을 보면

'봉사활동을 하지 않아도 했다고 도장찍어주는 단체'의 리스트가 돌아다니고 '봉사활동 안 하고도 대학에 잘만 붙었다'는 말들이 떠돌아다닌다.

미국의 경우는 봉사활동 하나만 잘해도 대학에 갈 수 있다. SAT 점수가 좀 낮더라도 확실하게 봉사활동하고 그 분야에 대해 신념에 가득 찬 에세이를 썼다면 그것으로써 높은 평가를 받는다. 미국이 지금처럼 자원봉사 왕국이 된 것도 봉사활동을 높이 평가하는 사회적 분위기 때문이다.

점수중심, 형식중심의 제도로는 아이를 제대로 볼 수 없다. 이런 제도 때문에 부모도 선생님도 한 아이를 점수에 따라 평가한다. 인간으로서 정말로 괜찮은 아이가 점수 때문에 학교와 집에서 10점짜리 취급을 당하는 현실이 너무 안타깝다.

요즘 미국에서는 미국 대학입시제도 중에서 유일한 점수평가인 SAT 제도를 뜯어고치려고 한다. 이 시험제도가 사회계급화를 부추긴다는 것이 가장 큰 이유이다. 즉, 점수평가는 어쩔 수 없이 불평등하다는 것이다.

예컨대 한 학생의 재능과 잠재력이 아무리 위대하다 해도, 집이 가난하다거나 부모가 저학력자이거나, 맞벌이 노동자라서 아이의 공부에 신경을 못 써주었거나, 혹은 마약 중독자나 범죄자라면 이 아이는 환경적인 이유 때문에 공부를 소홀히 할 수밖에 없다. 현재 미국의 주 저소득층, 노동자층은 흑인이고 마약중독과 범죄율이 가장 높은 집단도 흑인이다. 그러니 SAT는 애초부터 흑인 학생에게 불리한 것이다. 흑인들이 가난과 저학력을 대대로 대물림하는 이유가 SAT에 있다는 목소리가 높다.

SAT 성적은 유독 백인과 아시아계 학생일수록, 소득이 높을수록, 그리고 부모의 학력이 높을수록 좋다. 특히 흑인 학생의 SAT 평균점수는 백인 학생의 평균점수에 비해 영어는 90여 점이, 수학은 100여 점이 낮다고 한다. 이런 이유로 SAT 제도에 전면적인 수술이 필요하다는 의견이 많아져서 2005년부터는 완전히 새롭게 바뀔 거라고 한다. SAT 반영비율을 더 낮추고 대회 활동 경력과 에세이, 추천서, 생활기록부의 비중을 더 높여야 한다는 주장도 강하게 제기되고 있다. 공부보다는 재능과 가능성, 꿈에 대한 의지를 더 많이 쳐주어야 한다는 게 그들의 생각인 것이다.

우리의 대학입시 역시 마찬가지다. 가난한 집 아이들은 그 많은 과목의 참고서조차 제대로 사지 못하고, 부잣집 아이들은 과목마다 고액 과외에 참고서와 문제집이 넘쳐난다.

교육은 자기의 현실을 극복하고 뛰어넘을 수 있는 정당하고도 유일한 사회적 장치인데, 애초부터 이런 기회에서 소외될 수밖에 없는 사람들이 존재하는 것이다.

점수 제도를 완전히 없앨 수는 없겠지만 미국처럼 점수를 30퍼센트 정도만 부분적으로 반영하는 것과, 우리나라처럼 거의 99퍼센트 절대적으로 반영하는 것 사이에는 사회적인 분위기에서 상당한 차이가 난다(SAT의 정확한 반영비율은 대학마다 다르며 신축적이지만 대충 30퍼센트 정도로 추정하고 있다).

다시 말해서 한 사람을 평가하는 요소에는 성적표도 물론 있지만 꿈에 대한 의지도 있고, 본인의 관심 분야를 파고드는 열정도 있을 것이다. 또 교우관계, 가정 분위기, 인간 됨됨이, 성실함, 정직함, 친절, 예의, 감사하는 마음, 보답하려는 마음, 희생하려는 마음 등도 있을 수 있다. 그런데 우리나라처럼 성적표만 보는 나라는 뒤의 것은 싹 무시해버리고 오로지 성적만, 그 성적으로 들어간 대학교 타이틀만, 더 나아가 직장의 수준과 직업과 연봉만이 전부가 될 수 있다.

우리나라의 대학입학제도는 다른 나라의 경우보다 훨씬 중요하다. 다른 나라는 대학진학률이 기껏해야 10~30퍼센트 정도인데, 우리나라는 80퍼센트에 육박한다. 온 국민이 대학진학에 목을 매고 있는 실정이니 대학입학제도가 사회 전체의 분위기를 결정짓는다고 말해도 무방할 것이다.

외국에 나가보면 한국인들처럼 타이틀 따지고 연봉 따지고 부모님의 직업까지 캐묻는 사람들이 드물다. 평범한 사람들의 단순하고 소박한 삶을 쉽게 폄하하는 경향이 있다. 화려하게 입고 많이 소유한 삶이 최고라고 생각하는 사람들도 많다. 이것은 사회가 잘못된 방향으로 가고 있다는 위험신호가 아닐 수 없다. 우리의 교육제도가 어서 올바른 방향을 찾았으면 좋겠다.

외국 대학 가는 게 두뇌 유출인가요?

"인생은 단 한 번뿐, 가능성을 하늘 끝에 열어두어라."
민족사관고등학교의 설립자인 최명재 씨의 회고록 중에서 인상 깊었던 글귀다.

고등학교 진학을 앞두고 나는 민사고에 대해서도 여러 번 고민을 했었다. 꼭 가보고 싶은 학교이긴 했지만, 내 꿈이 의사이고 과학 분야 교육을 집중적으로 받는 것이 나의 미래에 도움이 되리란 생각에 과학고 쪽으로 진로를 정했었다.

민사고는 몇 년 전부터 계속 우리를 놀라게 하고 있다. 매년 한두 명씩 해외 명문대 합격자를 만들어내더니, 올해에는 유학반 전원 20명이 해외 명문대에 합격했다. 똑똑하고 당찬 우리 학생들이 매년 더 많이 해외로 나간다니, 나는 그들이 본격적으로 국제무대에서 활동하게 될 20~30년 후가 무척 기대된다.

그런데 민사고를 나처럼 호감을 가지고 보는 사람만 있는 건 아닌 모양이다. 민사고가 대부분의 수업을 영어로 하는 것을 '반민족적'이라고 평가하는 사람도 있고, 유학반을 따로 두고 아이비리그 진학에 열을 올리는 것을 두고 '학벌사대주의'라고 평가하는 사람도 있으며, 매년 해외 명문대 합격자가 늘어나는 것에 대해 '심각한 두뇌 유출'이라고 염려하는 사람도 있다.

과연 그럴까? 민족의식을 강조하는 학교를 지었다고 해서 영어를 상용해서는 안 되고 외국 대학에 학생을 보내서도 안 되는 걸까? 과연 민사고가 미국을 열렬히 사모하여 영어를 쓰고 유학반을 편성한 것일까?

사람들은 나에게 왜 미국 대학, 그 중에서도 하버드 입학을 결심했냐고 묻는다. 혹시라도 내가 일류 학벌에 눈이 먼 아이는 아닌지, 미국 숭배자는 아닌지, 의심의 눈초리로 쳐다보는 사람도 있다. 나의 대답도 민사고 설립자의 말과 같다.

"인생은 단 한 번뿐, 가능성을 하늘 끝에 열어두었기 때문이다."

나는 나의 가능성을 최대치로 올리기 위한 수단으로 하버드를 택했을 뿐이다. 만약 그게 하버드가 아니라고 판단했다면 다른 수단을 택했을 것이다.

민사고가 영어로 수업을 하는 것도 학생들의 가능성을 최대한 계발하기 위해서다. 영어를 알아야 세계를 알고 선진학문을 우리 것으로 만들 수 있다. 영어를 알아야 국제무대에서 기죽지 않고 우리 주장을 또박또박 얘기할 수 있다. 영어도 하버드도 여타 해외의 명문대학도, 목적이 아니라 수단인 것이다.

두뇌 유출을 염려하는 사람들이 있지만, 아직 우리는 이런 걸 걱정할 만큼 배가 부르지 않다고 생각한다. 두뇌 유출을 가장 심각하게 걱정하는 나라는 러시아·영국·아일랜드 등이다. 세 나라 모두 인재들의 두뇌 유출을 막기 위해 연구비 지원확대, 고액연봉 등의 제도를 늘리고 있다고 한다. 그런데 세상에는 두뇌를 유출하고 싶어도 그럴 기회조차 없는, 교육수준이 낙후된 나라도 많다. 러시아의 푸틴 대통령이 이런 말을 했다고 한다. "두뇌 유출이 있다는 건 어쨌든 우리에게 유출할 두뇌가 있다는 말 아니냐?"

나는 두뇌 유출이 걱정되기보다 오히려 다행스럽다. 우리 민족이 이만큼 똑똑하지 않다면 해외로 나가서 선진기술을 배우고 지식을 습득할 기회가 있을까?

러시아나 아일랜드도 불과 10년 전에는 나가서 많이 배워오라며 학생들을 해외로 내보내는 데 열을 올렸다. 덕분에 새로운 지식이 축적되었고 더불어 국제적 지위도 상승했다. 자국민이 세계무대에서 열심히 뛰고 있으니 발언권이 강해지고 국제 경쟁력도 높아진 것이다.

우리나라가 국제무대에서 제 목소리를 내고 존재를 알리기 위해서는 아직도 가야 할 길이 멀다. 미스 유니버스 대회에 참가했을 때 나는 그 사실을 뼈저리게 깨달았다. 내가 미스코리아라는 존재를 알리기 위해 아무리 노력해도, 그들에게 한국이란 그저 일본 다음, 중국 다음이었다. 그냥 금나나로만 살아오던 내가 '한국인 금나나'라는 사실에 눈

뜨게 된 자리였으며, 열등감과 애국심을 동시에 느낄 수 있었던 기회였다.

유엔 산하에 200여 개의 국제기구가 있고 정부간 기구도 수십 개에 이르는데, 정작 코리아를 위해 일하는 사람은 찾아보기 힘들다. 이유는 국제무대에 진출한 한국인이 워낙 없기 때문이다. 지금 우리가 고민할 것은 두뇌 유출이 아니라 더 많이 내보내서 그곳에서 훌륭하게 큰 인재를 어떻게 다시 활용하느냐다.

한국인이 한국에 살지 않는다고 딴 나라 사람이 되는 걸까? 세계 어느 곳에 살든 한국인으로서의 정체성은 사라지지 않는다. 해외에 사는 사람들을 보면 국내에 사는 사람들보다 더욱 애국심이 강하고 조국을 대표한다는 책임감이 대단하다. 그러니 더 많은 사람이 나가서 바깥사람들과 섞여 살면서 그들이 한국을 알리고 한국을 위해 노력한다면 그보다 더 좋은 것은 없다.

더 많은 인재가 나가서 세계 여러 나라에 뿌리를 내려야 한다. 그 뿌리가 튼튼하면 튼튼할수록, 그것이 한국의 자산이 된다. 인재는 유출되는 것이 아니라 파견되는 것. 그 결실은 결국 우리에게 되돌아오게 된다.

고려말 누명을 쓰고 원나라에 유배되었던 문익점은 붓 뚜껑 속에 목화씨 세 알을 몰래 담아와 그 종자를 퍼뜨렸다. 10년 후 추위에 떨던 고려인들은 목화로 베를 짜서 무명옷을 해 입었고 솜을 누벼 겨울 방한복도 만들어 입을 수 있게 되었다.

오늘 해외로 나가는 젊은이들이 저마다 목화씨 세 알을 갖고 돌아올 날을 상상해본다.

Really?

무엇보다도 자기만의 방법을 찾는 것이 중요하다. 공부는 남이 하는 대로 따라하는 것이 아니라 내가 스스로 하는 것이니까. 내 말이 정말이냐구요? 맞다니까요.

나의 백만 불짜리 노트 필기법

영주의 우리 집에는 아직도 내가 중고등학교 시절 썼던 참고서, 공책, 연습장이 천장 높이로 쌓여 있다. 이 물건들은 내가 무덤까지 가져갈 보물이기 때문에 절대로 버릴 수가 없다. 그래서 가족 어느 누구도 나에게 버리자는 얘기를 못 꺼낸다. 내가 얼마나 애지중지 정성을 들여 썼던 것들인지 잘 알기 때문이다.

학교생활을 처음 시작한 날부터, 나는 필기에 목숨 건 아이였다. 내겐 세상에서 가장 반가운 선물이 공책이었다. 요즘 아이들은 학용품이 남아돌아서 공책 귀한 줄 모른다지만, 나는 새 공책이 생기면 그 공책을 어떻게 써야 할지 궁리를 하느라 잠을 못 잤다.

중학교에 들어가면서 형형색색의 펜을 사용할 수 있게 되니, 나의 노트 필기는 더 화려해졌다. 수업시간에 나는 검정, 빨강, 파랑 볼펜을 바꿔가며 깨알 같은 글씨로 아주 예쁘게 써내려갔다. 누가 보아도 한 눈에 내용을 파악할 수 있을 정도로 깔끔하게. 거기에는 선생님이 해주신 말씀 외에도 내가 깨달은 것, 갑자기 생각해낸 것 등도 곁들여져 있다. 그러니 수업 한 시간이 필기하느라 바빴다. 때로는 쉬는 시간까지 반납해가며 미처 못 다한 내용을 정리했다.

고등학교 때에는 EBS 수능강의를 열심히 들었다. 나는 EBS용 노트를 따로 마련해서 필기를 했는데, 강의내용이 좋고 필기할 것이 많아서 1시간짜리 녹화테이프를 다 듣는 데 2시간이 걸리기 일쑤였다.

내가 왜 이렇게 필기를 열심히 했을까? 친구들 중에는 필기하는 걸 끔찍이 싫어하는 아이가 많았다. 그냥 듣고 읽으면 되는데 필기는 뭐 하러 하느냐는 식이었다.

하지만 나는 필기를 하지 않으면 선생님 말씀과 내가 깨달은 지식이 다 새어나갈 것 같아서 불안했다. 그걸 몽땅 공책 안에 붙잡아두어야 드디어 내것이 되었다는 안도감이 들었다.

말이라는 건 아무리 집중해서 들어도 한 번 듣고 나면 사라진다. 사라지는 걸 기록하는 것이 글이다. 기록의 행위는 두고두고 기억하겠다는 의지의 표현이다. 나는 필기를 하면서 수업시간의 기억을 박제하는 데 성공했다. 지금도 그 시절의 노트필기를 보면 그날 선생님이 이 부분을 설명하면서 어떤 농담을 하셨는지, 어떤 표정을 지으셨는지까지 기억난다.

또한 필기를 하다보면 선생님이 유난히 강조하시는 내용과 그냥 스치듯이 지나가는 내용을 구분할 수 있게 된다. 나는 이것을 빨강 볼펜과 검정 볼펜의 차이로 구별해서 시험공부를 할 때 큰 도움이 되었다. 하지만 필기를 대충 하는 아이들은 뭐가 중요한지 모르는 듯했다. 선생님이 전혀 강조하지 않은 부분을 진땀을 흘려가며 외우는 아이들을 볼 때면 필기를 꼼꼼하게 해두길 정말 잘했다는 생각이 수도 없이 들었다.

시험이 다가오면 아이들은 부랴부랴 나에게로 와서 공책을 빌려달라고 했다. 시간 없을 땐 내 노트만 봐도 도움이 된다고 소문이 퍼진 것이다. 그렇게 애정을 쏟아가며 정성스럽게 가꾼 내 보물을 누구에게 빌려주고 싶지 않았지만 어찌겠는가. 쩨쩨하게 노트 하나로 인심을 잃을 수는 없는 일, 눈물을 삼키며 빌려줄 수밖에.

그러나 노트필기는 자기 스스로 정리할 때 가장 효과가 크다. 내 노트가 아무리 잘 정리되었다고 해도, 다른 사람은 행간에 숨어 있는 시시콜콜한 부분까지는 감지해내지 못한다. 나의 노트에는 몰랐던 것을 깨달았을 때의 기쁨, 잘못 알고 있었던 것을 제대로 바로잡았을 때의 놀라움, 꼭 기억해두자는 의지 등이 곳곳에 숨어 있다. 이런 건 직접 필기한 사람이 아니면 알 수 없는 부분이다.

금나나식 필기법

1. 펜을 적재적소에 활용하라

내 필통은 항상 무겁다. 어떤 필기도 가능하도록 만반의 준비를 갖추어놓아야 하기 때문이다.

기본적 필기도구로는 잘 지워지는 지우개, 가벼운 샤프펜슬 한 자루(비싼 것 말고 가장 단순한 천 원짜리 샤프를 즐겨 쓴다), 샤프심(H, HB, B 중에서 B를 선호한다. 그래야 다양한 종이질에 상관없이 선명하고 부드럽게 써지기 때문이다), 그리고 펜 혹은 볼펜이다. 나의 경우는 볼펜보다 펜을 더 애용한다. 볼펜은 우리가 흔히 장난스레 부르는 '볼펜 똥'이 나와서 잘못해서 손으로 쓱 문지르면 지저분해질 염려가 있기 때문이다. 그리고 펜촉이 굵은 것보다는 적당히 가는 것이 더 좋다. 그래야 책 행간에 작은 글씨로 필기하기에도 편하기 때문이다.

펜의 색상은 다채로울수록 좋지만 너무 많은 색을 쓰면 오히려 노트가 요란해져서 핵심을 표시하는 데 방해가 된다. 색상별로 용도를 구별해놓아야 나중에 보았을 때 혼란을 겪지 않는다. 나의 경우엔 검정색은 바탕글, 파란색은 보충설명, 빨간색은 중요 부분을 표시하는 용도로 사용하였고, 여기에 다른 두 가지 색을 선별해서 성격이 다른 내용을 구분해서 정리했다.

그리고 싸인펜을 자주 썼다. 나는 형광펜은 별로 사용하지 않았다. 색상이 눈을 피로하게 할 뿐 아니라 굵기도 정해져 있어서 글자 크기에 따른 융통성이 없기 때문이다. 그러나 싸인펜은 잘만 고르면 색상도 예쁘고 각도와 힘 조절에 따라 굵기도 다양하게 표현할 수 있다. 나는 주로 하늘색, 분홍색, 개나리색을 썼는데, 문제집에 유형구분을 표시할 때 유용하다. 그리고 시험공부를 할 때 최종적으로 이것으로 중요한 부분에 밑줄을 그으며 공부하면 머리에 더 쏙쏙 들어온다. 특히 영어 문제집의 경우 지문 내의 중요한 숙어와 단어에 줄을 그을 때 이 싸인펜을 활용했다.

마지막으로 플라스틱 자 하나와 수정액도 필요하다. 이렇게 갖추면 필기를 위한 만반의 준비는 끝난 셈이다.

2. 노트 선정은 과목 특성에 맞게

모든 과목을 줄이 그어진 노트에 필기해야 한다는 고정관념을 버리자! 과목마다 성격이 다르기 때문에 필기법이 달라지고 따라서 노트도 달라야 한다.

　우선 대부분의 과목은 줄노트가 무난하다. 줄노트를 사용할 때는 노트 왼쪽은 조금 비워두는 게 좋다. 왼쪽 끝에서 약 5~6센티미터 정도 들어간 지점에서 세로로 선을 그어놓고 그 오른쪽에만 필기를 하면 언제든 보충 필기를 할 수 있다. 아예 줄이 그어진 노트도 있다.

　노트는 과목마다 다양하게 선택할 수 있지만 이왕이면 같은 과목은 통일해주는 것이 좋다. 나의 경우 영문법 노트는 처음부터 두꺼운 노란색 노트를 여러 권 사서 그 노트에만 기록했다. 그렇게 해두니까 함께 책꽂이에 꽂아두기도 좋고, 많은 과목의 노트가 책꽂이에 꽂혀 있어도 쉽게 찾을 수 있었다.

　역사의 경우엔 처음부터 끝까지 A4 용지만 사용했다. 역사는 과목 특성상 연대기적 서술이 많고 각각의 내용마다 주석이 방대하게 뒤따르기 때문에 노트의 줄은 오히려 방해가 된다. 깨끗한 A4 용지에 그날그날의 수업내용에 맞게 때로는 가로로, 때로는 세로로 쓰고, 지도나 연대기 같은 자료를 잘라서 붙이기도 했다. 선생님이 나눠주신 자료도 똑같은 A4 용지 크기이므로 적절한 곳에 끼우기도 편했다. 모든 것을 집게로 집거나 파일에 끼우기만 하면 되니 정리도 한결 수월하다.

　나는 화학의 경우에도 A4 용지를 활용했다. 화학 선생님께서 워낙 기초부터 세세하기 가르쳐주셨고 나눠주신 자료도 많았기 때문에 함께 통일해서 정리하는 데는 A4 용지가 제격이었다. 필기 내용도 단순한 반응식 정도에서 그치는 것이 아니라 분자구조, 유기화학 메커니즘 등을 다 소화해야 했다. 게다가 선생님께서 많은 문제를 내주셨는데 워낙 문제가 어렵다보니 풀이도 길어져서 공간활용이 내맘대로인 A4 용지만큼 좋은 것이 없었다.

나는 A4 용지를 쓸 때 '한 장에 하나의 주제!'의 원칙을 철저히 지켰다. 즉, A4 한 장에는 같은 주제에 대한 내용만 기록한 것이다. 아무리 많은 공간이 남아도 주제가 다르면 새로운 A4 종이에 필기했고, 선생님께서 각 부분마다 연관된 보충자료를 많이 주셔서 클리어파일에 순서별로 넣어 정리했다. 그래서 나의 화학 노트는 현재 A4 40매가 들어가는 클리어파일 12개에 정리되어 있다. 이렇게 정리해둔 화학 노트는 훗날 SAT II 공부를 하면서 100퍼센트 재활용되었다. 영어로 된 SAT II 화학교재를 읽다가, 도저히 이해가 안 가는 부분은 클리어파일을 찾아보면 쉽게 알 수 있었다. 그러니 내 노트를 어떻게 버릴 수 있겠는가.

3. 연습장을 쓰는 데에도 법칙이 있다

대부분 연습장을 낙서장처럼 두서없이 쓴다. 그래서 일단 다 쓰고 나면 연습장은 휴지조각이 된다. 그러나 연습장 역시 공부의 흔적이고 때로는 그 흔적이 몹시 필요해질 때가 있다. 특히 수학 연습장은 주로 문제를 풀게 된 과정의 기록이므로 절대로 소홀하게 취급할 수 없다. 수학은 답보다는 답으로 가는 과정이 더 중요하고, 특히 틀린 문제의 경우 그 과정을 분석해야 자신의 사고 전개과정의 모순을 발견하고 극복할 수 있기 때문이다. 그래서 나는 수학 연습장을 따로 구분해서 썼고 늘 페이지 상단에 어느 교과서 혹은 어느 문제집의 몇 페이지 몇 번째 문제를 풀고 있다는 걸 표시해두었다.

그리고 연습장을 세로로 반으로 접어서 한 칸에 하나의 문제를 풀었다. 수학 문제를 풀 때 가로로 식을 전개해나가는 친구들도 있는데 세로로 전개하는 것이 논리적인 사고계발에 더 도움이 된다. 혹시 문제

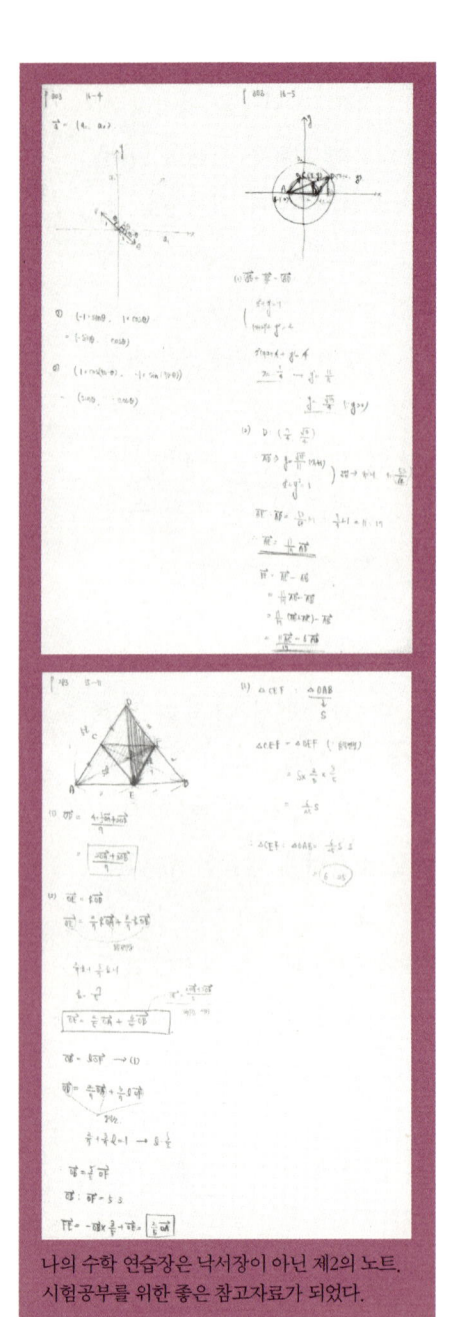

나의 수학 연습장은 낙서장이 아닌 제2의 노트.
시험공부를 위한 좋은 참고자료가 되었다.

를 풀다가 잘못 전개했다고 해도 지우개로 지우지 말고 × 표시를 하고 가로줄 한 번 그은 후 계속 풀어나가는 것이 좋다. 이렇게 끝까지 혼자 힘으로 문제를 풀고 그 과정을 스스로 찾아야 내것으로 만들 수 있다. 나중에 답지와 비교해보면 답은 똑같아도 풀이과정은 다른 경우가 많다. 어떤 경우는 내가 풀어낸 방법이 훨씬 독창적이고 간단한 경우도 있었다. 이렇게 수학 연습장을 기록하여 남겨두면 나중에 시험공부를 위해 문제를 한 번 더 살펴볼 때 좋은 참고자료가 된다.

4. 문제집 정리는 스크랩북처럼

문제집 활용은 틀린 문제만 확인하는 것으로 끝나지 않는다. 아는 문제는 알기 때문에, 모르는 문제는 모르기 때문에 다시 짚고 넘어가야 할 것들이 너무나 많다. 아는 문제의 경우엔 머릿속에 있는 지식들을 다시 일목요연하게 문제 밑 여백에 기록했다. 모르는 문제의 경우엔 교과서의 관련 부분을 찾아 읽은 후 내용을 여백에 기록했다. 만약 기록할 내용이 많다면 흰 종이에 따로 메모해서 문제 밑에 스크랩을 하듯이 붙여두었다. 붙일 때는 양면스카치테이프를 이용해서 깔끔하게, 그리고 다른 문제가 가려지지 않도록 작게 접어서 정리했다. 요즘에는 포스트잇이 있기 때문에 훨씬 수월할 것이라고 생각한다. 그리고 문제 번호에 유형별로 표시를 해두고 문제 속에 힌트가 숨어 있는 경우 표시해두면 나중에 문제를 보는 순간 바로 풀이방법이 떠오른다.

5. 나만의 코드를 개발하자

많은 아이들이 필기는 수업시간에만 하는 것이라고 생각하는데, 나는 그렇지 않다. 수업시간에 필기에 너무 치중하다보면 수업 내용을 이해하기보다는 글씨 연습만 하다가 끝나기 때문이다. 나는 오히려 수업시간에는 이면지를 활용해서 선생님의 말씀을 빠른 속도로 메모했다. 진짜 필기는 수업이 끝난 후, 배운 내용을 복습하면서 시작되었다. 그래야 내용을 이해하면서 차근차근 공부하듯 정리할 수 있고 글씨도 깨끗이 쓸 수 있는 여유가 있기 때문이다.

필기를 열심히 하는 친구들을 보면 저마다 자신만의 노하우가 있다는 걸 알 수 있다. 수업시간에 집중적으로 필기를 하던 한 아이의 경우 포스트잇을 많이 활용했다. 선생님의 부연설명이 있을 때마다 작은 포스트잇을 뜯어서 겹겹이 붙이는 방식이었는데, 그 아이에겐 그 방법이 잘 맞는 것 같았다.

또 어떤 아이는 수학의 경우 오답노트만 따로 만들기도 했다. 모르는 문제, 틀린 문제는 몽땅 그 노트에 정리해두어 시험 때는 그 노트만 보고 공부를 했다. 또 과학과목을 아주 특이하게 정리하는 아이가 있었는데, 그 아이는 무조건 노트 한가운데에서 필기를 시작했다. 노트 한가운데 하나의 주제어를 쓴 다음 거기서부터 나뭇가지 뻗어나가듯이 그림을 그리면서 세부주제로 나아가고 필요한 경우 작은 메모지를 덧붙이기도 했다. 이 방법은 하나의 주제를 큰 그림으로 이해하는 데 도움이 되는 것 같았다.

이밖에도 다양한 필기법이 있을 것이다. 필기 역시 창작활동이다. 저마다의 독창성, 창의력, 사고력을 발휘하여 학습에 가장 도움이 되는 나만의 필기법 코드를 개발하자.

단, 필기를 즐기되, 필기의 노예가 되지는 말아야 한다. 필기는 보여주기 위한 것이 아니라 보기 위한 것이라는 사실을 명심하자. 다른 사람들이 뭐라 하건 나만 좋으면 그만이다.

책상 위의 컴퓨터를 치워라

요즘 학생들의 공부방을 보면 대충 이런 구조다.

문을 열면 책상이 보인다. 책상에는 책꽂이가 딸려 있다. 그리고 책상 옆이나 뒤에는 푹신한 침대가 놓여 있다. 침대 주변에는 교복, 잠옷 등의 옷이 이리저리 널려 있다. 그리고 어딘가에 작은 옷장이나 서랍장이 있을 것이다.

책상 위에서 가장 많은 공간을 차지하고 있는 것은 컴퓨터와 키보드다. 그 다음은 책꽂이에 미처 다 꽂지 못한 교과서, 참고서, 문제집, 사전 등이다. 책상은 그밖에도 노트, 문구용품, 공부와 관련이 없는 여러 잡동사니로 뒤덮여 있다.

자, 이제 공부하는 모습을 보자. 흩어진 옷과 가방과 책으로 어수선한 방안, 커다란 컴퓨터와 키보드와 잡동사니에 거의 모든 공간을 점령당한 책상 위에는 겨우 두 손바닥 넓이의 공간만 남아 있다. 여기에는 교과서만 펴면 끝이다. 문제집과 참고서와 사전은 어디에 놓을까?

공부할 공간이 꼭 넓어야 하는 것은 아니지만 이 정도로 좁으면 곤란하다. 최소한 교과서, 참고서, 문제집, 공책, 사전 등이 자유롭게 펼쳐질 정도의 공간이 있어야 하지 않을까?

학생들이 책상이 좁다고 느끼는 것은 사실 정말 좁아서가 아니다. 불필요한 물건들로 뒤덮여 있기 때문이다.

가장 대표적인 것이 컴퓨터다. 컴퓨터는 리포트 작성이나 자료검색 등에는 꼭 필요하지만, 사실 공부에는 별 도움이 안 되는 물건이다. 인터넷으로 공부를 한다는 학생들도 많지만, 나는 그 방법을 권하고 싶지 않다. 인터넷의 html은 hypertext markup language, 다시 말해서 텍스트와 텍스트가 상호 연결된 언어가 아닌가. 이건 공부를 하다가도 클릭 한 번만으로 엉뚱한 사이트로 넘어갈 수 있다는 뜻이다. 인터넷에만 들어가면 나도 모르게 엉뚱한 사이트들을 돌아다니며 서너 시간을 훌쩍 도둑맞는 경험을 수없이 했다.

그러니 컴퓨터는 공부방에서 과감히 몰아내자. 대신 온 가족이 모이는 거실에 두는 것이 바람직하다. 이렇게 하면 엄마 아빠도 인터넷과 친해져서 서로 이메일이나 쪽지를 주고받을 수 있고, 온 가족이 한 대의 컴퓨터를 나눠 쓸 수도 있다. 그리고 게임을 하면서 온밤을 하얗게 지새우는 습관도 바로잡을 수 있을 것이다. 공부하다가 인터넷이 꼭 필요할 때가 있는데, 그때는 거실로 나가서 필요한 부분만 재빨리 찾은 후 다시 공부방으로 돌아오면 되는 것이다.

컴퓨터만 사라져도 책상이 훨씬 넓어진다. 하지만 이것만으로는 부족하다. 이제 책상 위를 먼지 하나 없이 깨끗이 비울 차례다. 책꽂이, 연필꽂이, 서류상자, 쌓여 있는 교과서, 참고서, 공책 할 것 없이 모조리 다 치워야 한다.

이걸 다 어디로 옮기느냐고? 사실 책상 위는 여백 하나 찾을 수 없을 만큼 복잡하지만, 오히려 책꽂이와 서랍 안은 빈 공간이 많을 것이다. 그동안 물건을 책상 위로 불러들일 줄만 알았지 제자리로 돌려보낼 줄 몰랐기 때문이다. 모든 것을 제자리로 돌려보내고, 이제 깔끔해진 책상 위에서 공부를 시작할 차례다.

책상 위에는 공부하는 책과 연습장, 필요한 필기도구, 이것 외에는 아무 것도 없어야 한다. 지금 공부하고 있는 과목과 상관없는 물건은 죄다 치워버려야 한다.

이렇게 하는 이유는, 상관없는 물건이 놓여 있으면 아무래도 공부하다가 자꾸 그쪽으로 신경이 쓰일 것이고, 집중력도 떨어지고 공부 효과도 감소할 것이기 때문이다.

예를 들어, 수학을 공부하고 있는데 책상 위에 영어 교과서가 놓여 있다고 생각해보자. 수학문제를 풀면서도 자꾸 영어에 신경이 쓰이고 걱정이 될 것이다. 상관없다고 말할지 모르지만, 이렇게 되면 2시간 안에 끝날 수학 공부가 3시간이 걸릴 수 있다. 공부할 때 집중력이야말로 가장 어마어마한 힘이다. 공부는 양도 중요하지만 질도 중요해서 집중력과 전략을 갖추고 공부를 하면 시간이 절약되고 효과는 더욱 커진다. 남는 시간은 다른 공부에 요긴하게 사용할 수 있는 것이다.

나는 책상의 위치도 집중력에 영향을 준다고 생각한다. 독서실에서 유독 공부가 잘 되는 이유는 뭘까? 아마도 칸막이가 쳐 있어서 자신의 공부 공간 외에는 신경쓸 곳이 없기 때문일 것이다. 집에서 공부할 때는 창문, 침대, 방문, 밖에서 들리는 가족들의 목소리, TV 소리 등 방해요소가 너무 많다.

집에서도 독서실과 비슷한 공간을 만들 수는 없을까? 일단 TV는 공부방에서 가장 멀리 떨어진 곳에 있어야 한다. TV는 부모님의 공간인 안방에 있는 것이 바람직하다고 생각한다. TV가 꼭 나쁜 것은 아니지만, 공부를 하겠다는 사람에게 TV는 쥐약이기 때문이다. 스트레스 해소용으로 하루 1시간 정도 시청하는 게 무슨 문제냐고 하겠지만, TV는 영상매체인 만큼 머릿속에 그 잔상이 오래 남는다. 쇼 프로를 보고 나면 그때 들었던 노래, 가수들의 의상 등이 머릿속에 남아서 일주일이 넘게 갈 수도 있다. 드라마 역시 한 번 보기 시작하면 주인공들이 친구처럼 여겨지고 스토리가 남의 일 같지 않아서 계속 보지 않으면 안 될 것 같은 기분에 휩싸인다. 그러니 TV는 멀리하자. 평생 못 보는 것도 아니고, 지금 잠깐이다. EBS 수능강의를 들어야 한다면 인터넷 다시보기를 이용하면 된다. 나는 TV보다 인터넷 다시보기가 더 좋다고 생각한다. 별도의 이용료를 내야 하지만, 이렇게 하면 강의중에 필기가 밀렸을 때 일시정지를 누르고 필기를 할 수도 있고, 잘못 알아들은 부분을 반복 시청할 수도 있다. 그리고 화장실에 다녀올 수도 있다. 또 녹화를 해야 한다는 부담감도 덜 수 있다.

만약 인터넷도 TV도 거실에 있다면 난감해진다. EBS 다시보기를 이용하려고 거실로 나갔는데 다른 식구들이 드라마를 보고 있다면? 결국 부모님이 TV 시청을 포기하고 안방으로 쫓겨가셔야 한다. 그러니까 TV는 안방, 인터넷은 거실이 바람직하다.

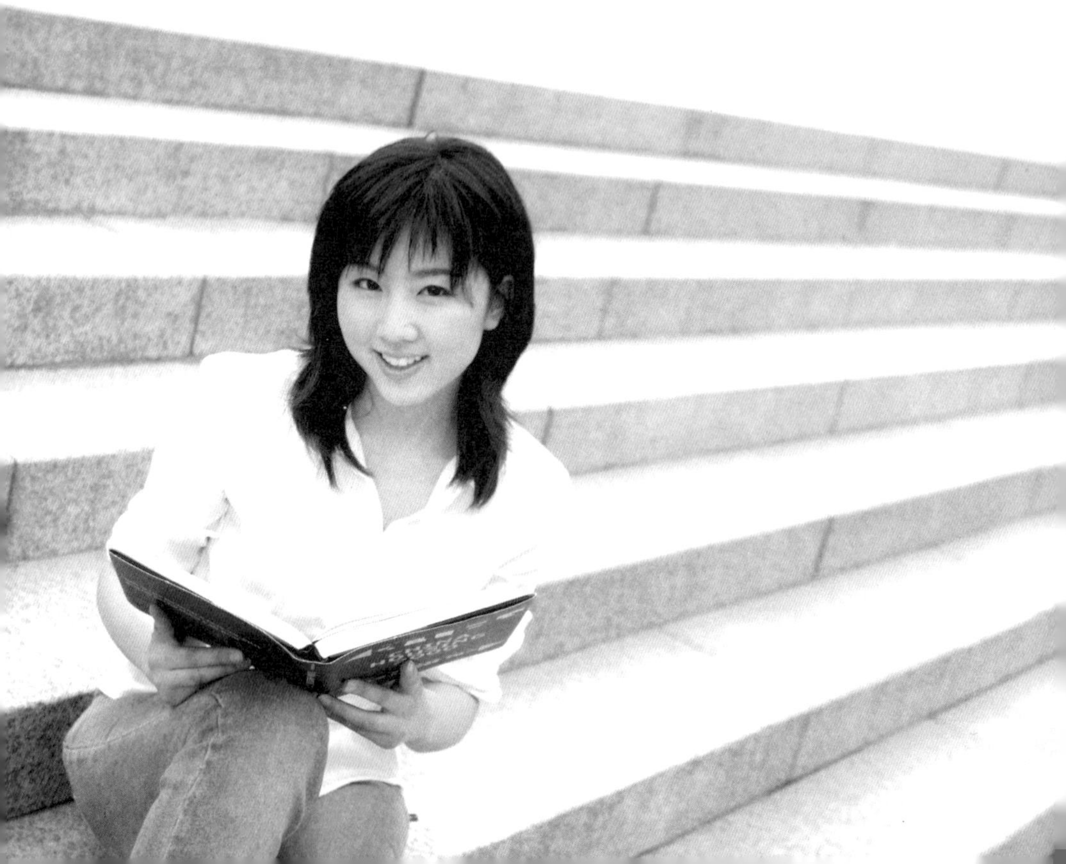

참고로, 거실에 놓아둘 컴퓨터 책상은 너무 좁으면 안 된다. 수능강의를 들을 때에는 참고서를 펼쳐놓고 필기를 해야 하는데 책상이 너무 좁으면 자세도 나빠지고 듣다가 짜증이 날 수도 있다. 적당히 큰 컴퓨터 책상이어야 한다.

공부방 문의 위치는 어디가 좋을까? 출입문이야말로 우리가 무의식 중에 가장 신경쓰는 곳이다. 이것은 내 공간과 다른 공간을 이어주는 통로이기 때문에 언제든 열릴 수 있고 누군가가 들어오거나 내가 나갈 수도 있다. 따라서 방문이 보이는 위치에서 공부를 하게 되면 자꾸 신경이 쓰인다. 방문을 일직선으로 등지고 있어도 신경이 쓰인다. 사람에게는 뒤통수에도 눈이 있다고 하지 않는가. 따라서 내가 내린 결론은 책상이 방문과 마주보지 않게, 일직선으로 등을 지지도 않게 놓아야 한다는 것이다.

침대 역시 비슷하다. 눈에 보이면 자꾸 가서 눕고 싶은 게 사람 심리다. 그래서 나는 처음부터 침대생활을 거부했다. 침대야말로 공부하는 학생들에겐 '나에게 오라!'는 가장 큰 유혹이기 때문이다. 그래서 나는 방바닥에 이부자리를 펴고 자는 방법을 택했다. 아침에는 아무리 바빠도 꼭 이불을 개서 이불장 안에 넣어놓고 갔다. 그래야 밤늦게까지 공부하다 자고 싶어도 이부자리 펴기가 귀찮아서 책상에 더 오래 있게 되고, 설사 맨바닥에 눕더라도 그 차가움에 눈이 번쩍 뜨여 오래 잘 수가 없기 때문이다. 그리고 침대 하나만 없어도 공부방이 훨씬 넓어진다는 이점도 있다.

사실, 아직까지 창문의 위치에 대한 해답은 찾지 못했다. 책상을 창문 아래에 두는 것이 좋은지, 창문을 피해야 하는 것이 좋은지 잘 모르겠다. 공부할 때는 창문을 닫고 커튼을 쳐두기 때문에 크게 차이가 없는 것 같다. 결국 방문의 위치에 따라 책상이 배치되고, 그 위치에 따라 침대가 배치되기 때문에 창문은 그 결과를 따라가면 될 것이다.

나는 영주에 갈 때마다 종학이 방을 들여다보고 기겁을 한다. 과연 이것이 고등학생의 방이란 말인가. 난장판이 따로 없다. 하루는 종학이를 붙들고 청소를 하라고 닦달했다. 하지만 종학이는 완강했다. 자기는 오히려 깔끔하게 정리된 공간에서는 답답해서 숨을 못 쉬겠다는 것이다. 적당히 흐트러진 자유분방한 공간이 훨씬 편안하고 공부할 기분이 난다고 했다.

"누나가 보기엔 규칙 없이 어질러진 공간일지 모르지만 내 나름대로의 규칙이 있어."

나는 더 이상 아무 말도 하지 못했다.

결국 공부방은 주인 성격 따라 가는 것 같다. 먼지 하나 없이 깨끗한 공간이든, 뒤죽박죽 어질러진 공간이든 주인이 그 안에서 집중해서 공부할 수 있다면 그게 최고다. 이 방법 저 방법 시도해보면서 자신에게 제일 잘 맞는 공부환경을 스스로 찾아야 할 것이다.

Story of Science

세상은 원자로 구성되었다? 아니다. 세상은 이야기꾼들과 그들이 만들어내는 이야기로 이루어져 있다. 과학 교과서의 글과 글 사이에도, 수학문제를 푸는 한 아이의 고민 속에서도, 눈물, 고통, 기쁨, 희열의 생생한 스토리를 발견할 수 있다.

수학에도 스토리가 있다

중학교 2학년에 들어와서 수학 도형을 배울 때의 일이다. 선생님이 여러 종류의 사각형에 대해 설명해주셨다. 사다리꼴·평행사변형·직사각형·마름모·정사각형…. 설명은 한결 같았다.

"사다리꼴의 정의는 이러이러하고, 이런 성질을 갖고 있습니다. 평행사변형의 정의는 이러이러하고, 이런 성질을 갖고 있습니다. 직사각형의 정의는 이러이러하고, 이런 성질을 갖고 있습니다 …."

마치 녹음 테이프를 반복 청취하는 듯했다. 여간 집중해서 듣지 않으면 그것들의 차이를 구별할 수 없었기 때문이다. 아니, 집중하면 할수록 오히려 더 헷갈렸다. 사각형이 사다리꼴에서 정사각형까지 변화하는 과정이 이렇게 재미없는 것일까? 이공계 과목을 가르치시는 많은 선생님들이 이렇게 개별적인 사실을 설명하는 데 치중한 나머지 전체적인 맥락을 잡아주는 걸 놓치신다. 그래서 수학과 과학은 자꾸만 공식과 법칙만 난무한 무미건조한 학문이 되는 것이다.

나는 사각형의 변화과정을 보면서 그 안에 뭔가 드라마틱한 요소가 숨어 있을 거라고 생각했다. 마치 생물이 단순에서 복잡으로 진화해가듯이, 사각형도 단순에서 복잡으로 진화했을 것이다.

우선, 사다리꼴은 매우 단순한 아이다. 이 아이의 특징이란 눈 씻고 찾아보아도 한 쌍의 대변이 평행이라는 것밖에는 찾을 수가 없다. 생김새를 보면 투박하고 게을러 보인다. 상체와 하체의 균형이 잡혀 있지 않은 것 같다.

평행사변형은 사다리꼴에서 조금 진화해서 두 쌍의 대변이 평행인 사각형이다. 조금 날렵해지긴 했지만, 한창 달리다가 멈춘 포즈로 뭔가 불안해 보인다. 그래서 평행사변형의 불안한 포즈를 바꾸기 위해 네 각의 크기를 모두 같게 만들었다. 그랬더니 정신적 안정을 찾은 듯한 무게 있는 모양이 탄생했다. 이것이 바로 직사각형이다.

평행사변형의 불안한 포즈를 이번에는 네 변의 길이를 모두 같게 만드는 방법으로 바꾸어보았다. 오호, 놀라워라! 사각형 중에서 가장 세련되고 아름다운 마름모가 탄생했다.

직사각형은 정신적으로 안정돼 있고 무게도 있지만 사실, 허리가 너무 길어서 요통에 시달리는 듯했다. 그래서 각 변의 길이를 똑같이 만들었더니 가볍고 산뜻한 정사각형이 만들어졌다.

이번에는 아름다운 마름모의 네 각의 크기를 같게 만들어보았다. 역시나 가볍고 산뜻한 정사각형이 만들어졌다.

이렇게 정리해보니 모든 사각형이 하나의 스토리로 연결돼 있다는 걸 알 수 있었다. 간단한 사각형에서 한 가지 조건씩을 더해나가면 더욱 발전한 모습의 색다른 사각형이 탄생하는 것이다.

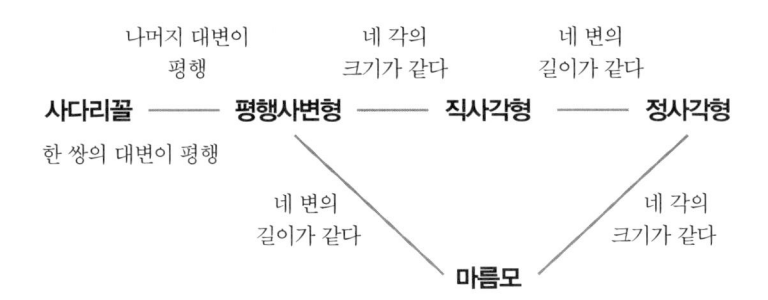

```
            나머지 대변이      네 각의         네 변의
              평행          크기가 같다     길이가 같다
   사다리꼴 ──── 평행사변형 ──── 직사각형 ──── 정사각형
 한 쌍의 대변이 평행
                     네 변의            네 각의
                     길이가 같다         크기가 같다
                            마름모
```

 이렇게 그림을 그려놓고 보니 마치 역사시간에 연표를 그리는 것처럼 재미있었다. 그러나 이건 단순히 사각형의 진화 과정을 설명하는 것만이 아니었다. 각각의 사각형의 성질을 이해하는 데에도 이 그림이 아주 유용했다. 다시 말해서, 조건을 하나씩 더해가며 발달된 사각형은 그 전 단계의 사각형의 성질까지 갖게 되었다. 사다리꼴은 색다른 성질이 없으므로 평행사변형부터 시작해보기로 하자.

평행사변형의 성질
- 두 쌍의 대변의 길이는 각각 같다.
- 두 쌍의 대각의 크기는 각각 같다
- 두 대각선은 서로 다른 대각선을 이등분한다.

직사각형의 성질
- 평행사변형의 성질+두 대각선은 서로 길이가 같다.

마름모의 성질
- 평행사변형의 성질＋두 대각선은 서로 수직이다.

정사각형의 성질
- 직사각형의 성질＋두 대각선은 서로 길이가 같다.
  또는
- 마름모의 성질＋두 대각선은 서로 수직이다.

 이처럼 사각형을 따로따로 공부하지 않고 서로 연결시켜 공부하면 정의, 성질 등을 쉽게 익힐 수 있다. 외우는 것이 아니라 그야말로 이해하는 것이다. 시간이 흘러 공통수학의 명제와 조건을 공부하면서, 나는 그 당시 내가 정리했던 내용에 일리가 있었음을 알게 되었다.
 즉, 공통수학의 내용을 보면 이렇다.

- 정사각형이면 반드시 직사각형이다. 그러므로 정사각형은 직사각형의 충분조건.
- 직사각형이면 반드시 평행사변형이다. 그러므로 직사각형은 평행사변형의 충분조건.
- 평행사변형이면 반드시 사다리꼴이다. 그러므로 평행사변형은 사다리꼴의 충분조건.
- 정사각형이면 반드시 마름모이다. 그러므로 정사각형는 마름모의 충분조건.
- 마름모이면 반드시 평행사변형이다. 그러므로 마름모는 평행사변형의 충분조건.

이것은 진화된 사각형은 그 전 단계의 사각형의 성질을 모두 갖고 있다는 중2 때 내가 내린 결론과 일치하는 내용이었다. 중2 때 나는 고1 수학의 내용을 하나도 몰랐지만 명제와 명제 사이의 알고리즘을 찾아내어 서로 연결시킴으로써 이해할 수 있었다.

이러한 나의 경험을 바탕으로 수학 선생님들께 한 가지 당부하고 싶은 말이 있다. 수학 선생님들께서는 이미 그 과목을 전공하셨기 때문에 맥락뿐만 아니라 수학의 각 분야가 서로 어떻게 연결되는지 잘 알고 계실 것이다. 그러니 가르치실 때 유기적으로 연결해서 학생들이 전체적인 맥락을 잡을 수 있도록 해주셨으면 좋겠다. 마치 영어의 독해 문제에서 주제와 소재, 키워드를 파악하듯이, 수학도 과학도 그것과 다르지 않다.

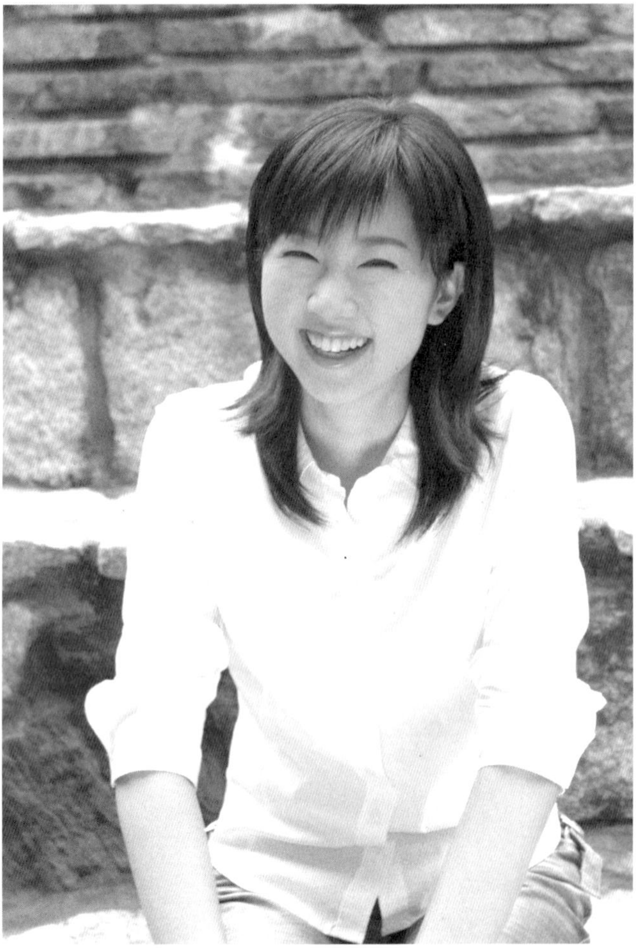

True or false?

때때로 진실과 거짓의 경계가 아리송할 때가 있다. 무엇이 참이고 무엇이 거짓일까? 예를 들면, 그는 만들어진 첫사랑일까, 진짜 첫사랑일까?

나의 첫사랑은 누구인가

　미스코리아에 당선된 직후, KBS의 〈TV는 사랑을 싣고〉라는 프로에 출연한 적이 있다.
　처음 섭외가 들어왔을 때, 방송국 측은 나에게 첫사랑을 찾아주겠다고 했다. 첫사랑? 나에게는 너무 생소한 단어였다. 나이 스물이 되도록 한 번도 사랑을 해본 적이 없었으니.
　하지만 방송국 측은 막무가내였다. 없으면 만들어서라도 해야 한다고 했다. 작가분과 초등학교 시절부터 기억을 훑으면서 소재를 찾았지만 없는 첫사랑이 나올 리 없었다.
　그런 끝에 중학교 시절에서 생각이 멈췄다. 내가 만나고 싶은 남자아이가 있다면 그 아이뿐이라는 생각이 들었다. 이름은 케빈, 국적은 말레이시아다.

"외국 소년과의 첫사랑? 그거 재미있겠는데?"

이렇게 해서 케빈은 나의 첫사랑으로 둔갑했다.

케빈을 만난 것은 내가 중학교 2학년 때다. 적십자협회에서 50명의 말레이시아 학생을 영주로 초대했는데 마침 우리 학교 음악 선생님이 적십자 회원이셨다. 당시 나는 적십자 회원은 아니었지만 선생님께서 외국인 친구들을 홈스테이 하기에는 내가 적격이라며 우리 학교에 딱 하나밖에 없는 기회를 나에게 주셨다.

그때까지 영어 공부를 열심히 하긴 했어도 외국인과 직접 대화할 기회는 거의 없었다. 과연 나의 영어가 실전에서도 빛을 발할 수 있을지 기대가 됐다.

내가 말레이시아에 대해 아는 것이라곤 이슬람 국가라는 것, 왕이 있는 입헌군주제라는 것, 나무가 잘 자라 목재 수출이 많다는 것 정도였다. 오랫동안 영국령으로 지배당해왔고 현재는 독립을 했지만 영국 연방 소속이라서 영어 사용자가 전체 인구의 30퍼센트가 넘는다는 사실을 처음 알게 되었다.

첫날 환영회 때 참석하여 우리 집에 묵게 될 두 친구를 소개받았다. 이름은 말비나와 릴리. 둘 다 인도계로 순박한 미소를 가진 여자 아이들이었다. 거기 모인 50명의 친구들 중에 가장 눈에 띄는 아이가 있었다. 훤칠한 키에 샤프한 얼굴, 수줍은 미소를 가진 소년. 나는 그 아이가 한국 아이인 줄 착각했었다. 말레이시아인이지만 중국계라서 정말 우리나라 사람이랑 똑같이 생겼던 것이다.

우리는 키가 비슷하게 커서인지 쉽게 친해졌다. 처음 인사를 할 때, 나는 마치 한국인처럼 생겼다고 했고, 그는 나나라는 이름이 귀엽다고 했던 것 같다. 우리는 학교생활에 대해 더듬더듬 얘기를 주고받았다.

나는 케빈에게 영어를 아주 잘하고 싶으니까 틀리게 말하면 고쳐달라고 말했다.

그후 이틀 동안은 케빈을 보지 못했다. 홈스테이의 호스트로서 말비나와 릴리를 챙기고 영주 곳곳에 놀러 다니느라 바빴다. 가끔 두 사람이 케빈 이야기를 해주었다. 공부도 잘하고 마음도 아주 착해서 다른 남자 아이들처럼 짓궂지 않다며 칭찬을 했다. 나는 마음 속으로 케빈이 나의 펜팔 친구가 됐으면 좋겠다고 생각했다.

드디어 홈스테이의 마지막 날, 적십자 협회에서 다 함께 저녁을 먹게 되었다. 케빈과의 두 번째 만남이었다. 그러나 식사 테이블이 떨어져 있어서 도무지 얘기할 기회가 없었다. 나중에 주소를 교환하는 시간에 전체적으로 자리를 바꿔가면서 주소만 나누었을 뿐이다. 집에 돌아와서야 케빈과 사진 한 장 같이 못 찍었다는 생각에 아쉬움이 컸다.

다음 날, 두 친구를 떠나보내고 오랜만에 한산해진 집에서 쉬고 있는데 갑자기 전화벨이 울렸다. 케빈이었다.

"나나? 너에게 편지를 쓰고 싶어서 주소를 보았더니 영어가 아니라 한글로 씌어 있어. 그러니 네가 나의 주소로 먼저 편지를 보내줘."

그리고 마지막 말은 "너를 알게 되어서 정말 기뻐!"였다. TV에서는 이 말이 "나나, 너 정말 예뻐!"로 바뀌었다. 소년 소녀의 우정을 사랑으로 둔갑시키려다 보니, 어쩔 수 없는 각색이었으리라.

케빈과 나는 1년 정도 편지를 주고받다가 연락이 끊겼다. 고등학교 진학으로 나는 나대로 편지 쓸 틈이 없었고, 케빈 역시 공부하느라 바빴을 것이다.

어색하게 첫사랑으로 둔갑하긴 했지만, 무대 위로 케빈이 걸어나올 때 가슴이 얼마나 뛰었는지 모른다. 여전히 큰 키에 마른 체구, 멋진

금테 안경을 끼고 씨익 웃는 모습. 중2 때 이후로 처음이니, 6년 만에 만나는 친구였다.

"여전히 키가 크구나!"

케빈의 첫마디였다. 그리고 이렇게 물었다.

"무슨 일이 있었던 거니? 네가 미스코리아가 되다니!"

아마 케빈은 깜짝 놀랐을 것이다. 그도 그럴 것이 우리가 주고받았던 편지에는 온통 공부에 대한 걱정뿐이었기 때문이다. 나는 주로 영어에 대해서 케빈에게 많은 질문을 했었다.

공부를 잘했다는 케빈은 말레이시아의 유명한 공과대학을 다니고 있었다. 방송국에서 찍어온 자료화면에는 담당 교수가 케빈을 훌륭한 학생이라고 칭찬하는 장면도 있었다.

방송이 끝난 후, 케빈과 나는 이틀 동안 함께 다녔다. 영주 부석사로 가서 옛 기억을 더듬으며 관광도 하고, 나의 모교인 영광여중도 함께 방문했다. 학생 중 한 명이 "나나 언니, 케빈 오빠와 결혼할 건가요?" 하고 물었을 때는, 케빈도 나도 당황해서 얼굴이 빨개지고 말았다.

옛 친구를 만난다는 건 정말 반가운 일이다. 하지만 세월의 간격을 뛰어넘지 못하는 어색함이 있을 수밖에 없었다. 사실 케빈도 나도 그때와는 다른 모습이고 서로를 그리 잘 아는 것도 아니라서, 오랜만에 만난 친한 친구라기보다 처음부터 다시 사귀는 새 친구라는 느낌이 더 강했다.

케빈은 "방송국 말만 듣고 정말로 내가 너의 첫사랑인 줄 알고 기대하고 왔는데, 만나 보니 아니잖아?" 하며 가볍게 항의를 했다. 그래도 덕분에 잃어버렸던 친구도 찾고, 한국에도 올 수 있었으니 자기는 방송국에 너무 감사한다고 말했다.

그 후 우리는 이메일로 서로의 소식을 전하고 있다. 최근에 하버드 합격 소식을 알려주자 케빈은 자기 일보다 더 기뻐했다.
"나나, 네가 아무리 유명해져도 너의 첫사랑 말레이시아 소년을 잊으면 안 돼!"
케빈의 편지는 늘 장난스럽게 'Your first love forever, Kevin'으로 끝을 맺는다.

할머니는 나의 베스트 프렌드

막상 하버드로 떠날 생각을 하니 외할머니가 가장 맘에 걸린다. 할머니는 나의 하버드 합격 소식을 듣고는 흐느껴 울기부터 하셨다.
"니까지 미국 가버리면 내는 어떡하노?"
"할머니, 내가 전화 자주 할게. 방학 때 나오면 할머니 볼 수 있어."
나는 다짐하듯 말씀드렸지만, 할머니는 울음을 그치지 않으셨다.
요즘 들어 할머니는 부쩍 외로움을 많이 타신다. 어린 아이처럼 투정도 부리신다. 지난번에 서울에 갔을 때에는 이리저리 볼일을 보다가 밤 11시에야 할머니 집에 갔다. 할머니는 김치부침개며 돼지고추장불고기며 내가 좋아하는 음식을 잔뜩 해놓고 기다리다가 내가 오지 않자 골이 나셨다.
"니 이럴 거면 서울 오지 마라!"
휙 돌아눕는 할머니 옆에 가서 나는 마구 어리광을 부렸다.
"할머니, 내가 잘못했어. 내일은 하루 종일 할머니랑 놀 거야. 나 아무 약속도 없어!"

다음 날, 나는 할머니와 함께 목욕탕에 가서 오랜만에 할머니 등을 밀어드렸다. 할머니가 내게 등을 맡기고 계시는데, 눈물이 왈칵 쏟아졌다.

'이제 미국에 가면 점점 더 바빠질 텐데, 방학마다 한국에 올 수 있을지 기약할 수도 없고…. 혹 이번이 할머니 등을 밀어드리는 마지막 기회면 어쩌지?'

그날따라 할머니의 키는 왜 그렇게 작아 보이고 주름은 왜 그렇게 깊어 보였는지.

나와 할머니 사이는 아주 각별하다. 내가 기억할 수 있는 아주 어린 시절부터 할머니는 나와 함께 계셨다. 직장에 간 엄마를 대신해서 나를 씻기고 입히고 먹여주신 분이 할머니였다. 종학이가 태어난 후 몇 달 동안 풍기 과수원에서 할머니와 함께 살면서 더 정이 들었다. 그때 밤마다 할머니 품에 안겨 자면서 옛날이야기를 많이 들었다.

우리 사이엔 비밀도 많았다. 하루는 할머니가 내 긴 머리를 빗겨주다가 힘에 겨우셨는지 머리를 자르자고 하셨다. 밭일이 한창이라 아침마다 손녀 머리를 빗기고 방울로 묶어줄 시간조차 없었던 것이다.

할머니는 빨간 보자기를 내 목에 두르고 머리에 바가지를 씌우더니 가위로 듬성듬성 내 머리를 자르셨다. 마침내 바가지를 벗자, 나는 완전히 시골 계집아이가 되고 말았다. 거울 앞에서 할머니와 나는 배꼽을 잡고 웃었다.

그런데 주말에 엄마 아빠가 와서 보시고는 기겁을 하셨다. 아빠는 화가 나서 얼굴이 붉으락푸르락해졌지만 장모님 앞이라 아무 말도 못하고, 엄마는 "애 꼴을 저렇게 만들어놓으면 어쩌냐"며 원망하셨다. 정작 할머니와 나는 서로 눈을 마주보며 킥킥 웃기만 했다.

내 앞에서는 누구보다도 밝게 웃는 할머니였는데 가슴 아픈 일을 겪으시면서 점점 웃음도 잃고 말수도 적어지셨다. 나는 만나뵐 때마다 열심히 재롱을 떨지만, 할머니의 텅 빈 마음을 다 채워드리기에는 역부족이다.

할머니는 어린 나이에 할아버지와 결혼하셨다. 일제시대 때 강제징용을 피하기 위해 어른들이 서둘러 결혼시킨 경우다. 사랑 같은 건 생각할 여지가 없었고 하루하루가 죽느냐 사느냐였다. 그래도 두 분이 함께 방앗간을 하시면서 두 딸과 네 아들을 낳고 한동안 행복하셨다. 그런데 할아버지는 우리 엄마가 국민학교 6학년이 되는 해에 갑자기 돌아가셨다. 그때 이후로 할머니 혼자서 방앗간을 꾸리시면서 일꾼도 부리고 아이들 돌보며 씩씩하게 사셨다고 한다.

하지만 삶이 고단한 탓일까? 할머니는 비교적 젊은 나이부터 관절염에 시달렸고 당뇨까지 앓게 되었다. 남편도 일찍 잃고 자식도 둘이나 앞세워 떠나보내고, 당뇨와 관절염의 고통에 시달리며 외로움과 싸우고 계신다. 한 여자의 일생으로 볼

초등학교 졸업식 때 외할머니와 함께.

때 할머니가 너무 가엾다. 평생 자신을 위해서는 단 하루도 살아본 적이 없지 않은가.

할머니에 대한 연민 때문인지, 나는 어릴 적부터 가족을 잃어버리는 것에 대한 두려움이 많았다. 엄마 아빠가 돌아가시는 꿈도 자주 꿨다. 종학이가 아픈 날에는 아무 것도 하지 못하고 종학이 손을 붙들고 울기만 했다. 매년 부처님 오신 날에는 부석사에 가서 이런 기도를 올렸다.

"부처님, 우리 가족 모두 건강하게 오래오래 살게 해주세요. 우리 가족 모두 죽지 않고 영원히 살게 해주세요. 만약 영원히 사는 게 불가능하다면 우리 가족이 한날한시에 같이 죽게 해주세요."

지금 생각해보면 철없는 기도였다. 그래도 사랑하는 사람들이 서로를 너무 일찍 떠나보내지 말고 오래오래 함께 행복하게 살 수 있으면 좋겠다. 질병 없는 세상이 왔으면 좋겠다.

나의 둘도 없는 친구, 할머니. 곧 최고의 의사가 돼서 돌아올 테니 조금만 기다려주세요.

Universe inside me

엄마 아빠 두 분의 만남은 내겐 우주 탄생과 같았다. 행성과 행성이 부딪쳐 하나의 우주를 잉태했고, 두 분은 새로 태어나는 생명의 심장 안에 그 우주를 깊숙이 심으셨다.

옛날 옛적 내가 태어나기 전에

이야기는 23년 전으로 거슬러 올라간다.

서울에서 사범대학을 졸업하고 울릉도에서 2년간 교편을 잡았던 엄마는 영주여자중학교 가정 선생님으로 발령을 받고 고향으로 돌아왔다. 성격이 낙천적이고 활달하며 두뇌 회전이 민첩하고 센스 있는 여자라서 금세 학생들과 친해지고 동료들의 사랑을 받게 되었다.

엄마는 교사가 자신의 천직임을 깨닫고 평생 가르치는 일에 보람을 느끼며 살겠다고 결심했다고 한다. 하지만 엄마에게도 고민이 있었다. 이제 몇 년 안에 결혼을 하여 가정을 이루어야 한다는 것.

독신생활도 나름대로 재미있었지만 한 여자로서 남자를 만나 결혼을 하고 귀여운 자식을 낳아 아늑한 가정을 만드는 꿈도 포기할 수 없었다.

엄마는 어떤 남자와 결혼해야 가장 훌륭한 가정을 만들 수 있을지 곰곰이 생각해보았다. 우선 2세를 위해서 키가 크고 날씬한 남자여야 할 것. 엄마는 자신이 키가 작고 통통한 것이 늘 불만이었다. 마찬가지로 2세를 위해서 눈도 커야 했다. 엄마는 아주 온화해 보이는 예쁜 눈을 가졌지만 본인은 크기가 작다는 이유로 자신 없어 했다.

부부애를 위해서 운동을 잘하는 남자를 만났으면 좋겠다고 생각했다. 엄마는 운동을 잘 못하고 체력도 약해서 혼자서는 뭔가를 시작할 엄두도 못냈다. 남편이 운동을 잘하면 따라다니면서 배워 체력도 키우고 부부애도 다질 수 있으니 여러 모로 좋을 것이라고 생각했다.

새 학기가 시작되던 날, 타지에서 체육 선생님이 전근을 왔다. 충청도 총각이라는 그는 호리호리한 체격에 키가 훌쩍 크고 눈이 부리부리했다. 그가 고개 숙여 인사하며 수줍은 미소를 흘리자, 여자 선생님들은 누구나 마음이 설레었다. 처녀 선생님이 유난히 많은 여자중학교에 총각 선생님이 전근을 왔으니.

그분이 바로 우리 아빠다. 아빠 역시 그때 결혼이 큰 숙제였다. 아빠는 눈에 띄는 여자마다 결혼상대자로 어떨지 생각해보곤 했다. 어떤 여자가 좋을까? 예쁜 여자? 착한 여자? 살림 잘하는 여자?

아빠에겐 이런 건 별로 중요하지 않았다. 체육 교사인 아빠는 아이를 낳으면 건강하고 예쁘게 키우는 것만큼은 자신 있었다. 잘 먹이고 열심히 뛰어놀게 하고 그늘 없게 키우면 아이는 건강하고 예쁘게 자란다고 믿었다.

그런데 딱 한 가지 걱정되는 게 있었다. 아빠는 어릴 적부터 체육에 빠져 공부를 제대로 못했다. 그래서 신체건강은 자신이 책임을 져도 아이의 머리와 마음을 책임지고 교육시켜줄 수 있는 똑똑하고 야무진 여자가 필요했다. 그 순간 한 여자가 눈에 들어왔다. 무슨 일이 있을 때마다 작은 턱을 치켜세우고 자기 할 말을 분명하게 밝히는 여자, 그러면서 학생들과 센스 있는 농담을 주고받으며 아이처럼 웃는 여자, 전혀 내숭 떨지 않고 사람들과 잘 어울리는 여자.

두 사람은 결혼을 전제로 데이트를 시작했다.

첫 데이트 때 아빠는 "난 너무 말라서 고민이다. 3킬로그램만 찌게 도와달라"고 말했다. 엄마는 "난 통통해서 고민이다. 3킬로그램만 빼게 도와달라"고 말했다. 아빠는 "나는 빼는 게 전문이다. 염려 말라"고 했고, 엄마는 "나는 찌는 게 전문이다. 염려 말라"고 말했다.

다음 날부터 두 사람의 수상한 데이트가 시작됐다. 한 사람이 운동하는 데이트 코스를 짜면, 다른 한 사람은 먹이는 데이트 코스를 짰다. 그렇게 1년을 재밌게 사귀는 동안 아빠는 3킬로그램이 불었고 엄마는 3킬로그램이 빠졌다. 두 사람은 일가친척과 많은 선생님들의 축복 속에서 결혼식을 올렸다.

첫아이를 낳기 전에 두 사람은 교육방향에 대해 진지하게 토론했다. 아빠는 "무조건 예쁘게 키워야 한다"고 주장했고 엄마는 "머리와 가슴을 채워주는 게 중요하다"고 주장했다.

첫아이가 태어났는데 코가 오똑하고 눈이 왕방울 같은 귀여운 공주님이었다. 아빠는 예쁜 아이를 얻게 되어 너무 기쁜 나머지 '우리집 국보 1호'라며 애지중지했다. 엄마는 바라던 대로 남편의 부리부리한 눈과 길쭉길쭉한 팔다리를 닮은 아이가 태어나자 부처님께 감사했다.

아빠는 아이를 좀더 예쁘게 키우려고 노력했고 엄마는 아이를 좀더 따뜻하고 창의적인 아이로 키우려고 노력했다. 아빠는 더 예쁘게 자라라며 무용학원에 보내주었고, 엄마는 더 차분해지고 상상력과 창의력을 키우라며 서예학원과 피아노학원에 보내주었다. 두 사람은 아이에게 부족한 것을 체크하여 그걸 보충해주려고 노력했다. 단, 강요하지 말고 아이가 스스로 하고 싶다고 할 때 해주기로 마음먹었다.

그러는 동안에도 두 사람은 틈이 날 때마다 함께 운동을 했다. 함께 탁구를 쳤고 테니스를 쳤다. 두 사람은 밖에서는 동료, 집에서는 부부, 코트에서는 훌륭한 복식 파트너가 되었다.

엄마는 스스로 열심히 사는 모습을 보여주면 딸이 알아서 자기 길을 개척해낼 것이라 믿었다. 중요한 순간에 함께 있지 못했고, 도움을 구할 때 도와주지는 못했지만, 늘 한 발짝 떨어져 바라보며 믿고 응원했다.

아빠는 계속 딸의 미모를 감시했다. 앉아서 먹고 공부만 하지 말고 나가서 뛰어놀라고 재촉했다. 다이어트를 권유했고 미스코리아 대회에 도전해보도록 자극했다.

이제 나는 먼 길을 떠나게 되었지만 엄마 아빠에 대해서는 크게 걱정하지 않는다. 두 분은 단둘이 재밌게 잘 지내실 것이다. 친구처럼 오누이처럼 토닥거리고 함께 운동하고 여행하면서 우정을 나누며 행복하게 살 것이다.

두 분과는 멀리 떨어져 있더라도 늘 채널이 통하는 듯 연결된 느낌이다. 사랑한다고 말하는 것으로는 부족하다. 엄마, 아빠 두 분은 내 마음을 늘 벅차오르게 한다.

Veloce Vivace!

나는 흥얼흥얼 콧노래를 부르며 뛰어다녔다. 세상은 내가 선택하고 스스로 할 수 있는 것들로 가득하다. 이 얼마나 즐거운 장밋빛 인생인가? 벨로체 비바체!

자유 위에 자유 있다

엄마는 어릴 적부터 나에게 "하지 말아라"고 말한 적이 없다.

친구 집에 놀러 가면 엄마들로부터 제일 많이 듣는 말이 하지 말라는 것이었다.

"쿵쿵 뛰지 마라, 어지르지 마라, 떠들지 마라, 놀지 마라, TV 보지 마라."

그러나 우리 집은 달랐다. 엄마는 나에게 하고 싶은 건 뭐든지 하라고 말씀하셨다. 단, "뭘 하든 뒤처리는 네가 알아서 하라"고만 하셨다. 그래서 엄마가 없는 빈 집은 동생과 나의 놀이터였다.

우리는 부엌에서 밀가루를 던지며 장난을 치기도 하고, 밖에서 개미를 잡아와 마룻바닥에 풀어놓기도 하고, 책이란 책은 모조리 꺼내서 집을 지으며 놀기도 했다.

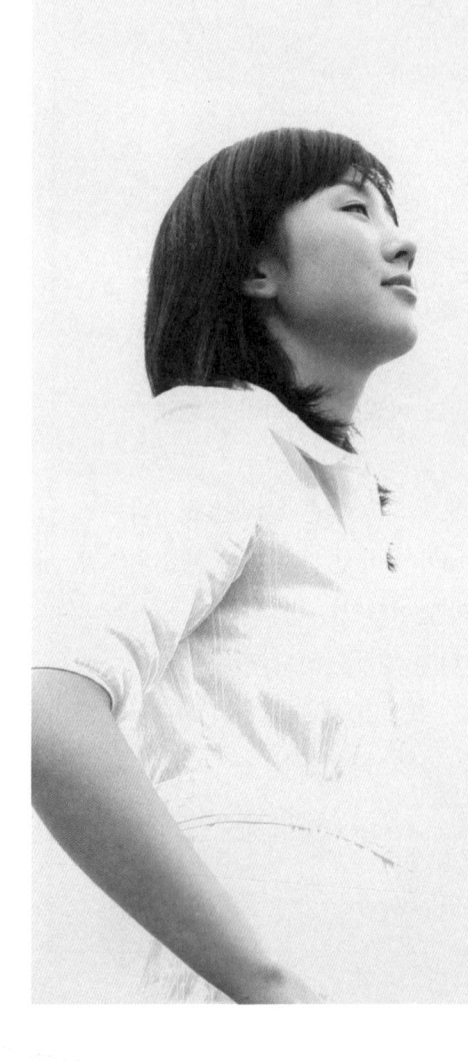

한때 학교 앞 문방구에서 설탕을 녹여 만든 '뽑기'가 유행했다. 국자에 설탕을 넣고 녹이다가 젓가락으로 베이킹파우더를 찍어넣고 휘저으면 갈색으로 부풀어오른다. 이걸 도마 위에 쏟아서 잽싸게 눌러 굳히면 맛있는 설탕과자가 된다.

나는 슈퍼마켓에서 300원짜리 베이킹파우더를 사다가 집에서 동생과 함께 뽑기를 만들어 먹었다. 문방구에서처럼 찍는 틀이 없어서 접시 밑바닥으로 찍었다. 찍을 때마다 모양이 들쭉날쭉 달라지니 그게 더 재미있었다. 달짝지근한 그 맛은 지금도 잊을 수가 없다.

달아서 머리가 아플 정도로 실컷 먹은 후, 나는 엄마가 오시기 전에 설탕이 눌어붙어 타버린 국자를 수세미로 박박 문질러 닦았다. 친구들은 국자가 탄다는 이유로 엄마가 '뽑기'를 못 만들게 했지만, 우리 집은 내가 씻어놓는 한 언제나 오케이였다. 그래서 뽑기가 먹고 싶을 때면 다들 우리 집으로 우르르 몰려왔다. 내가 하도 힘들게 국자를 닦아대니까, 엄마는 아예 전용 국자를 만들어주셨다. 뒤따르는 책임이 있긴 했지만, 나에겐 이런 자유가 있었던 것이다.

하루는 동생과 함께 크레파스와 물감과 색색의 싸인펜을 꺼내놓고 도화지에 그림을 그리던 중, 거실 벽면이 커다란 도화지처럼 보였다. 동생과 나는 벽에 달려들어 그림을 그리기 시작했다. 나무를 그리고 잠자리를 그리고, 나비도 그려넣었다. 한창 그리고 있는데 엄마가 오셨다.

"와, 정말 잘 그렸구나. 멋진데!"

엄마는 칭찬을 해주셨다. 그날부터 집안의 모든 벽면은 우리의 도화지가 되었다. 처음에는 그림만 그렸지만 나중에는 글씨도 썼다. "엄마 아빠, 아이스크림이 먹고 싶어요!"는 내가 제일 많이 썼던 글이다. 며칠 후에 보면 그 옆에 "아이스크림은 많이 먹으면 배가 아프단다. 배가 아파도 먹고 싶니?"라는 엄마의 글이 씌어 있었다.

부모님을 찾는 전화가 오면, 나는 벽에다 전화 거신 분의 이름, 전화번호 등을 메모했다. 그러고는 "엄마, 전화 왔었는데 벽에 번호 써놨어요!"라고 말씀드렸다.

가끔 어른들이 우리 집에 오시면 온통 그림과 글씨로 새까매진 벽을 보면서 혀를 끌끌 차셨다.

"벽에다 저렇게 낙서를 하게 놔두면 어떡하냐? 혼내야 하는 거 아니냐?"

그러면 엄마는 천하태평이었다.

"벽이야 벽지 바르면 다시 깨끗해지는 걸요!"

엄마는 부모가 되면 아이들을 이렇게 자유롭게 방목하며 키우기로 오래 전부터 결심했었다고 한다. 어른의 틀에 아이를 가두지 말며, 스스로 깨닫기 전에 가르치려 들지 말기로 결심했던 것이다.

특히 엄마는 우리가 상상력을 자유롭게 펼칠 수 있도록 배려하셨다. 한글을 억지로 가르치지 않은 것도 어린 시절에는 글보다 오감으로 사물을 접하는 것이 상상력과 창의력 발달에 좋다고 생각하셨기 때문이다.

벽에 그림을 그리게 내버려둔 것은 오래 전 엄마가 보았던 〈말괄량이 삐삐〉 때문이다. 호스처럼 긴 줄무늬 스타킹을 신은 말라깽이 소녀 삐삐. 어느 날 미술시간에 선생님이 삐삐에게 소를 그리라고 말했다. 다른 아이들은 도화지에 그리고 있는데, 삐삐는 교단 앞으로 나와 벽면 가득 엄청난 크기의 소를 그리기 시작했다.

"삐삐, 너는 왜 도화지에 안 그리고 벽에다 그리니?"

선생님이 묻자 삐삐가 대답했다.

"참, 선생님도! 이 큰 소를 어떻게 도화지에 그려요?"

결국 도화지도 아이들의 상상력을 가두는 덫이라는 걸 엄마는 일찌 감치 깨달았던 것이다. 나와 동생이 어느 날 스스로 그 덫을 깨고 나와 벽에 그림을 그리고 있는 모습을 보고, 엄마는 오히려 대견했었다고 한다.

우리는 하고 싶은 건 뭐든지 다 할 수 있었다. 공부가 밀렸는데 TV를 보고 있어도 엄마는 아무 말씀 안 하셨다. 밤 10시가 넘어서 "이제 공부 해야겠다"고 일어서면, 엄마는 "왜 그만 보니? 더 봐라" 하셨다.

"아냐, 엄마 이제 많이 봤어."

"더 봐라. 실컷 봐도 되는데."

숙제를 안 하고 늦게까지 놀고 있어도 아무 말씀을 안 하셨다. 실컷 놀다가 지쳐서 앉아 있으면 엄마는 "더 놀아라" 하셨다.

어느 날, 아랫집에서 항의가 들어왔다. 나와 종학이가 하루 종일 쿵쿵거리고 뛰는 바람에 신경이 거슬렸는지 아이들이 뛰지 못하게 단속하라는 항의였다. 주말에 엄마는 서울 동대문 시장의 이불가게를 샅샅이 뒤져서 두꺼운 스폰지가 들어간 3단 접이식 매트리스를 사가지고 오셨다. 영주에서는 그런 매트리스를 구할 수가 없었던 것이다.

나와 종학이는 아래층 아줌마의 항의에 아랑곳없이 여전히 쿵쾅거릴 수 있었다. 엄마가 "자, 깐다!" 하며 매트리스를 펼치면, 우리는 "와아!" 소리를 지르면서 몸을 던졌다. 아빠는 그 매트리스를 사각의 링이라고 부르면서 권투 글러브를 사다주셨다. 매일 저녁 종학이와 나는 글러브를 끼고 권투시합을 했고 아빠는 심판을 보셨다.

최근에 종학이가 컴퓨터 게임에 빠졌다. 고3이 코앞인데 게임을 하고 있다니, 나는 누나로서 답답하기만 했다. 그러나 엄마는 이번에도 달랐다. 어느 날 영주에 갔더니 내가 대구에서 쓰던 컴퓨터가 사라져 버렸다. 종학이가 엄마의 허락을 받아 내 컴퓨터를 뜯어서 자기 컴퓨터와 합체해버린 것이었다. 이 부품 저 부품을 연결시키니 기능이 한층 강화된 컴퓨터가 탄생했다.

"자, 이제 좋은 컴퓨터 생겼으니까 실컷 오락해라."

엄마는 오락하기에 좋은 환경을 만들어주기 위해 내 컴퓨터를 희생시키신 것이다. 또 종학이가 피아노를 치고 싶다고 하자, 디지털 피아노를 사서 거실 한가운데 놓아두셨다.

"공부하다가 머리 식힌다고 해서 사줬다."

피아노 위에는 〈허공〉〈립스틱 짙게 바르고〉 같은 아빠가 좋아하는 곡의 악보가 잔뜩 놓여 있었다. 피아노가 생기자 아빠가 신이 나서 서점에 가서 사온 악보들이라고 한다.

"엄마, 쟤가 조금 있으면 고3인데 오락하고 피아노 칠 시간이 있을까?"

우리들이 마음껏 뛰어놀라고 엄마는 매트리스를, 아빠는 권투 글러브를 사다주셨다.

"걱정 마라. 자기 할 일 자기가 알아서 한다."

이번에도 엄마는 끝까지 "오락하지 마라. 피아노 치지 마라"는 말은 하지 않으셨다. 다만 종학이에게 "너 몇 시까지 오락할 거니?" "피아노는 하루에 몇 시간 칠 거니?"라고 물으신다. 종학이가 스스로 기준을 정해서 본인 의지로 지키도록 유도하시는 것이다.

어렸을 땐 몰랐는데, 요즘 엄마를 보고 있으면 죄송한 표현이지만, 무지하게 머리를 쓰신 거라는 생각이 든다. 아마 엄마도 마음속으로는 '오락 좀 그만하지'라고 생각하셨을 것이다. 지금까지 우리에게 "그만해!"라고 소리치고 싶은 마음이 수백 번도 더 들었을 것이다. 그러나 엄마는 그 마음을 꾹꾹 눌러 참으신다. 그러면 그 결과는 오히려 엄마가 원하는 방향으로 나타나는 것이다.

언제나 침착하게 온 가족을 부처님 손바닥 위에 올려놓고 관찰하는 엄마. 그러나 엄마가 딱 한 번 이성을 잃고 나에게 소리를 지른 적이 있다.

초등학교 4학년 때 온 가족이 대전 엑스포에 갔을 때였다. 무더운 여름이어서 몇 걸음 걸을 때마다 갈증이 났다. 엄마와 종학이가 줄을 서고, 나와 아빠가 음료수와 아이스크림을 사러 갔다. 돌아오는 길에 아이스크림 껍질을 벗겨 휴지통에 버리고 오니 아빠가 보이지 않았다.

나는 혼자서 엄마와 종학이가 있는 곳으로 갔지만 도저히 찾을 수가 없었다. 그래서 경찰 아저씨에게 가서 엄마와 종학이가 있었던 곳을 설명하고 함께 찾기 시작했다. 많은 인파 속에서 두리번거리다가 아이스크림이 다 녹기 전에 드디어 엄마를 찾았다.

그런데 엄마는 나를 보자 손에 든 아이스크림을 빼앗아 내팽개치면서 심하게 화를 내셨다. 줄서 있던 사람들, 지나가던 사람들이 모두 우리를 쳐다보았다. 엄마는 나를 찾다가 실패하고 사색이 되어 돌아온 아빠에게도 언성을 높이며 심하게 화를 내셨다. 그렇게 화내는 엄마는 그 전에도 그 후에도 본 적이 없다.

줄이 짧아져서 입장할 즈음에야 다시 차분해진 엄마가 내 손을 잡으며 말하셨다. "나나야, 아까 화내서 미안해. 너를 잃어버린 줄 알고 너무 놀랐었어."

나는 그때 보았던 엄마 모습이 어쩌면 엄마의 본심이 아닐까 생각한다. 늘 한 발짝 떨어져서 관망하듯 바라보시지만, 사실 엄마의 마음은 늘 걱정과 염려가 함께 하고 있었던 것이다.

그 마음을 억누르고 아이들은 자유롭게 키워야 한다는 신념을 꿋꿋이 실천하는 엄마. 엄마는 나의 연구대상이다.

무소의 뿔처럼

초등학교 시절, 나는 항상 머리를 길게 기르고 다녔다. 엄마는 머리 스타일에 대해 전혀 간섭하지 않았다. 그러나 그 긴 머리를 감는 것도 빗는 것도 다 내 몫이었다.

아침에 눈을 뜨면 엄마는 이미 출근 준비를 끝낸 모습으로 "나나야, 엄마 간다" 하며 나가셨다. 아빠 역시 서둘러 나가셔야 했다. 동생과 나는 단둘이 남아 밥을 챙겨먹은 후 얼른 학교 갈 준비를 했다. 세수를 하고 옷을 갈아입었다. 나는 긴 머리를 풀어헤치는 것보다는 묶는 걸 좋아해서 아무리 바빠도 꼭 묶고 나갔다. 학교에 가면 아이들이 내 머리를 보며 웃었다.

머리 전체를 한쪽으로 몰아 묶는 나의 머리 모양은 한동안 우리 학교에서 유행했다.

"하하하, 나나 머리가 삐뚤어졌어!"
"뒷머리가 삐죽삐죽 삐져나왔어!"

나는 "내가 혼자 묶어서 그래"라고 대답했다. 다른 아이들은 엄마가 묶어줘서 깔끔한 데다 머리핀이며 방울로 예쁘게 장식했지만, 내 머리는 늘 삐죽삐죽 어설프기 짝이 없었다. 그러나 나에겐 내 머리를 마음대로 묶을 자유가 있었다.

나는 뒤로 모아서 하나로 묶기도 하고, 두 갈래로 나눠서 삐삐머리를 하기도 하고, 양쪽으로 땋아서 틀어올려 산을 만들기도 했다. 어느새 내가 어떤 머리 모양을 하고 오는가가 아이들의 관심사가 되었다.

하루는 머리 전체를 한쪽으로 모아서 귀 위에서 묶는 머리를 개발해냈다. 학교에 가니 아이들이 나만 쳐다봤다. 선생님들도 "나나야, 오늘 머리 정말 예쁘구나!" 하며 칭찬을 하셨다. 그날 이후로 한동안 우리 학교에 그 머리가 유행했다.

내가 머리 갖고 날마다 장난을 쳐도 엄마는 아무 말씀도 안 하셨다. 가끔 잘 묶었다며 칭찬만 해주셨다. 조금 어설퍼도, 엄마는 뭐든지 내가 혼자 하도록 내버려두신 것이다.

엄마는 내 숙제를 도와주신 적도 없다. 미술 숙제를 할 때, 다른 엄마들 같으면 나무는 이렇게 그리고 새는 이렇게 그리라고 말이라도 해주고 옆에서 바탕색이라도 칠해줄 텐데, 엄마는 내가 그림을 망치고 울상을 지어도 "망친 건 다시 고치면 된다"며 뒷짐 지고 구경만 하셨다.

한번은 방학이 끝나가도록 그림일기를 하나도 쓰지 않은 적이 있었다. 개학 전날에야 혼자서 땀을 뻘뻘 흘리며 그림일기 30장을 쓸 때에도, 엄마는 나 몰라라 책만 보셨다. 나는 엄마에게 도움을 받는 일이란 있을 수 없다는 사실을 깨달았다. 결국 내 일은 나 스스로 해야 하고, 잘하든 못하든 내 책임인 것이다.

우리 집에는 몇 가지 규칙이 있었는데, 그 중 하나가 아침 출근 시간에 엄마 아빠에게 뭔가를 부탁해서는 절대 안 된다는 것이었다. 아침에야 준비물을 챙겨달라고 부탁한다거나 가정통신문을 보여드리며 사인을 해달라고 하면 엄마는 바쁘다며 그냥 나가버리셨다. "적어도 하루 전에 말해야 여유 있게 준비해줄 수 있지 않겠니?" 하면서.

노트나 학용품이 필요할 때도 그날 아침에 말하면 아무 소용이 없었다. 그래서 동생과 나는 매일 저녁 필요한 것을 쪽지에 적어서 안방의 화장대 위에 올려놓는 것이 생활규칙이 되었다.

'엄마, 내일 공책 두 권 살 돈이 필요해요.'

'엄마, 금요일까지 새 국어 참고서를 사야 해요.'
이렇게 적어놓으면 다음 날 엄마는 이미 출근하셨어도 화장대 위에 돈이 놓여 있었다.
나는 임원이어서 학교행사와 관련하여 준비해야 할 것이 많았다. 소풍이나 체육대회가 다가오면 나는 엄마에게 이런 쪽지를 남겼다.
'엄마, 오늘 보물찾기 놀이를 하는 데 쓸 상품을 사가야 해요.'
그러면 엄마는 상품을 사갈 적당한 돈을 주셨다. 그러나 어떤 상품을 사야 할지 결정하는 것은 여전히 내 몫이었다. 또한 모든 부탁을 다 들어주신 것은 아니다.
'엄마, 소풍날 입을 새 옷이 필요해요.'
다음 날 남겨진 엄마의 쪽지에는 이렇게 씌어 있었다.
'나나야, 엄마가 요즘 너무 바빠서 너와 새 옷을 사러 갈 틈이 없구나. 이번 소풍은 그냥 입던 옷을 입고 가기로 하자.'
나는 할 수 있는 건 내가 하고, 부족한 것은 그대로 받아들이게 되었다. 엄마는 나를 가리켜 "무인도에 떨어뜨려놓아도 살아 돌아올 아이"라고 하신다. 돌이켜보면 엄마가 어릴 적부터 그렇게 키워놓았으니, 나를 칭찬하시는 건지 독립적으로 키우려는 엄마 자신의 교육방침을 자랑하시는 건지 알 수가 없다.
〈숫타니파아타〉라는 인도의 불교 경전에는 이런 글귀가 있다.
"숲속에 묶여 있지 않은 사슴이 먹이를 찾아 여기저기 다니듯이, 지혜로운 이는 독립과 자유를 찾아, 무소의 뿔처럼 혼자서 가라."
나는 무소의 뿔. 세상은 흥미로운 실험실. 어느 곳이든 마음이 가고 발길이 이끌리는 곳은 혼자 저벅저벅 다 가볼 생각이다. 그러고 보니 엄마는 어릴 적 내게 머리를 묶어주지 않은 대신 세상을 다 주셨다.

What's up?

엄마는 아빠를 사고뭉치라 부른다. 하지만 아빠가 치신 크고 작은 사고들 덕분에 나는 더 흥미진진한 시간들을 보냈다. 미국 가면 궁금해질 것이다. What's up? 아빠, 이번엔 무슨 사고예요?

아빠는 사고뭉치

아빠는 대전 엑스포장에서 나를 잃어버리신 지 2년 뒤에 영주 시내 한복판에서 종학이를 잃어버리셨다. 길을 잃어버린 종학이가 울고 있는 것을 어떤 아저씨가 도와주어 집으로 전화를 걸게 했다. 그때 내가 전화를 받고 얼마나 놀랐던지.

"앙! 누나야, 나 길 잃어버렸어!"

앞이 캄캄했다. 시간은 저녁 8시가 넘은 데다 집에는 나 혼자 있었다. 혼자 시내로 나갈 수도 없어서 나는 이모에게 전화를 걸어 종학이가 있는 곳을 알려주면서 빨리 그곳으로 가보시라고 했다.

아빠는 이모가 종학이를 찾아 집으로 데려오고 있을 때 기진맥진한 목소리로 전화를 걸어오셨다.

"나나야, 혹시 종학이 전화 안 왔었냐?"

나는 "아빠! 이모가 종학이 찾았어요!" 하고 소리쳤다. 얼마 후 두 부자는 집에서 몇 시간 만에 상봉을 했다. 종학이가 "아빠!" 하고 울면서 아빠 품으로 뛰어들었고, 아빠도 감격스러운 얼굴로 종학이를 끌어안았다. 그날 밤에 모든 사연을 들으신 엄마는 아이를 차례로 두 번씩이나 잃어버렸다며, 조심성이 없다고 아빠에게 불평을 하셨다.

엄마 표현에 따르면 우리 아빠는 '사고뭉치'란다. 그러나 내게는 미워할 수 없는 사고뭉치다. 맺고 끊는 게 분명하고 자식을 대할 때도 감정을 잘 다스리시는 엄마에 비해 아빠는 자식에 대한 애정을 주체하지 못하신다. 엄마가 안에 있는 내용물을 절대 흘리지 않는 깔끔한 플라스틱 용기 같다면, 아빠는 벌써 냄새부터 슬슬 피워 안에 무슨 음식이 들어 있는지 다 눈치채게 하는 소박한 질그릇 같은 분이다. 그래서 아빠는 시치미를 떼지 못한다.

엄마가 주로 나와 대화하고 무엇인가를 가르쳐주고 조언을 해주는 쪽이었다면, 아빠는 주로 내 응석과 투정을 받아주는 쪽이었다. 아빠는 내 부탁이라면 거절을 못하셨다. 그래서 간혹 용돈이 떨어졌거나 무언가 사고 싶은 게 있을 때는 아빠에게 전화해서 징징거렸다. 아빠는 "엄마가 알면 안 되는데…" 하며 못 이기는 척 들어주셨다.

미스코리아 원서를 접수하고 왔을 때도 엄마는 또 사고를 쳤다며 아빠에게 핀잔을 주셨다.

"아이한테 바람 넣으면 어쩌려고 그래요?"

아빠는 뜨끔해서 나를 부르셨다.

"너 바람 들면 큰일난다. 나가서 좋은 경험하고, 결과가 어떻든 간에 좋은 추억으로 남기고 빨리 제자리로 돌아오자. 안 그러면 아빠가 엄마한테 또 혼난다."

아빠는 엄마 앞에서 꼼짝 못하시지만 누가 뭐래도 멋있는 사나이다. 제일 멋있어 보일 때는 단연 운동을 하시는 모습.

아빠가 테니스 라켓을 들고 코트에 등장하면 주변 공기마저 달라진다. 아무리 난해한 각도로 볼이 날아와도 귀신처럼 기다렸다 받아치고, 아웃이 될 것 같으면 미리 짐작하고 움직이지도 않으신다. 짧고 높은 볼이 넘어오면 훌쩍 점프를 하면서 가볍게 스매시! 아빠가 라켓을 휘두르면 볼이 닿는 소리부터 다르다. 퍽! 강하고 힘차게, 정확하게 한복판을 때리는 소리.

아빠는 스포츠를 생활의 일부가 아닌 그 자체로 즐기신다. 그리고 우리에게도 운동을 하라고 늘 강조하신다. 공부하는 아이들은 공부만, 운동하는 아이들은 운동만 하는 것은 바람직하지 않다며 늘 몸과 정신이 함께 채워져야 한다고 말씀하신다.

중학교 때 몰래 훔쳐봤던 아빠의 청년 시절 일기장에는 '똑똑한 여자를 만나 똑똑한 아이를 낳아 키우고 싶다'는 아빠의 소망이 씌어 있다. 그래서 나는 아빠에게 종종 "아빠 인생에서 최고로 훌륭한 선택은 엄마와 결혼한 것!"이라고 말씀드린다. 그러면 아빠가 물으신다.

"그럼 두 번째는 뭐니?"

"두 번째는 내 이름을 나나라고 지어주신 거예요."

아빠는 나를 낳고 예쁜 이름을 지어주기 위해 당시 근무하던 영주여중의 학적부를 다 뒤졌다고 한다. 그때 같은 음을 반복하는 이름이 몇 개 있었다. 미미·진진·연연 등. 아빠는 좀 더 독특한 이름을 만들기 위해 여러 음을 시도하다가 '나나'라는 이름을 짓게 되었다. '나나… 나는 나… 나나!' 이 이름을 짓고서 아빠는 뛸 듯이 기뻤다고 한다.

나에 관한 일이라면 항상 90퍼센트는 이미 감동한 상태였던 아빠.

나는 나머지 10퍼센트만 채워드리면 되었으니 딸 노릇이 너무 쉬웠다. 가끔은 죽이 맞아 같이 사고도 치면서.

미국 가면 한 번씩 아빠께 전화 드려 확인해야겠다.

"What's up? 아빠, 요즘은 사고치신 것 없어요?"

X-tra family Story

천일 밤을 천 가지 이야기로 하얗게 밝혔던 세헤라자데처럼, 우리 가족 이야기는 오늘 밤도 계속해서 '투 비 컨티뉴드'다!

수다 패밀리

과학고등학교 시절, 밤마다 엄마 아빠와 한 시간 가까이 통화하는 나를 보고 아이들은 신기한 듯 물었다.

"너는 부모님과 할 얘기가 뭐가 그리 많니?"

"너는 할 얘기가 없니?"

그러면 대부분의 아이들은 이렇게 대답했다.

"세대 차이 때문에 부모님과는 말이 잘 안 통해."

우리 부모님은 학생들과 매일 접촉해서인지 우리 또래의 일이라면 훤히 알고 계셨다.

"이번에 HOT가 콘서트를 한다며? 우리 다 같이 콘서트 보러 갈까?"

엄마 아빠가 먼저 이런 제안을 하시면 종학이와 나는 신이 나서 여행 준비를 했다. 콘서트 장에서도 두 분은 열심히 박수를 치면서 우리

들만큼이나 즐거워하셨다.

중학교 때 잠시 내가 홍콩 영화배우 이연걸에 심취한 적이 있었다. 이연걸이 나온 비디오라면 하나도 빼지 않고 다 봤다. 특히 〈이연걸의 보디가드〉는 백 번도 넘게 봐서 중국어 대사가 머리에 박힐 정도였다.

어느 날, 이연걸이 〈황비홍〉이라는 영화를 홍보하기 위해 서울에 왔고, 나는 그가 시사회에 참석한다는 뉴스를 접수했다. 나는 엄마 아빠에게 이연걸을 꼭 보고 싶다고 말했다. 마침 짬이 났던 엄마가 흔쾌히 서울 여행에 동행해주셨다. 그때 꼭 이연걸과 사진을 찍고 싶었는데, 사람이 너무 많아서 먼 발치에서 눈도장만 찍고 돌아왔다.

이처럼 부모님은 우리들의 관심사를 누구보다도 잘 알고 기꺼이 동참해줄 만반의 준비를 갖추고 계셨기에 우리는 서로 공유할 화제가 많았다.

과학고로 떠나 있을 때, 나를 지탱해준 힘은 밤마다 전화로 나누는 엄마 아빠와의 대화였다. 나는 조언이 필요할 때는 엄마와, 투정을 부리고 싶을 때는 아빠와 통화를 했다. 엄마와는 이성적으로 의논을 했다면, 아빠에게는 감성적이 되어 징징거리고 약한 척을 하곤 했다. 대화의 끝에 엄마는 늘 "너를 믿는다"고 하셨고, 아빠는 늘 "너로 인해 얻는 기쁨이 크다"고 하셨다.

엄마 아빠는 부모님이기 이전에 인생 선배이기도 하다. 이야기를 하다보면 내가 미처 생각지 못했던 그분들의 삶의 노하우를 배우게 되고, 내가 안달복달하며 집착하던 문제를 더 느긋하고 여유 있게 바라보는 시각도 얻게 된다.

내가 100일 다이어트를 할 무렵 엄마는 가끔 나와 사우나에 동행해주셨다. 우리는 사우나 안에서 함께 이 얘기 저 얘기 하며 수다를 떨었다. 한번은 역시 사우나에서 엄마와 세상 돌아가는 얘기를 하다가 당시 한창 뉴스에 오르내리던 인터넷 자살 사이트가 화제에 오른 적이 있다. 그때 엄마는 이렇게 말씀하셨다.

"자살할 용기가 있다면 그걸로 뭘 못하겠니? 그 용기로 살면 뭐든지 할 수 있다."

그런데 그 얼마 뒤 미스코리아 대회 본선 마지막 결승에서 나에게 떨어진 인터뷰 질문이 바로 이것이었다.

"한강 다리를 걷고 있는데 한 사람이 자살을 하려고 난간에 위태롭게 서 있다. 어떻게 그 사람을 설득해서 자살을 막을 것인가?"

나는 엄마가 말씀하신 대로 대답했다.

"그 사람에게 다가가 이렇게 설득하겠습니다. 지금 죽고자 하는 용기로 다른 일을 한다면 어떤 시련이든 극복할 수 있답니다. 그러니 단 하나뿐인 생명을 끊는 어리석은 행동은 하지 마십시오."

나의 대답은 박수를 받았다. 엄마는 "인터뷰 예상질문이 적중했으니 한턱 내"라고 농담을 하셨다.

지금도 나는 대구에 있지만 하루가 멀다 하고 두 분과 통화를 한다. 요즘 엄마는 새롭게 영어공부를 시작하셨고 아빠는 그동안 인터넷에서 모았던 나의 정보를 다시 정리하고 계신다. 두 분도 나도 각자 자기 인생을 즐기며 열심히 살고 있기에, 우리 가족은 하루만 지나도 또 할 얘기가 쌓인다.

한번은 엄마에게 물었다.

"엄마, 이제 나 멀리 떠날 날도 얼마 남지 않았는데, 혹시 더 가르치고 싶은 것 없어요?"

"생각해보니, 이제 남은 건 성교육뿐이더구나."

엄마의 대답에 나는 뒤로 넘어갈 뻔했다. 그동안 내가 너무 변화무쌍하게 정신없이 달려와서 그 부분을 미처 챙겨주지 못하셨단다. 한국보다 성적으로 개방되어 있다는 미국으로 딸을 보내려니 부모님 입장에서 신경이 쓰일 수도 있겠지.

아무래도 국제전화 할인카드를 넉넉하게 준비해두어야겠다.

Younger brother

우리는 손을 꼭 붙잡고 학교에 갔다. 사람들이 쳐다보면 나는 우쭐해져서 소리치고 싶었다. '세상 사람들! 여기 내 옆에 작은 꼬마가 보이시죠? 얘가 내 동생이에요! 착하고 귀여운 내 동생이오!'

누나, 나랑 놀아줘!

내가 초등학교 5학년이 되던 해에 내 동생 종학이는 1학년이 되었다. 어리고 귀여운 종학이의 손을 잡고 함께 길을 걸어가면 사람들이 쳐다보았다.

"어머, 정말 귀엽구나? 몇 학년이니?"

나는 으쓱대며 대답했다.

"1학년이에요. 제 동생이에요!"

나는 쉬는 시간에도 종학이 교실에 들러서 잘 지내는지 확인했다. 점심시간에도 급식으로 나온 빵과 우유를 들고 종학이를 찾아갔다.

"이거 먹고 기다려. 누나 수업 끝나면 집에 같이 가자."

"응, 누나."

종학이는 군소리 없이 운동장에서 한두 시간을 혼자 놀며 기다렸다.

온몸이 흙투성이가 되고 바지 무릎에 구멍이 나 있기도 했지만, 울지도 않고 짜증도 내지 않고 혼자서 잘 놀았다. 나는 종학이를 집에 혼자 둘 수가 없어서 엄마 아빠에게 피아노학원과 서예학원도 함께 다니겠다고 했다.

"종학아, 너 누나랑 학원 같이 다니고 싶니?"

"응!"

종학이는 피아노가 뭔지 서예가 뭔지도 모르면서 누나가 가니까 무조건 같이 가겠다며 따라와주었다. 서예학원에서 종학이가 먹을 갈고 있으면 함께 배우는 언니 오빠들은 물론 선생님까지도 귀여워서 어쩔 줄을 몰랐다.

우리 남매는 아침에 일어나 손 붙잡고 학교 가고, 학교 끝나면 손 붙잡고 학원 가고, 그리고 손 붙잡고 집에 오고, 엄마 아빠 기다리며 함께 저녁을 먹었다.

나는 종학이에게 장난도 많이 쳤다. 어느 날은 종학이에게 내가 예전에 입던 여자 잠옷을 주면서, "이거 입어. 안 입으면 누나가 안 놀아줄 거야" 했다. 종학이는 순순히 그걸 입고서는 "시원하다!" 하더니 금세 잠이 들었다. 여자 잠옷을 입고 잠든 종학이는 여자 아이처럼 귀여웠다. 그 모습을 혼자 보기가 너무 아까워 할머니, 엄마, 아빠에게 모두 보여주고 온 식구가 함께 웃었다.

그렇게 하루 종일 붙어다니면서 즐겁게 초등학교 시절을 보냈는데, 내가 중학교에 가면서 이 행복한 그림이 깨졌다. 중학교에 들어가 해야 할 공부가 많아지자 내가 종학이와 놀아주는 시간이 점점 줄어들었다.

종학이는 엄마를 잃어버린 토끼처럼 우울해했다.

"누나, 나랑 놀아줘."

"누나야, 공부 그만하고 나랑 놀면 안 돼?"

"누나, 배고파."

나는 종학이의 '누나' 소리가 가끔은 '엄마'로 들린다. 생각해보면, 종학이에게 나는 제2의 엄마이기도 했다. 나는 종학이를 깨우고 재우고 씻기고 옷을 갈아입히고 먹이고 숙제를 검사하고 공부 좀 더 하라고 혼내고 버릇이 없을 때는 벌로 손바닥을 때리기도 했다.

"누나, 나 오늘 넘어져서 다쳤어!"

"누나, 나 시험 망쳤어!"

"누나, 나 냉면 먹고 싶어!"

보통은 엄마에게 하는 말을 지금도 종학이는 나에게 한다.

지난번 하버드 입학설명회 때에는 종학이가 한창 중간고사를 볼 때였다. 아무래도 누군가가 남아서 챙겨줘야 한다고 생각했는데, 종학이가 엄마 아빠 등을 떠밀며 말했다.

"염려 말고 다들 다녀오세요. 이참에 해외여행도 하시고요. 나는 혼자서도 잘해요."

내 눈에는 아직도 어리게만 보이는데, 벌써 그 아이도 다 컸다. 이제 동생과 함께 손 붙잡고 같이 학교 가는 날은 다시 오지 않겠지.

사랑하는 동생 종학이에게

중학생이 되는 동생에게 보냈던 편지

내 모든 것을 다 주어도 아깝지 않을 만큼 사랑하는 동생 종학아.
네가 벌써 중학생이라니 정말 세월이 빨리 지나가는구나.

운동장에서 개구쟁이처럼 뛰어놀던 너의 모습이 생각난다.

중학생이 되는 기념으로 무엇을 해줄까 곰곰이 생각해보았는데, 선물을 사주는 것보다 편지를 쓰는 것이 더욱 의미 있을 것 같아서 이렇게 쓴다. 누나가 중학교 생활을 마친 경험자로서 너에게 충고 몇 마디를 하려고 한다.

첫째, 자신감을 가져.

누나가 중학교 때 선생님들께서 한 친구를 가리키며 그 친구가 우리 학교에서 아이큐가 제일 좋다고 수업시간에 말씀하셨어. 그래서 누나는 스스로 그것에 대해 콤플렉스를 가지고 위축이 되어 왠지 그 친구 앞에만 서면 자신감이 없었단다. 지금 와서 돌이켜보면 그때 내가 어리석었어. 나도 할 수 있다는 자신감을 가지고 매사에 임했다면 더욱 좋은 성과를 이룰 수 있었을 텐데. 그러니 너도 공부 잘하는 아이를 보고 괜히 위축되지 말고 자신감을 가져. 너도 얼마든지 할 수 있어. 한번 1등이 영원한 1등은 아니니까.

둘째, 최선을 다해.

네가 최선을 다해 노력을 하면 반드시 그에 대한 결과가 있단다. 또한 최선을 다해 열심히 하는 과정 속에서 재미를 느낄 수도 있고, 좋은 결과가 나왔을 때 떳떳하게 기쁨을 느낄 수도 있어. 특히 너는 머리는 좋은데 노력이 부족한 스타일이니까 지금의 머리에 노력만 한다면 엄청난 결과가 나타나겠지?

셋째, 남의 말에 초연해질 줄 알아라.

학교생활을 하다보면 너를 좋게 보는 친구들이 있는가 하면, 나쁘게 보는 친구들도 있을 거야. 그리고 때론 칭찬을 들을 수도 있고, 욕을 들을 수도 있어. 칭찬을 들었다고 해서 우쭐하여 자만에 빠지지 말고,

욕을 들었다고 해서 그것에 연연하여 정말로 옳은 것도 남의 눈이 무서워 하지 못하는 어리석은 행동은 하지 말아라. 또한 너 스스로도 정말로 잘못된 부분이라고 생각한다면 고치도록 노력하고.

그럼 지금부터는 성공적인 학교 생활법을 소개해줄게.

첫째, 수업시간을 최대한 활용해.

수업시간에 절대로 졸지 말고 선생님 하시는 말씀에 귀를 기울여. 선생님께서 강조하시는 것에 별표를 해두고 공부를 할 때 그것을 중심으로 공부해. 선생님께서 강조하시는 것이 곧 시험문제랑 연결이 된단다. 그리고 미리 배웠다고 해서 수업시간에 딴짓해서도 안 돼.

둘째, 쉬는 시간을 충분히 활용해.

쉬는 시간이 10분이면 그 중 5분 동안은 반드시 이전 시간에 배운 수업내용을 한 번 더 읽어봐. 그러면 그 기억이 오래 갈 거야. 그리고 나머지 5분은 다음 시간을 위해 휴식을 하도록 하고.

셋째, 교육방송을 꼭 봐.

교육방송이 실력 향상에 정말 많은 도움이 되니까 과목별로 문제집을 사서 꼭 시청하고 문제도 풀어봐.

넷째, 하루에 30분은 반드시 독서를 해.

해 숙 부 학 생 내 하 사
라 제 디 아 종 동 는 랑

초등학교 시절 서예학원에서 썼던 붓글씨.

다양한 책을 읽어서 사고력을 늘리면 모든 과목의 공부에 도움이 될 거야. 책을 사서 보지 말고 도서관에서 빌려보거나 친구들끼리 서로 돌려봐도 될 거야.

다섯째, 운동도 열심히 해.

누나가 중학교 다닐 때 보니까 영광남중 아이들은 수업 마치고 축구 같은 걸 하더라. 너도 수업 마치고 친구들과 함께 축구나 농구 같은 것을 하면서 체력도 다지고 우정도 키우면 좋겠다. 다만 주의할 것은 너무 여기에 빠지지는 마. 하루에 1시간 정도가 알맞을 것 같다.

여섯째, 선생님께 질문을 많이 해.

이것은 아빠 엄마가 늘 강조하시던 거여서 누나가 실천해보았는데, 정말 좋은 것 같다. 질문을 많이 하면 선생님께서 좋아하시고 널 기억하게 되거든. 그리고 질문에 답해주시는 선생님 말씀 속에 시험문제가 있기도 하단다. 다만 주의할 점은 수업시간에 지나치게 많은 질문은 하지 말아라. 다른 아이들에게 방해될 수도 있으니 점심 먹고 난 뒤나 하루 수업이 끝난 뒤 교무실에 찾아가서 질문을 해.

일곱째, 선배들한테 존대말 쓰고 인사 잘해.

중학교는 선후배 관계가 정말 엄격하니까 주의해. 특히 선배들을 조심하고…. 만약 선배들로부터 협박을 받거나 괴롭힘을 당할 경우엔 아빠 엄마에게 반드시 말씀드려.

이제부터는 정말 중요한 학습 공략법을 얘기할게.

필기방법

선생님께서 칠판에 써주시는 것 그대로 베껴쓰는 것은 아무런 의미가 없어. 선생님이 설명하실 때 네가 중요하다고 생각되는 것은 반드시 노트 빈 공간에 적어놓고, 강조하시는 것은 빨간색 펜으로 별표를 해서 이것을 중심으로 공부해라. 노트보다 더 좋은 것은 없으니까 필기를 잘해야 해. 그리고 노트 정리가 수행평가에 반영될 수도 있다는 것을 유념하도록 하고.

과목별 공부방법

- 국어—특히 수업시간에 필기를 잘해야 해. 이것이 시험과 직결된다. 시험공부를 할 때는 교과서를 보면서 선생님께서 필기해주신 것으로 공부해라. 시는 주제와 중요한 표현법을 위주로 공부하고 소설은 구성단계와 사건의 복선이 되는 것을 잘 파악하고 논설문이나 설명문은 이해를 중심으로 공부해라.
- 영어—교과서의 영어 문장은 무조건 다 외워라. 그러면 시험 걱정은 없다. 왜냐하면 시험문제는 교과서 일부를 지우고 빈칸에 들어갈 말을 찾는 것이나 순서를 바꿔놓고 맞는 순서를 고르는 것이나 주제를 찾는 것이니까. 그리고 단원이 끝날 때마다 연습문제가 나오는데 여기서 주관식이 많이 나온다. 그리고 교과서 외에 단어장을 사서 하루에 20단어는 외우고 일요일에는 한 주 동안 배운 것을 다시 한 번 봐라. 그리고 독해 문제집을 사서 하루에 한 장씩만 풀면 도움이 많이 된다.
- 수학—무조건 많이 풀어라. 그리고 문제 푸는 요령을 익혀라. 이해가 되지 않는 것은 반드시 질문하여 해결하고, 조금 어려운 문제집을 한 권 더 사서 풀어라. 그리고 연습장에 푸는 것을 잊지 말고. 수학은 정말 중요한 과목이니까 열심히 많은 문제를 푸는 것이 비결이다.

- 과학—원리를 이해하고 외울 것은 외워둬야 해. 특히 과학은 교과서와 같은 출판사의 자습서를 구입해서 교과서에 나와 있는 실험의 답을 반드시 알아보아야 한다. 이것이 곧 시험문제로 연결되고 원리를 이해하는 데 도움이 된다.
- 사회—수업시간에 잘 듣고 이해를 한 뒤에 외우기. 특히 교과서를 꼼꼼히 보는 것이 중요해. 교과서에 나와 있는 문장들이 곧 시험문제의 답으로 연결되거든.
- 기타 과목—수업시간에 잘 듣고 그 시간에 다 공부를 해버려라. 평소에는 예체능을 따로 공부할 시간이 없다. 다만 일요일에 가정·기술·도덕은 문제집을 풀어볼 필요가 있으나 너무 많은 시간은 투자하지 말고, 음악은 계명과 가사와 작곡가를 외워라. 민요 같은 것은 어느 지방 민요인지 알아두고 장구 장단도 기억해둬라. 그리고 다른 예능과목은 시험기간이 다가왔을 때 공부해도 괜찮을 거다.

교과서 활용법

항상 교과서를 중심으로 공부해라. 그리고 교과서의 큰 제목을 중심으로 공부하는 것을 잊지 말아라. 교과서에 시험문제가 있고, 교과서에 답이 있다.

암기 방법

무조건 외우면 기억이 오래 가지 않거든. 너만의 암기법을 개발해서 외워라. 재미있는 문장으로 만들어서 외우는 것도 좋다.

펜 활용법

검정, 빨강, 파랑 펜을 적극적으로 활용해라. 교과서에 줄을 그을 때는 파랑색을 이용하고 중요한 내용은 빨강색으로 쓰면 좋아.

종학아, 누나가 나름대로 적어보았는데 너에게 조금이나마 도움이 되었으면 좋겠다. 항상 열심히 하고 누나에게 열등감 가질 필요 없어. 누나는 너와 세대도 다르고 나이도 많잖아. 다만 누나의 좋은 점은 본받도록 노력하고 누나 또한 너의 좋은 점을 본받으면서 서로가 부족한 점을 채워나가는 것이란다. 너 역시 무한한 가능성을 가지고 있기 때문에 노력하면 누나보다도 더 잘할 수 있어. 무엇보다 기초실력을 갖추는 것이 중요하다는 것을 잊지 마라. 누나는 너를 믿는다.

P.S. 네가 소망하는 것을 머릿속에 생각하고 노력하면 반드시 이루어진다.

종학이의 멋진 중학교 생활을 바라며, 나나 누나가
2000. 2. 29

Zero

물이 가득 찬 잔에는 새 물을 담을 수가 없다. 이제 나는 넘쳐흐르는 잔을 남김없이 쏟아 비우고 새 물을 담기 위해 떠날 차례다. 담는 것보다 비우는 것이 더 어렵다는 사실을 실감하면서.

부석사에 가는 마음

지난 부처님 오신 날, 오랜만에 온 식구와 함께 부석사에 갔다. 부처님 오신 날에는 그 절을 찾는 모든 사람들에게 절밥을 주는데, 나는 부석사의 절밥을 어려서부터 아주 좋아했다. 그날도 절 입구에서부터 배가 고파지기 시작했다.

절에 들어서자마자 밥부터 먹는 것은 예의가 아니므로, 먼저 무량수전에 들어갔다. 오랜만에 소조여래좌상의 부처님 앞에 엎드려 그동안 못했던 것까지 다 합쳐서 정성스럽게 삼배를 올렸다.

사실 나는 불교신자라고 말할 자신이 없다. 경도 많이 읽지 않았고, 스님의 법문도 제대로 들은 적이 없다. 그저 어릴 적부터 볕이 좋은 날이면 엄마 아빠 손잡고 나들이 가듯 부석사를 찾았다. 무량수전의 배흘림기둥이 좋았고, 그곳에서 바라보던 일명 칠겹산이라 불리는 소백

산의 아련한 산세도 좋았다. 부처님 오신 날이면 일찌감치 서둘러 절에 올라 연등도 달고 기왓장에 이름도 쓰고, 맛있는 절밥을 한 톨도 남김 없이 싹싹 비우고 내려와야 하루를 뿌듯하게 보낸 듯했다.

그래도 내게 무슨 일이 닥치면 항상 부처님이 떠올랐다. 어릴 적부터 엄마 아빠에게 부처님 이야기를 꾸준히 들어왔기 때문에 마음속으로 아주 가깝게 느껴졌던 모양이다. 부처님을 생각하면 근심 걱정에 사로잡혀 있다가도 마음이 평화로워졌다. 굳이 절에 가지 않더라도 부처님이 늘 나를 보고 계시면서 내편이 되어 나를 지켜주실 것 같았다.

그러나 어릴 때부터 유독 욕심이 많았던 나는 부처님 앞에만 서면 무엇을 해달라고 바라기만 했다.

"부처님, 다음 시험에서 1등 하게 해주세요."

"부처님, 대학에 무사히 붙게 해주세요."

"부처님, 우리 가족이 모두 건강하게 해주세요."

오랜만에 찾은 부처님 앞. 나는 여전히 버릇처럼 "해주세요, 해주세요!" 하며 부탁만 드렸다.

"부처님, 이제 저는 하버드로 떠납니다. 제발 제가 하버드에서 생존할 수 있게 도와주세요."

"부처님, 제가 정말로 훌륭한 외과의사가 될 수 있게 도와주세요."

어린 아이가 매달려서 떼를 쓰듯 기도를 드리다가, 문득 내 욕심이 끝이 없다는 생각이 들었다. 부처님은 이미 나에게 엄청난 복을 주셨는데…. 나는 좋은 부모님 밑에서 사랑스런 동생과 함께 행복하고 건강하게 자랐고, 미스코리아에 당선되었으며, 미국 대학에 도전하여 하버드에 합격하는 행운까지 얻었다.

그럼에도 불구하고 계속 뭘 해달라고 하는 나의 모습은 과연 부처님

보시기에 예쁠까? 욕심이 끝이 없다고 하시지는 않을까?

지난해 엄마가 서울에 있는 화계사에 가서 만나보았다는 현각 스님 이야기가 생각났다. 스님은 매순간이 무척 행복하다고 하셨다. 그 중에서도 가장 행복한 순간은 버스 정류장에서 버스를 기다리며 300원짜리 자판기 커피를 뽑아 마실 때라고 하셨다.

현재 주어진 것에 감사하고 만족하면서 어린 아이처럼 즐거워하는 것. '손가락 사이에서 모래가 빠져나가듯이' 욕심도 집착도 미래에 대한 근심도 다 버리고 그렇게 편안한 마음이 되는 것. 그것이 내겐 왜 이리도 어려울까? 채우고 또 채우려 애쓰다 보면 얻는 것보다 잃는 것이 많다고 한다. 진정으로 채우기 위해서는 비워야 한다고, 어린 아이처럼 새롭게 태어나야 비로소 성숙할 수 있다고 한다.

부처님 앞에서 소원을 빌던 나는 다시 기도를 올렸다.

"부처님, 늘 소원만 빌어서 죄송합니다. 다음에는 마음을 비우고 그냥 부처님 보고 싶은 마음으로만 찾아올게요. 기다려주세요."

이제 꿈에 대해 말하지 않을래요

한동안 꿈에 대해서 많은 말을 했었다.

미스코리아 대회 때는 장래희망을 외과의사라고 밝혔다. 하버드에 합격한 직후에는 유니세프나 '국경 없는 의사회' 같은 국제의료단체에 들어가 의료봉사활동을 하고 싶고, 세계보건기구(WHO)의 총수가 되어 전 인류가 질병 없이 건강하게 사는 세상을 만드는 데 힘을 보태고 싶다고도 했다.

그러나 언제부터인가 이런 꿈을 말하는 것이 조심스러워졌다. 지금 내가 해야 할 일은 꿈에 대해 '말' 하는 것이 아니라 꿈을 이루기 위해 '노력' 하고 '실천' 하는 것이라는 생각이 들었다. 그리고 그에 앞서 나에게는 하버드에서의 생존이라는 당면과제가 있다. 많이 부딪히고 더 깨지고 다양한 것들을 경험한 뒤에 비로소 나는 나의 소중한 꿈에 대해 말할 수 있을 것이다.

다만 한 가지 분명한 것은 내 삶은 나 혼자만의 것이 아니라는 걸 명심하고, 베풀고 나누는 삶을 살겠다는 것이다. 그리고 언제 어디서든 내가 한국인이라는 걸 잊지 않겠다는 것이다.

손 선생님은 나에게 피딩과 셰어링(Feeding & Sharing)에 대해 종종 말씀해주셨다. 사과나무 한 그루를 키우는 데에는 여러 도움의 손길이 필요하다. 촉촉한 봄비, 시원한 소나기, 뿌리를 더욱 튼튼하게 해주는 강한 추위, 땅의 양분, 따뜻한 햇볕, 그리고 벌레를 잡아주고 더 튼튼한 나무로 만들기 위해 가지를 쳐주는 농부의 손길.

이런 많은 관심과 보호 속에서 잘 자란 사과나무는 잎을 무성하게 피워 사람들이 쉬어갈 수 있는 그늘을 만들어주고, 열매를 맺어 사람들의 입을 즐겁게 해준다. 떨어진 사과는 썩어서 토양을 비옥하게 하는 거름이 된다.

사랑을 준 사람들에게는 고맙다고 말하는 것 외에 그 빚을 갚을 길이 없다. 내가 아무리 노력한다 해도 부모님이 주신 사랑을 다 갚을 수 있을까? 나를 가르쳐주신 여러 선생님들의 노고에 보답할 수 있을까?

갚을 수 있는 유일한 길은 한 그루의 사과나무처럼, 내가 다른 사람들에게 그 사랑을 다시 베푸는 것이다. 사랑은 'Give and Take'가 아니라 'Give forward!', 앞으로 계속해서 베푸는 것이다!

내가 받았던 사랑을 10명에게 베풀면 그 10명은 각자 또 다른 10명에게 베풀 것이고, 그러다 보면 온 인류가 사랑의 네트워크로 연결될 것이다. 앞으로 앞으로 전달하다 보면 어느 순간 나에게 다시 되돌아오는 사랑! 그 사랑을 실천하는 것이 나의 진짜 꿈이다.

플러스 알파 · 특별기고

너나 나나 할 수 있다!

손희걸

금나나, 그의 에너지

나나는 얼굴보다 마음과 정신이 더 아름다운 사람이라고 생각한다.

'미스코리아가 미스 유니버스 대회에 나가려고 하는데 인터뷰 준비를 도와주었으면 한다. 그 미스코리아의 이름은 금나나이고 대구 경북대 의예과 학생이다.'

금나나를 만나기 전 내가 알고 있는 정보는 이것뿐이었다. 나는 그저 이곳저곳에서 들어오는 여러 업무 중 하나로 덤덤하게 받아들였다. 다만 '미스코리아가 의예과 학생이라니 의외구나' 생각했었.

처음 만나기로 한 날, 아침부터 학부형 및 학생들과 미팅 약속이 많이 잡혀 있었다. 겨우 시간에 맞추어 미팅을 끝내놓고 다음 만날 특이한 경력의 소유자를 떠올리고 있는데, 소녀 같은 미소로 신기한 듯 두리번거리는 중년의 여인 한 분이 내 눈에 들어왔다. 두 눈은 여느 어린 학생의 눈길보다 더 호기심에 가득 차 있었다. 그분의 호기심은 나의 방으로 안내될 때까지 변함이 없었다. 금나나의 어머니라는 그분과 이런저런 얘기를 나누며 나머지 두 사람이 오기를 기다렸다. 한참 후 보통사람보다 예쁘고 키가 큰 금나나라는 학생이 나타났다. 잠시 후 그녀의 아버지도 오셨다. 세 식구는 각자 딴 방향에서 왔지만 같은 지점에서 만나 반가운 듯했다.

인터뷰 준비에 대해 의논하고 얘기를 나누는 동안 금나나는 차분하게 앉아 고개를 끄떡거리며 "예, 예" 대답만 했다. 아버지도 감사하는 표정으로 묵묵히 듣기만 했다. 그러나 어머니는 밝게 웃으면서 필요한 시점에서 적절한 얘기를 잘 해주셨다.

미팅을 마치고 저녁을 제안할 즈음에는 묘한 기대감이 일었다. 호기심에 가득 찬 당차고 똑똑한 어머니, 표현은 별로 없어도 딸을 도와준다는 고마움에 영주에서 대구까지 내려올 만큼 자식에게 각별한 아버지, 이런 두 사람이 키워낸 금나나란 아이는 뭔가 다를 것 같았다. 내가 지금까지 생각해온 미스코리아에 대한 인식이 앞으로 상당히 달라질 것인지, 나 스스로 궁금했다.

이처럼 금나나에 대한 첫인상은 어머니의 해맑은 미소와 아버지의 은은한 애정으로 채워졌다. 그래서인지 정작 금나나에 대한 인상은 강하게 남아 있지 않은 것 같다. 게다가 부모님은 두 분 모두 중학교에서 교편을 잡고 있다는 걸 알게 되었다. 나 역시 아이들을 가르치고 지도하는 선생의 입장이니, 많은 부분에서 공감하고 의기투합하는 일들이 많았다. 그날 이후 우리는 테니스 애호가라는 또 다른 공통점을 찾아냈다. 이렇게 금나나와의 만남은 금씨 집안 전체와의 인연으로 이어졌다.

시키는 대로 다 하는 학생

선생의 입장에서 가장 맘에 드는 학생은 역시 공부를 시키는 대로 다 하는 학생, 특히 스스로 더 이해하고 많은 호기심으로 덤비는 진취적인 학생이다. 첫 한 주 동안 나는 나나를 테스트했다. 아침 9시부터 와서 공부하라고 했더니 군소리 없이 그렇게 했다. 고급 실용 단어와 숙어를 50개 내주며 외워오라고 했더니 외워왔다. 다음 날은 단어 수를 더욱 늘려 숙제를 내주었더니 그것도 외워왔다. 다음 날은 더 많은 단어를 내주었는데 그것도 외워왔다. 내가 내미는 단어는 단순히 외우기만 하면 되는 것들이 아니었다. 단어와 숙어가 여러 가지 의미로 파생되는 것들까지 모두 외우고 쓰고, 알고 있어야 하는 것이었다. 나나는 철저히 공부시키는 선생님에게는 항의할 줄 모르는 아이인 것 같았다. 선생님이 하라는 대로 다 하고, 더 할 것이 없는지 찾는 아이였다.

나는 내심 나나가 안타까웠다. 내외적으로 타고 난 것이 많기 때문이기도 했지만, 성실히 노력하는 모습이 나나를 더 커보이게 했기 때문이다.

우리 유학원 안에는 나나보다 어린 17, 18세 학생들이 많았다. 더 어린 14, 15세 아이들도 있었다. 그 아이들은 일찍부터 무언가에 자극을 받아서, 혹은 부모의 인도로 세계로 나아가 공부를 하기로 결심하고 도움을 받기 위해 이곳에 와 있었다. 그 아이들도 똑똑하지만 나나도 똑똑하고 영리하며 성실했다. 지금의 상태로 만족하기엔 아까운 부분이 너무 많았다.

어느 날, 공부를 하던 중 잠시 쉬는 시간을 가지면서 처음으로 사적인 질문을 했다.

"의대를 나와서 의사가 되는 것이 너의 궁극적인 꿈이냐?"

나나는 잠시 망설이다가 대답했다.

"의사가 되는 것이 꿈이긴 하지만, 그걸 궁극적인 꿈이라고 말할 수는 없어요."

"그럼 너의 궁극적인 꿈은 무엇이냐?"

"… 그건 아직 생각해보지 못했어요."

"생각해보렴. 너는 벌써 미스코리아라는 훌륭한 이력을 갖고 있다. 그 이력을 안고 의사가 된다면 사회적으로 의미 있는 일을 많이 할 수 있을 거다. 지금 우리가 준비하고 있는 미스 유니버스 역시 의사가 되어 더 궁극적인 꿈을 이루기 위한 일부분이 될 수 있어."

나는 나나가 똑똑하고 야무지고 공부에 욕심이 많지만, 그에게 한 가지 부족한 점을 발견할 수 있었다. 그는 도전하는 것을 좋아하고 어려운 목표에 몰두하지만 본인이 그러는 진짜 이유를 아직 찾지 못했다는 것이었다.

"미스코리아에는 왜 나갔니?"

"그냥, 아빠가 한번 나가보라고 하셨어요."

"왜 의대에 들어갔니?"

"집안에 아픈 분들이 많아서 어릴 적부터 의사가 되고 싶었어요."

"유니버스 대회에는 어떤 마음으로 나가는 거니?"

"글쎄요…. 최선을 다할 거고, 좋은 성적을 낼 수 있으면 좋겠지만,

사실 우리나라 망신만 안 시켰으면 좋겠어요."

나는 이쯤에서 사적인 대화를 멈추었다. 언젠가 기회가 오면 이 학생에게 해줄 얘기가 참 많았다. 그러나 지금은 아니었다. 좀 더 지켜보고 기다려야 할 것 같았다.

기회는 금세 찾아왔다.

눈물이 운명을 바꾸다

어느 날, 문을 열고 들어오니 나나가 울고 있었다.

공부를 하다가 20분 정도 자리를 비우고 학생들을 상담하고 들어오는 길이었다. 20분 동안 무슨 일이 있었기에 우는 걸까? 나쁜 전화라도 받았을까? 내가 무슨 상처 주는 말이라도 하고 나갔었나?

머릿속에 물음표가 늘어가는데 나나는 울음을 멈추지 못했다. 그냥 우는 게 아니라 서러움에 복받친 듯한 울음이었다.

나는 휴지를 건네주고 기다렸다.

나나가 어깨를 들썩이면서 겨우 자신을 진정시키고 어렵게 말을 시작했다. 고3 시절, 내신성적 때문에 가고 싶은 대학을 포기하고 다른 곳에 지원서를 여섯 군데나 넣었다가 그마저 다 떨어지고 마지막으로 한 군데에서 의대 합격증을 받았던 얘기를 털어놓았다.

"제 꿈은 사실 이게 아니었어요…."

이어지는 이야기를 통해, 나나가 나를 만난 이후로 주변의 어린 학생들이 공부하는 모습을 보면서 많은 자극을 받고 동시에 마음이 위축되어왔다는 것을 알 수 있었다. 하고 싶다는 마음속의 외침이 커지면 커질수록 그럴 수 없는 자신의 현재 모습이 강하게 의식되었던 것이다.

나나의 이야기를 들으면서 나는 마음을 가다듬어야 했다. 우선, 나는 굉장히 놀랐다. 그러나 무척 기뻤다. 몇 주 동안 나나를 지켜보면서 그녀가 가진 재능과 자질을 파악할 수 있었다. 가장 아름다운 모습은 주어진 목표를 향한 도전의식과, 자신의 존재를 끊임없이 증명하려는 굳센 의지였다. 만약 훌륭한 정원사가 있었다면 나나라는 사과나무의 종자를 일찍부터 알아보고 정성을 다해 물을 주고 거름을 주어 가장 토실토실한 열매를 맺을 수 있도록 가꾸어주었을 것이다.

물론 나나에겐 훌륭한 부모님이 계셨다. 그러나 모든 부모님의 역할은 자녀의 공적인 부분보다는 먼저 사적인 부분을 풍요롭게 하는 데 있다. 아이는 부모에게 사랑과 관심을 받고 안정된 정서와 원만한 성격, 살면서 지켜야 할 도리 등을 배운다. 나나는 이런 것을 아주 충실하게 잘 배운 아이였다. 그러나 부모님 두 분이 모두 자식에 대한 욕심이 없는 소박한 분들이시기에, 정작 공적인 부분에 욕심이 더 많은 나나는 내면의 외침을 억누르며 꽤 오랜 시간을 참아왔던 것이다.

나나의 서러워 복받치는 눈물의 의미를 나는 이해할 수 있었다.

나는 기쁨을 감춘 채 아주 담담하게 말했다. 더 큰 뜻을 품고 유학을 가고 싶다면, 그리고 갈 수 있다면, 그건 가야 하는 것이다. '할 수 있는 것은 해야만 한다'가 옳은 말일까, '해야만 하는 것은 할 수 있다'가 옳은 말일까? 당연히 할 수 있는 것은 해야만 한다. 왜냐하면 하지 않으면 더 큰 후회를 할 것이므로.

점심을 함께 먹을 한국인이 아쉽다

나나는 결정이 아주 빠른 아이였다. 이야기를 마치고 수업을 끝낸 후 퇴근을 하면서, 나는 방금 전 나나와의 일이 마음에 걸려 전화를 걸어 물었다.

"언제 너의 새 의사결정을 부모님께 말씀드릴 생각이냐?"

"저, 영주로 가는 버스 안이에요."

나나의 대답에 약간의 전율이 느껴졌다. 나나는 한시라도 빨리 부모님께 결정을 말씀드리고 휴학을 허락받겠다고 했다.

그날 이후 나는 나나에 대한 설계도를 바꿔 그리기 시작했다. 그때까지는 미스 유니버스 대회를 준비하는 인터뷰 지도 선생이었다. 그러나 이제부터는 내가 금나나의 정원사가 되어야 했다. 너 크고 튼튼한 밑그림을 그려야 했다.

그다지 어렵지 않게 그림이 그려졌다. 일단 금나나는 한국 대표다. 미스코리아란 국가대표 타이틀을 갖고 있는 아이다. 그리고 외과의사를 꿈꾸고 있다. 성공의 요건으로 요구되는 지성과 성실한 아름다움도 갖추고 있다. 여기에 남을 배려하고 스스로를 낮추는 겸손함도 몸에 배여 있다. 단순히 사회적인 성공을 하는 데서 끝나는 것이 아니라, 한국을 위해, 세계를 위해 의미 있는 일을 할 수 있는 아이다. 그냥 개인적 성공만을 꿈꾸는 아이라면 내가 도와야 할 이유가 없다. 세계로 나가서 한국을 알리고 한국을 위해 목소리를 내는 데 일익을 담당할 아이이기에 내가 도울 수 있는 것이다.

나와 친분이 있는 분 중에 국제기구에서 일하는 분이 있다. 2년 전 뉴욕에서 그분을 만났을 때, 점심식사를 하면서 이렇게 한탄했다.

"점심시간에 마음 편히 함께 밥 먹자고 말할 한국인이 없다."

해외에 살아본 사람은 이 마음을 안다. 아무리 친구가 여럿이어도 밥 먹을 때만큼은 같은 민족, 같은 모국어를 구사하는 사람과 먹고 싶은 마음 말이다. 밥을 먹을 때만큼은 자기언어를 시원하게 내뱉으면서 영어가 아닌 한국말로 "맛있다!"라고 외치고 싶은 마음 말이다. 그렇다고 늘 같이 붙어다니고 끼리끼리 살라는 것은 아니다. 적어도 그 시간만큼은 허심탄회하게 잠시나마 여유를 가지고, 중요한 사실과 정보들을 공유할 수 있기 때문이다.

더 중요한 것이 있다. 예를 들어, 1990년대 말 우리나라에 외환위기가 터졌을 때 IMF(국제통화기금)나 그밖에 다른 세계적인 금융기관에 한국 국적이든 아니든 한국계 사람들이 많이 있었다면, 그때 빠른 시간 안에 외환위기에서 벗어났거나 그처럼 심각한 상황이 초래되기 전에 미리 대비책이라도 나오지 않았을까 하는 아쉬움이 많이 남는다. 또 UN에서 일하는 한국인이 많아진다면 지금처럼 국제적인 사안을 정할 때 한국이 최대한 자국의 국가이익을 위해 영향력 있는 목소리를 낼 수 있을 것이다.

비단 국제기구뿐만이 아니다. 세상은 연결되어 있다. 한국인이 외국의 유수한 대학, 대학원을 졸업하여 세계적인 기업에서 일하는 것은 얼핏 개인적 성공으로만 비춰지겠지만, 그렇지가 않다. 그가 그 자리에서 자신의 능력을 발휘하고 인정을 받는 한, 그는 한국의 자산이다. 그가 얼마나 멋있고 훌륭한 한국인인지 주위의 외국인 동료들이 날마다 보고 존경할 것이며 자연히 한국이라는 나라에 대한 관심과 배려를 갖게 될 것이다. 그는 열심히 자기 역할을 해내는 것만으로도 국위선양을 하고 있다. 그리고 언젠가는 결정적으로 한국에 도움이 될 기회를 맞이하게 될 것이다.

나의 역할은 우리나라 학생들이 가능하면 많이 미국이나 다른 나라로 가서 한국의 영토를 확장하는 데 이바지하도록 돕는 것이다. 단순히 대학 입학허가서를 받아쥐는 것만으로는 나의 역할이 끝나지 않는다. 그들이 전문적인 분야에서 영향력을 가지고 봉사할 수 있을 때까지 나의 작업과 목표는 끝나지 않을 것이다.

Feeding & Sharing

나는 나나에게 틈이 날 때마다 말한다. 지금 많은 사람이 너를 돕는 것처럼, 너도 남을 도와야 한다고. 많은 사람들이 정원사로서 나나에게 물과 거름과 관심과 기대를 주었다. 맑은 태양을 볼 수 있도록 볕이 좋은 자리에 옮겨 심어주었고, 병충해를 앓지 않도록 곁을 지켰다. 이제 곧 나나는 튼튼한 열매를 맺게 될 것이다. 그 열매는 나나 혼자의 것이 아니다. 그 단맛을 여러 사람이 즐길 수 있게 해야 한다. 잎을 무성하게 하여 가끔 더위에 지친 나그네가 쉬어갈 수 있게 해야 한다. 나나가 받은 많은 사랑을 누군가에게 베풀고 나눠야 할 때가 올 것이다. 갚는 것이 아니다. 나누는 것이다. 더 큰 모습으로.

살면서 한 가지 깨달은 것은, 내가 받은 사랑과 관심은 죽었다 깨어나도 물리적으로나 정신적으로 다 갚을 길이 없다는 것이다. 대표적으로 부모님과 스승의 사랑은 아무리 노력해도 갚을 수 없다. 그분들 모두 내가 다 갚을 때까지 기다려주시지 않는다. 그래서 우리는 갚기보다는 나누는 것으로 그 빚을 대신 갚아야 한다.

내가 누군가로부터 받은 사랑을 또 다른 누군가에게 베풀고 나누면, 그 사람 역시 자라서 또 다른 누구에게 베풀고 나눌 것이다. 그래서 사람과 사람의 네트워크는 피딩과 셰어링을 통해 하나의 고리로 연결된다.

지난 1년 5개월여 동안 나나와 지내면서 나 또한 나나로부터 많은 것을 배웠다. 성실한 생활자세, 공부에 대한 열정, 자기와의 싸움에서 결코 지지 않으려는 의지 등을 보면서 젊은 시절의 내 모습이 떠오르기도 하고, 다시 나 자신을 채찍질하는 계기도 되었다.

또 나나에게 SAT 영어를 지도했던 선생님은 미국의 고등학교를 다니는 한국계 미국인인데, 그 또한 나나의 하버드 합격에 자극을 받아 더 열심히 공부하고 있다. 이처럼 사람들은 서로에게서 좋은 점을 발견하고, 자극을 받고, 그로 인해 스스로 발전한다. 나나의 성실함이 학원 전체의 면학 분위기로 이어지는 것을 보면서, 바로 이것이 나나가 보이지 않게 나누고 있는 에너지의 힘이라는 생각이 들었다.

나나는 받는 만큼, 아니 그보다 몇 곱절로 남에게 베풀 수 있는 사람이다. 나나를 중심으로 머지않아 피딩과 셰어링의 인적 네트워크가 알차게 형성되기를 기대한다.

한 가지 부러움

그동안 나나를 지켜보면서 가장 부러웠던 것은 나나의 효심, 즉 부모님을 끔찍하게 생각하는 마음이다. 예를 들어 둘이 함께 맛있기로 소문난 식당에서 흡족한 식사를 하게 되면, 나나는 밥 한 톨 남기지 않고 싹싹 비운 후 꼭 이 말을 잊지 않았다.

"우리 엄마 아빠가 이 음식 드시면 정말 좋아하실 텐데, 다음에 꼭 함께 와야겠어요."

한번은 나나의 아버지가 대구에 오셨다. 점심식사 할 장소를 정하려고 하는데, 나나가 자꾸 어느 한 음식점 쪽으로 분위기를 몰고 갔다. 그곳은 나나가 꼭 아버지를 모셔가고 싶다고 입버릇처럼 말하던 곳이었다. 그 식당에 굳이 가야겠다기에 아무 생각 없이 갔다가 그런 큰 이유가 있었다는 걸 나중에야 알았다.

동생에 대한 사랑도 극진하다. 종학이가 좋아하는 메뉴를 먹은 날이면 하루 종일 종학이에게 그 식당의 그 메뉴를 먹일 궁리에 빠지는 듯했다.

나도 딸을 기르는 아버지이지만, 과연 내 딸이 나를 그렇게 생각해주는지, 가족에 대해서 그렇게 애틋한지에 대해서 많은 생각을 하게 됐다.

왜 그렇게 가족에 대해 각별한지, 나나의 부모님과 교류를 나누면서 살펴보았지만, 별다른 이유를 찾을 수가 없었다. 오히려 나나는 부모님이 혼자서 알아서 하도록 키운 아이였다. 사실 두 분은 운동을 좋아하고 특히 테니스 없이는 못 사는 분들이다. 직장을 마친 후 두 분이 반드시 지키는 스케줄은 함께 운동을 하는 것이다. 그래서 맞벌이 부부의 여느 자제와 마찬가지로, 나나 역시 혼자서 자기 자신은 물론 동생도 챙겨주어야 했다.

그런데도 부모님을 생각하는 나나의 마음은 하루 종일 함께 있으면서 밥 챙겨주고 공부 가르쳐주고 안아주고 먹여주는 부모의 아이들보다 훨씬 깊고 넓다.

사실 어떤 면에서 보면 나나가 가진 에너지의 근원은 가족에 있는 듯하다. 그는 자신이 사랑하는 사람들에게 자신의 존재를 증명하기 위해 노력한다. 자신이 사랑하는 사람들을 실망시키지 않으려고 애를 쓴다. 어떤 선택의 순간이 닥쳐도, 나나에게 가장 중요한 건 가족이다.

하버드로 떠나는 나나에 대해 나는 크게 걱정하지 않는다. 그 아이는 이미 마음이 꽉 차 있다. 가족이라는 자기중심이 마음 속에 뿌리깊게 자리잡고 있기 때문에, 어떤 위기와 고난에도 흔들리지 않고 본인의 할 일을 하기 위해 사력을 다할 것이다. 또한 나나에게는 남들에게 없는 여러 장점이 있다. 그는 체력이 강하고 외적으로 친근한 아름다움을 갖추고 있다. 그리고 노력한다. 앞으로 나나 같은 학생을 또다시 발견할 수 있을까? 어려운 일일 것이란 생각이 들지만, 나는 두 눈 크게 뜨고 찾을 것이다. 제2, 제3의 금나나를 발견하여 크게 키워 세계로 보낼 수 있는 날이 머지않아 오길 바란다.

나나를 만나 그동안 같이 힘들게 고생한 것을 생각하면 지금 어떻게 말과 글로 다 표현할 수 있을까. 그러나 지금부터가 더 어렵다. 여기까지 오느라 고생한 것 이상으로 더 열심히 해야 축복 받은 결과를 얻을 것이기 때문이다.

나나가 하버드라는 관문을 통과하기 위해 애쓰는 동안 내가 선생으로서 한 가장 큰 일은 아침예배에서 그녀를 위해 기도를 드렸다는 것이다. 앞으로 내가 해줄 수 있는 가장 큰 일은 역시 그 기도를 계속하는 것이라 생각한다.

손희걸(에기스 에듀케이션 대표)
전화: 02-3444-4560 e-mail: aggies@aggieskorea.com

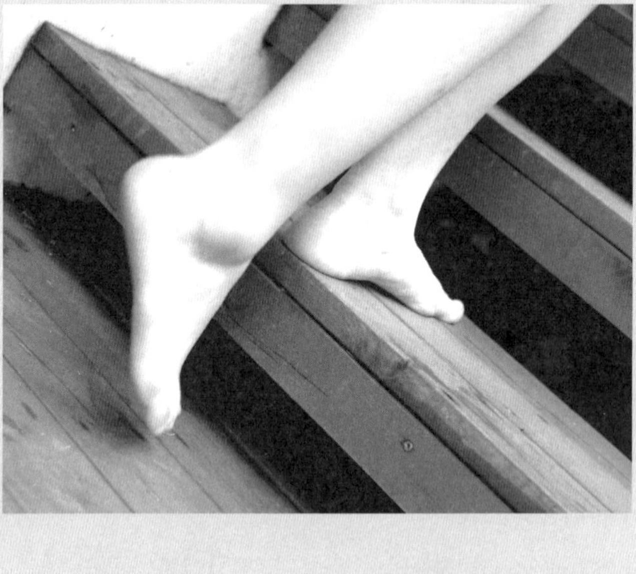